웨이량의 사랑

※ 일러두기

· 한자 인명, 지명 등은 중국어 외래어 표기법에 따라 표기하였으며, 이미 된소리로 굳어진 외래어는 관용을 존중하여 표기하였다.

· 샤오사 단편소설집《내 아들 한성》《웨이량의 사랑》중에서 7편을 선택하여 번역, 수록하였다.

· 소설이 끝날 때마다 실린 잡지의 이름과 연재되었던 연도를 써 넣었다. (예) (1978년 6월 27일《롄푸〔聯副〕》)

이 책은 중화민국 타이완 행정원 문화건설위원회의
협조를 받아 출간하였습니다.
This book is published in collaboration
with the Council for Cultural Affairs, TAIWAN R. O. C..

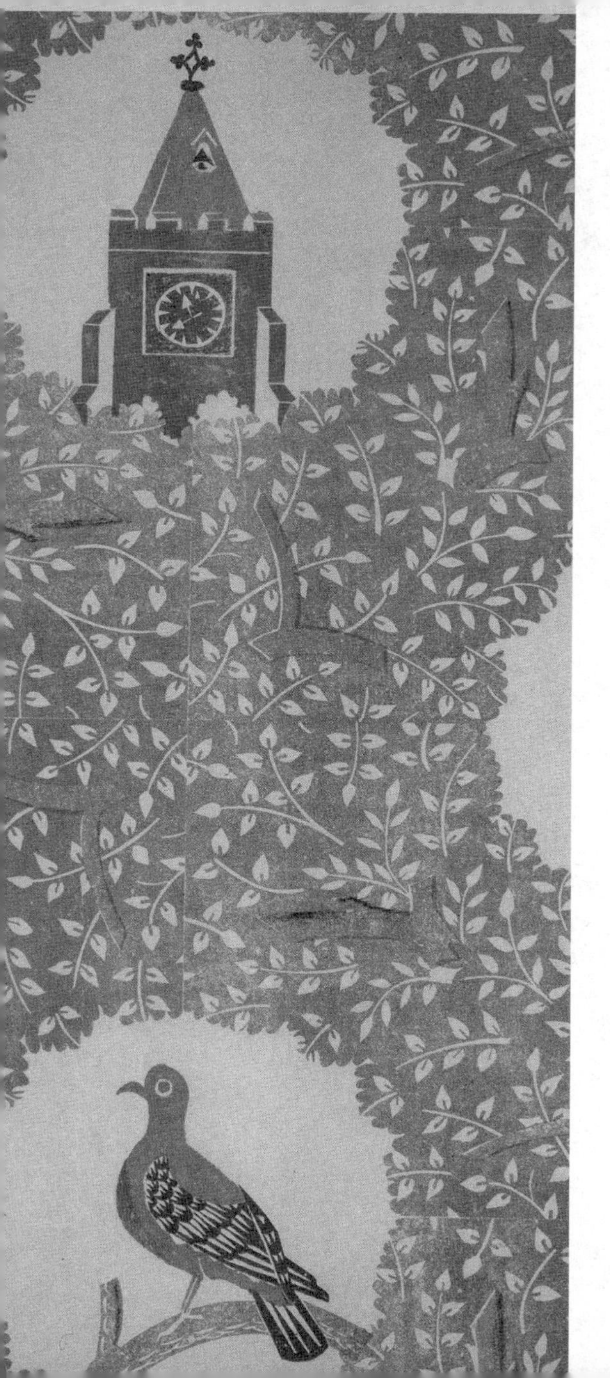

웨이량의 사랑

唯良的愛

대만 여성작가 샤오사 현대소설 선집

샤오사(蕭颯) 지음 | 김은희 옮김

어문학사

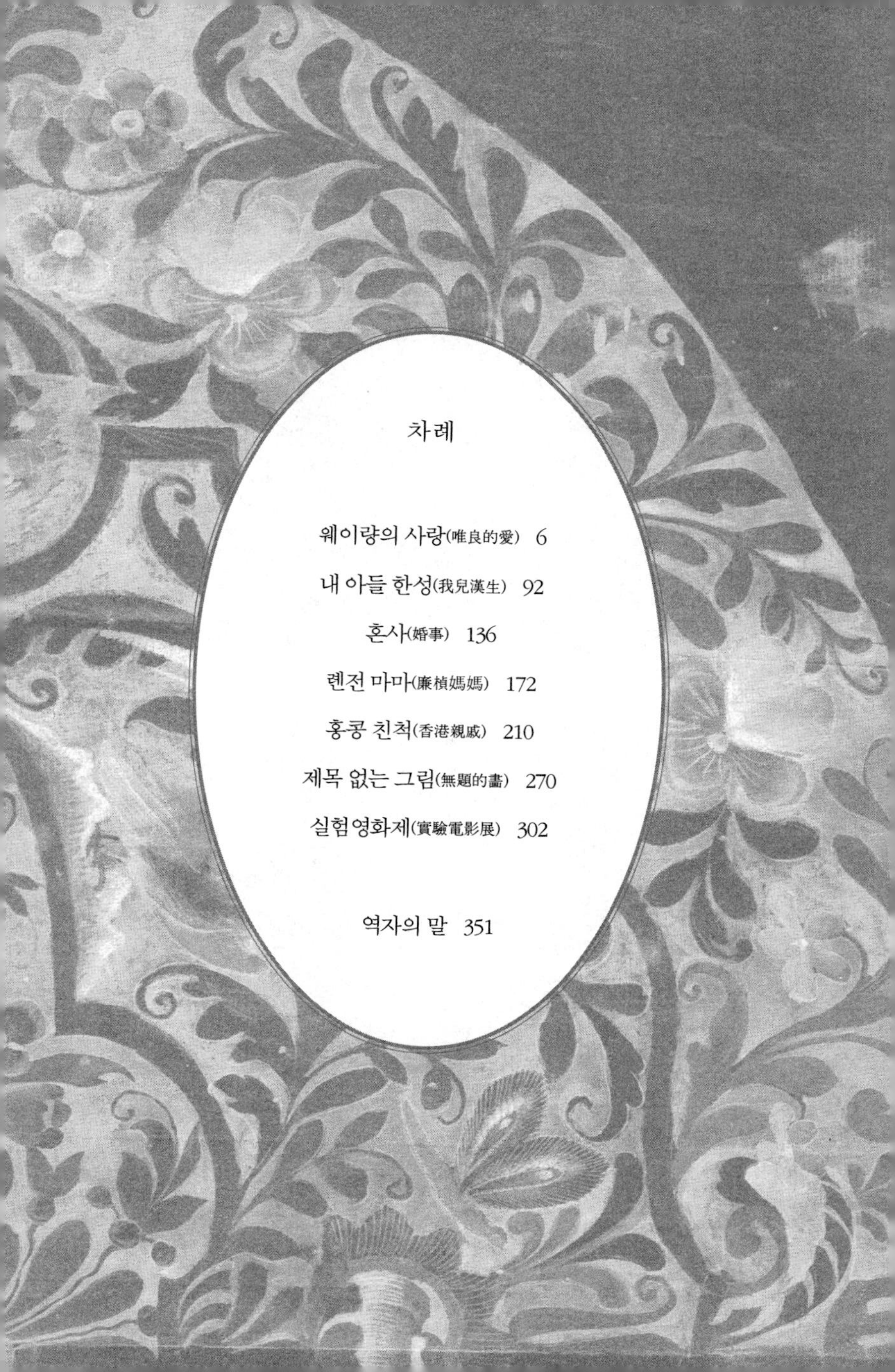

차례

웨이량의 사랑(唯良的愛)

웨이량의 사랑

唯良的愛

안핑(安苹)은 안링(安玲)을 만나러 요양원을 찾아갔다. 안링은 여전히 모란꽃이 새겨진 오래된 구식 화장대를 마주하고서 긴 머리칼을 빗고 또 빗어 내렸다.

두 자매는 일찌감치 더 이상 할 말이 없었다. 사실 그 일이 일어난 뒤로, 안링은 도무지 입을 열어 말 한 마디 하지 않았다.

한참을 앉아 있다가 안핑은 가슴속의 답답함을 떨쳐버릴 요량으로, 천천히 몸을 일으켜 창턱 쪽으로 걸어갔다. 창밖에는 햇빛이 반짝이며 뜨겁게 내리쬐고 있었다. 햇빛은 잔디밭과 꽃나무에 드리워져 영롱하고 밝은 초록에 싱그러움을 더해 주었다.

그간의 일을 안핑보다 더 정확히 아는 사람이 누가 또 있을까? 안핑 자매는 웨이량(唯良)과 어려서부터 아는 사이였다. 웨이량 아버지가 일찍 돌아가시고, 어머니는 재혼을 하셨다. 그녀 자신이 결혼한 후 가장 두려웠던 건 또다시 사랑하는 남편과 아이들과 집을 잃게 되지 않을까 하는 것이었다. 그래서 웨이량 입장에서 보자면, 삶이란 곳곳에 공포 투성이었다. 그녀는 농약도 두려웠고, 오염도 싫었고, 방사능진도 무서웠다. 잔인한 살인도 싫었고…… 무엇보다도…… 남편의 외도는 너무나도 끔찍한 일이었다. 하지만 그것은 끝내 찾아오고야 말았다.

1

그날 오후, 대략 4시가 좀 넘었을 시간에 웨이량은 유치원의 큰아이 반에 다니는 딸과 작은아이 반의 아들을 데리고 집으로 돌아왔다. 그리고선 냉장고에서 대엿새 동안 신문지에 싸 두었던 야채를 막 꺼내 놓았다. 채소에 남아 있을 농약이 겁이 나 웨이량은 이렇게 며칠씩 놔두었다가 꺼내서 먹곤 했다. 초인종을 누르는 소리에 웨이량은 두 손이 젖은 채로 거실로 가서 인터폰을 받았다. 모니터의 작은 화면에 뜬 얼굴은 서른 남짓 되어 보이는 여자였다. 여자는 어딘가 낯이 익어 보였다.

"실례하지만, 따이웨이량(戴唯良)이 여기 사나요?"

"그렇습니다만……"

웨이량은 겁이 좀 났다. 어려서부터 낯선 사람들을 꺼리고 경계해 왔던지라 되물었다.

"그런데…… 누구시죠?"

"샤오량(小良), 나 안핑이야!"

웨이량은 반가움에 앞서 몹시 놀랐다. 웨이량은 어려서부터 안핑과 이웃에 살았고, 두 집 문은 서로 마주하고 있었다. 안핑과 웨이량은 초등학교 때 같은 반 친구였고, 중학교와 고등학교 시절에도 늘 함께 지냈다. 웨이량이 고등학교 2학년이 되던 해, 웨이량 아버지가 교통사고로 세상을 떠난 후, 엄마가 재가를 하면서 그 동네를 떠났고, 두 집은 이후로 왕래가 뜸해졌다.

웨이량은 웃으며 스테인리스 현관문을 열었다.

"아니, 어떻게 네가? 엄마한테 주소를 들었니?"

"알아내느라 사실 좀 어려웠어."

갈색 린넬 바지 정장 차림의 안핑은 집 안으로 들어서더니 연신 감탄사를 터트렸다.

"야아! 집 안을 정말 예쁘게 꾸며 놨구나. 죄다 골동품이네."

집에 처음 온 손님이면 누구랄 것 없이 모두가 이렇게 말했다. 사실 웨이량네 응접실 장식은 그저 보통이었다. 바닥까지 오는 알루미늄 큰 창과 미색으로 칠한 시멘트 벽, 옅은 회색의 로마식 바닥 벽돌에, 커다란 페르시아 양탄자를 가운데 깔아 놓았고, 거기다 넓적한 녹색 잎이 달린 분재가 구색을 갖추고 있었다. 하지만 가구 배치는 오히려 하나하나 개성이 넘쳤다. 거실 가운데 등나무 팔걸이 의자와 벽 모퉁이에 박달나무 양귀비 평상이 있었고, 새긴 나무를 가공해서 유리로 구색을 맞춘 네모진 찻상이 있었다. 주방에는 또 팔선탁(八仙桌, 여덟 사람이 둘러앉을 수 있게 만든 네모반듯하고 큰 상)이 있었고, 텔레비전과 오디오는 온통 검은색 돌과 나무를 아로새긴 기다란 탁자 위에 놓여 있었다. 갖은 공을 들여 설계한 것이라 전체적으로 구닥다리처럼 보이기는커녕, 오히려 제법 모던한 분위기를 자아냈다.

"우리 남편이 골동품 인테리어 사업을 하다 보니, 이렇게 꾸미는 걸 좋아해. 나야 그저 청소나 하는 거지."

웨이량이 말했다.

"요즘 돈 있는 집에서는 모두들 이렇게 하더라."

"먼지를 너무 쉽게 타는 데다 아이들까지 야단법석이라 어수선하지!"

"남편 가게가 근처에 있나 보네?"

"걸어서 10분 거리야."

웨이량은 안핑이 찾아온 이유를 도무지 알 수 없었다. 웨이량은 아들과 딸을 불러내어 이모한테 인사를 하라고 시키고서, 냉장고에서 사과 주스를 꺼내와 안핑에게 따라 주었다.

"넌 하나도 안 변했다."

안핑은 유리잔을 받아들며 말을 이었다.

"난 요즘 내가 조금씩 조금씩 늙어 가는 것 같아. 마치 느껴지는 것 같다니까."

"여자가 나이 서른을 넘으면 누군들 그렇지 않겠니?"

웨이량은 되는 대로 대꾸했다. 하지만 사실 웨이량이 보기에도 안핑은 정말 늙어 보였다. 열일곱 살 적에 비하면 정말 많이 늙어 보였다. 웃으면 눈자위도 몇 겹으로 주름이 졌고, 얼굴 피부도 화장을 했다지만 세월마저 덮을 수는 없었다.

"어머니는 안녕하시지?"

안핑이 물었다.

"늘 그렇지, 판(范) 아주머니는?"

"아직도 전에 살던 곳에 사셔, 이사도 안 하고서. 나 이혼했는데, 알고 있지?"

웨이량은 고개를 가로저었다. 안핑은 그다지 신경 쓰지 않는 듯 웃으며 말을 이었다.

"그 뒤로 줄곧 아들을 데리고 엄마랑 살고 있어. 벌써 여러 해째야."

안핑은 말하면서 웨이량한테 일부러 다가앉았다.

"샤오량(小良), 우린 어려서부터 함께 자랐잖아……. 나 할 말이 좀 있는데, 그냥 바로 말할게."

웨이량은 내내 뭔가 잘못되어 가는 듯한 느낌을 예감하고 있었다. 그래서 걱정이 좀 되었고 마지못해 웃었다.

"말해봐!"

안핑도 상당히 곤란한 듯, 한참 뜸을 들인 뒤에야 굳어져 딱딱한 얼굴로 말했다.

"우리 여동생, 너 기억하지?"

"안링(安玲)과 안쥐(安珏)잖아."

"작은 애는 결혼했고, 둘째가 안링이지. 너희가 이사할 때 그 아인 겨우 중학생이었고."

"그때 우린 고2였지. 들리는 이야기론 네가 후에 산좐(三專)에 시험쳐서 들어갔다고 하던데?"

"그래!"

"그런데 방금 안링이 어떻게 되었다는 거니?"

안핑은 또 살포시 웃더니 처음부터 장황하게 이야기를 풀어내기 시작했다.

"안링은 어려서부터 무용을 좋아했어. 사실 춤을 추는 것이 그다지 쉬운 일 같지는 않은데, 어릴 때 상장도 들고 오고, 시합에 나가서 일등도 해오고…… 그래서 우리 가족들은 안링이 재능이 좀 있다고 생각했지. 우리 엄마, 아버지도 안링에게 대학 공부까지 시켜가며 무용을 배우게 했고. 그런데 원래 사회에서는 뭐 일등이니 뭐니 그런 게 다 소용없잖니. 졸업을 하고서 몇 년이 지났는데도 내내 그럴싸한 성과도 못 내고……. 지금은 집에서 무용반 수업을 하면서 무용이나 가르치고 있지. 친구 집에 돈이 있어서 친구가 차린 무용반에서 말이야. 바로 너희 집 근처야, 나도 가서 에어로빅이란 걸 배워본 적도 있고……"

웨이량은 무용을 하는 안링과 자기가 무슨 관계가 있는지 정말로 감이 잡히지 않았다. 그저 고개를 끄덕이며 "그거, 참 좋은 일이구나!"라고 대꾸할 따름이었다.

"그런데 그게 그다지 좋은 것만은 아니고……"

안핑은 낯빛이 더욱 난처해지더니 우물쭈물 말을 꺼냈다.

"어찌된 일인지 모르겠다만, 그 아이가 너네 남편이랑 아는 사이인 것 같더라."

웨이량은 그제야 온몸이 바짝 말라 타들어 가는 듯했다. 그녀는 이마에 송글송글 맺히는 땀을 팔로 닦고서 6월 초여름인데도 일어나 에어컨을 켰다.

안핑은 아까 그 자리에 그대로 앉아 눈으로 웨이량의 움직임을 좇으며, 도저히 견딜 수 없는 심정이 들었다. 하지만 그렇다고 말을 안 할 수도 없었다.

"나도 이제야 알았어…… 오늘…… 휴! 나도 피해자 입장이니까. 안링 때문에. 당연히 화가 났지…… 하지만 그래도 그 아인 내 동생이잖니……. 안링이 그러더라, 네 남편이 너한테 이야기하지 말라 했다고. 나더러 너한테 말해서 자기를 좀 도와달라고 하는데……"

웨이량은 다시 앉아 땀이 밴 손바닥을 등나무 의자 손걸이에 쓱쓱 문댔다. 하지만 왼손은 어찌해도 진정이 되지 않아 덜덜 떨렸다.

안핑은 한숨을 내쉬고서 가볍게 웨이량의 왼손을 붙잡았다.

"너 이 병은 여전하구나, 흥분하면 왼손이 바로 떨리는…… 샤오량, 날 믿지? 물론 내가 온 것은 안링의 뜻이지만, 난 결코 안링이 하자는 대로 도와 주지는 않을 거야. 남의 가정에 끼어드는 일은 부도덕하니까. 난 오히려 네가 네 남편이랑 잘 이야기해서 문제를 해결하고, 안링도 포기하게끔 했으면 해. 그 아이도 스물일곱 살인데, 일도 안 되고, 감정도 엉망으로 뒤얽히니……. 이건 아니잖니? 난 진심으로 모두가 잘 되었으면 해!"

2

안핑을 돌려 보내고서 웨이량은 줄곧 테라스에 서 있었다. 손에는 레스토랑 총지배인 직함이 찍힌 안핑의 명함을 꼭 쥔 채로. 웨이량은 한참 동안 한 발짝도 뗄 수 없었다. 처음부터 끝까지 이 일을 도무지 믿을 수 없었다.

"아빠 마중 안 가요?"

딸아이가 알루미늄 큰 창을 밀치고서 고개를 내밀며 물었다. 아이가 여섯 살은 벌써 넘어 곧 초등학교에 들어갈 나이인데, 천진난만해서 그런지 그다지 눈치가 빠르진 않았다. 웨이량은 딸아이를 보면서 이런 일은 더더욱 받아들일 수 없다고 생각했다.

"아빠 마중하러 갈 거냐고 물었어요, 엄마!"

"응, 그래. 동생을 부르렴."

여섯 시에 가게로 가서 아빠를 마중하는 것은, 이미 이들 모자의 일과였다. 웨이예(偉業)가 남쪽 지방으로 물건을 보러 가거나, 달리 손님 접대가 있을 때를 빼놓고는, 늘 하던대로 이렇게 모자 세 사람은 10여 분 되는 거리를 걸어갔다가 아빠를 맞아 집으로 돌아와 함께 저녁을 먹었다.

웨이예는 어쩌다 중부나 남부를 한 차례 둘러보러 가기도 했다. 그쪽의 중개상이 썩 좋은 물건을 찾아내면 전화를 걸어와 물건을 보겠느냐고 묻기도 했다. 또 손님 접대를 하기도 했는데…… 웨이량은 일일이 기억을 떠올려 보았다. 최근 몇 달 동안 확실히 전보다 횟수가 좀 잦았었다. 말로야 사람들과 사업 이야기를 한다고도 했고, 뭐 로스앤젤레스에서의 사업 가능성 여부를 타진해 본다며 술집에 가서 술을 마시고 열두 시가 넘어서야 돌아오기도 했다…….

웨이예는 칠팔 년 전, 골동품 장식이 벌집을 쑤신 듯 널리 유행했을 때, 열광적으로 골동품 수집에 빠져들었다. 매주 일요일이면 웨이량을 끌고서 가게마다 둘러보면서, 처음에는 조그마한 물건들, 이를테면 쟈오즈샤오(交趾燒, 유약을 입혀 구워 만든 도기)나 작은 목조(木雕)로 만든 숟가락, 자그마한 화장품 케이스, 수를 놓은 보검 장식품 등을 사 모았다. 그러더니 나중에는 원래 집에 있던 소파, 탁자와 의자를 하나하나 팔걸이 의자, 양귀비 평상, 등나무 의자, 나무 책상 등으로 바꾸었다. 웨이예는 그때 광고 회사에서 설계 일을 하고 있었고, 웨이량은 집에서 무역 회사 일을 재택근무로 하고 있었다. 두 사람의 월급과 저축한 약간의 돈은 거의 모두 웨이예의 이 일에 몽땅 쓰였다. 후에 웨이예는 골동품을 사들일수록 더욱 이 일에 정통하게 되었고, 이 사업을 하는 몇몇 친구들도 알게 되었다. 그래서 아예 광고 회사 일을 접어버리고, 처음에는 다른 사람들과 합자했다가, 후에는 독립해서 가게를 열었다. 몇 년 전까지만 해도 사업이 정말 잘되었다. 그래서 딸아이를 낳은 뒤로 웨이량은 일을 그만두고 집에서 아이들 양육에만 전념했다. 그런데 최근 몇 년간은 경쟁이 치열한 데다 물건은 오히려 줄어들었다. 게다가 타이베이(臺北) 사람들의 골동품 장식에 대한 관심도 외국인들의 관심이 식어감에 따라 함께 시들해졌고, 사업도 전과는 크게 달라졌다. 그래도 웨이량네 가게는 위치가 좋은 데다가 장사를 해온 지 오래된지라, 어쨌든 단골 고객들이 좀 있는 편이어서 다른 가게에 비하면 괜찮은 셈이었다.

그런데 여자 문제는 어떻게 일어났단 말인가? 웨이량이 지금 가장 견딜 수 없는 것은 남편의 사랑을 빼앗겨서라기보다, 일종의 속았다는 굴욕감 때문에 자신의 분노를 잠재우기 몹시 힘들다는 점이다.

웨이량은 아이들을 데리고 가게로 갔다. 가게 가장 바깥쪽에 진열된 것은 최근에야 정리를 마친 홍목으로 만든 침대였다. 말로는 80년 이상 되었다고 하는데, 조각이 대단히 정교하고 세밀한 팔선(八仙) 모양으로, 서랍도 제대로 보존되어 있었다. 웨이예가 일전에 이 물건을 집으로 가져와 좀 써 보자고 했지만 웨이량이 극구 반대했다. 웨이량은 이런 골동품 가구들이 보기에는 썩 좋아 보이지만, 사실 실용적인 면에 있어서는 소파나 시몬스 침대만 못했기 때문이다……. 혹 이런 사소한 일들 때문에 자기와 남편 사이에 갈수록 거리감이 생겼던 것은 아닐까?

"아빠……"

두 아이는 가게 안으로 뛰어들어 갔지만, 웨이량은 평소와는 달리 따라 들어가지 않고, 목석처럼 건물 테라스에 서서 기다렸다. 얼마 지나지 않아 장부 관리를 돕는 미스 천(陳)이 큰 손가방을 팔에 끼고서 안경을 끌어올리며 걸어 나와 말했다.

"사장님 안에 계세요……."

웨이량은 고개를 끄덕여 알았다는 뜻을 표시하면서 대꾸했다.

"잘 가요."

"네, 다음에 또 뵈요."

미스 천은 서른 여덟이나 먹도록 아직 시집을 가지 않은 노처녀이다. 눈으로 미스 천의 육중한 뒷모습을 배웅하자니 갑자기 웃음이 났다. 처음에 웨이예가 미스 천을 비서로 고용했을 때 자기도 속으로 은근히 좋아했다. 웨이량이 미스 천을 좋아한 것은 미스 천이 이렇게 뚱뚱한 노처녀이기에, 절대 남편의 외도 대상이 될 수 없으리라는 이유 때문이지 않았을까?

"뭘 웃어?"

웨이예가 아이들에게 둘러싸여 나오더니 문을 잠그면서 아내의 얼굴에 번지는 묘한 웃음을 발견했다.

아내는 이 물음에 금세 낯빛이 어두워지더니 고개를 돌린 채 냉랭하게 대꾸했다.

"누가 웃었다고?"

"오늘 엄마가 기분이 별로네."

웨이예는 아들을 안고, 딸아이의 손을 잡고서 집 쪽으로 걸어갔다. 웨이랑은 천천히 뒤따라가면서 남편이 딸아이에게 묻는 말을 들었다.

"오늘 엄마가 무슨 반찬을 하셨니?"

"밥 안 했는데. 어떤 이모가 와서 놀았거든."

"밥을 안 했다고?"

웨이예는 아들을 들어올리면서 말했다.

"너무 잘됐네. 우리 어디 가서 외식하자."

딸아이가 얼른 의견을 내놓았다.

"햄버거 먹으러 가요."

아들도 그 의견을 거들었다.

"햄버거 먹으러 가요."

"안 돼!"

남편이 말했다.

"엄마가 콜레스테롤이 너무 높다고 했잖아."

웨이량은 평소에 외식을 전혀 달가워하지 않았다. 비위생적인데다, B형간염이 걱정되었기 때문이다. 반면 웨이예는 분위기를 찾는 사람이라 음식점에 가는 것을 좋아했다.

아들과 딸아이는 아빠가 햄버거를 먹지 않겠다고 하자 똑같이 입을 삐죽거리며 불만을 표시했다. 그러자 웨이예가 말을 바꿔 달래며 말했다.

"밥 먹은 뒤에 아이스크림 먹으러 가자."

"아이스크림 좋아요."

딸아이가 말했다. 아들도 손뼉을 치며 말했다.

"아이스크림 좋아."

식구들이 늘 물건을 사는 거리 모퉁이의 작은 슈퍼마켓을 지나다가, 웨이예는 사과 주스가 있느냐고 물었다. 그들 부자 셋은 요즘 캘리포니아에서 수입한 주스를 마시는 게 유행이었다. 100% 원액이라 쓰인 큰 유리병에 담긴 사과 주스를 아침식사 때에도 마시고, 저녁식사 후에도 마시니, 뭐 보리차 마시듯 마셨다. 샀다 하면 한번에 절반은 마셨는데, 아무리 웨이량이 방부제나 색소가 걱정된다고 해도 개의치 않았다.

웨이예가 물건 값을 치를 때, 웨이량은 쇼윈도에 비치는 자신을 사납게 노려보았다. 매일 같이 거울 속에서 얼마나 자주 자신을 보아 왔던가. 아침이면 아직 머리 손질도 하지 않고 세수도 하지 않은 부은 얼굴도 보았고, 화장을 한 뒤 윤기가 흐르는 산뜻한 얼굴도 보았다……. 이제는 벌써 두 아이의 엄마가 되었지만 웨이량은 여전히 정성들여 자신을 치장했다. 겨우 서른셋밖에 안 되어 벌써 아줌마란 소리는 듣고 싶지 않았던 것이다. 다만 좀 전에 뜻밖에 안핑을 만나고서, 웨이량 자신도 필경 나이들어 더 이상 열일곱 살의 웨이량이 아니며, 산좐(三專)을 막 졸업하고서 웨이예를 만나던 스물두 살의 웨이량도 아니라는 것을 인정해야 했다. 하지만 자기보다 여섯 살이나 어린 안링은 아직 젊지 않을까?

"가요, 엄마!"

딸아이가 웨이량을 잡아끌었다.

그들은 근처의 소박하게 인테리어를 한 자그마한 가정식 레스토랑에 가서 식사를 했다. 웨이예가 늘상 거기에 가서 점심을 먹어서 주인 양반과 아주 가까웠다. 주인이 친절하게 물었다.

"오늘은 뭘 드시겠어요?"

웨이예는 식욕이 워낙 좋아 완두콩 탕과 돼지족발구이, 그리고 샐러드를 주문하고서, 아이들에게도 탕을 시켜 주었다. 웨이량한테 뭘 먹을 거냐고 묻자 그녀가 말했다.

"난 안 먹어요."

주인이 가고 나자 웨이예는 그제서야 웨이량을 한 번 더 힐끗 쳐다보면서 말했다.

"뭐야. 오늘 이상하게."

"아니야."

웨이량이 말했다.

도둑이 제 발 저리는지 모르겠지만 웨이예는 끝내 참지 못한 채 다시 캐물었다.

"오늘 누가 왔어?"

딸아이가 급히 끼어들며 말했다.

"어떤 이모."

웨이량은 왼손을 가늘게 떨면서, 또박또박 한 글자 한 글자씩 남편한테 일러 주었다.

"판안링(范安玲)의 언니."

3

식사 후 웨이예는 아들딸을 데리고 아이스크림을 사 먹으러 갔다가 집으로 돌아갔다. 웨이량은 평소처럼 아이들을 목욕시키고 자기도 목욕을 한 뒤, 아이들더러 어서 자라고 재촉했다.

"아직 아홉시도 안 되었는데!"

딸이 자기의 만화전자시계를 보면서 떼를 쓰자, 웨이량은 딸과 입씨름을 할 마음이 전혀 없었던지라 거칠게 말했다.

"가서 자!"

두 아이는 아직 어려서 한 방을 같이 쓰고 있었다. 두 개의 침대는 웨이예가 직접 설계한 뒤 주문해서 만든 것으로, 분홍색과 파란색이었다. 벽지 역시 동일한 색감이었다. 벽 한쪽에는 시골에서 사 온 커다란 상자가 있었는데, 사람 키 반절 정도의 높이였다. 낡은 데다 무슨 장식도 하지 않았지만 상당히 튼실해서 쓸 만해 여기에 아이들 장난감을 넣어 두었다. 그것 말고도 딸의 연습용 피아노 한 대가 자리를 차지하고 있었다. 웨이량은 아이들 방의 불을 껐다. 원래의 따스하고 사랑스런 색깔이 금세 어둠 속에 무겁게 내려앉았다. 아들이 늘어지게 하품을 하더니 말했다.

"엄마 안녕, 내일 봐요."

웨이량은 하나하나 아이들의 볼에 뽀뽀를 해주었지만, 마음은 오히려 냉랭하기 그지없었다.

침실로 돌아오자 샤워를 마친 웨이예는 집에서 입는 편안한 상의와 속바지 차림으로 침대에 걸터앉아 유선 버튼식 리모컨을 손에 쥐고 있었다. 마침 일본 갱 집단의 액션 영화 한 편을 빠른 속도로 보고 있다가, 웨이량이 방으로 들어가자 분명 알아차렸을 텐데도 그저 묵묵히 아무 소리도 내지 않았다.

웨이량은 웨이예가 반응조차 안 하는 게 얄미워 먼저 입을 뗐다.

"당신한테 할 말이 있어요."

웨이량은 비디오기와 텔레비전 화면을 껐다.

"당신은 날 속였어! 당신이 어떻게…… 날 속여?"

웨이예는 그저 웨이량을 바라만 볼 뿐, 얼굴에 어떤 변화도 일지 않았다. 웨이량은 코끝이 시큰거렸다. 뭣 때문에 눈물이 나려고 하는 것인지 속이 상했지만, 더는 눈물을 참을 수 없었다. 그녀는 비디오기를 올려둔 자개 탁자를 두드리며 울부짖듯 물었다.

"왜 나를 속이려 했냐구?"

"당신을 속일 생각은 없었어."

웨이예가 드디어 입을 열더니 천천히 말했다.

결혼해서 이렇게 여러 해를 보내면서 웨이량은 남편의 성질을 너무나 잘 알고 있었다. 무슨 일이든, 아무리 심각하고 아무리 초조해도, 남편은 도무지 조급함을 드러내는 법이 없었다. 사람들에게 겉으로 비춰지는 모습이라곤 느릿느릿 여유 있는 모습뿐, 결코 화내는 걸 보여주는 법이 없었다. 하지만 사실은 어떤가? 웨이량은 너무나도 남편을 잘 알고 있었다. 그녀는 단호하게 말했다.

"이혼할 거야."

"이혼?"

웨이예가 씁쓸하게 웃으면서 말했다.

"이혼으로 풀 문제가 아니지."

웨이량은 말을 멈춘 채 남편의 말을 기다렸다.

웨이예는 괴로운 얼굴로, 한참 만에야 낮은 소리로 중얼거리듯 말했다.

"그 여자가 물건을 보러 왔었어. 물건을 샀는데…… 화장대 하나를…… 그러고서, 내가 맞은편 식당에서 점심을 먹는데 우연히 만난 거야……. 몇 마디 이야기를 나누다 보니 근처에서 무용을 가르친다는 거야……."

웨이예가 잠시 말을 멈추었다. 방 안에는 무서울 정도로 정적이 감돌았다. 갑자기 웨이량의 처량하고도 날카로운 외마디 울음소리가 들려왔다. 그녀는 고개를 파묻고 땅에 털썩 주저앉았다. 웨이예도 그런 절규가 놀랍고 두려워 웨이량에게 다가와 그녀를 부축했지만, 웨이량은 미친 듯이 소리치며 몸부림쳤다. 온몸을 정신없이 벌벌 떨면서…….

4

웨이량이 웨이예를 알게 된 것은, 그녀가 산좐(三專)을 졸업하고 무역 회사에 들어가 출근한 지 얼마 지나지 않아서였다. 웨이예는 회사 동료의 친구로, 알음알음 소개를 받아 알게 되었고, 다 함께 커피를 마시러 가거나, 영화도 보고 또 식사를 함께 하기도 했다. 이게 사랑으로 바뀌었으니 뭐 그렇게 깜짝 놀랄 일도 아니었다. 웨이량이 아는 것이라곤 자기보다 두 살 더 많은 침착하고 듬직한 성격의 남자가 자기를 좋아한다는 사실뿐이었다. 엄마가 재혼한 뒤로 자기 집이라곤 가져보지 못했던 웨이량은 마음을 의지할 곳이 절실하게 필요했다. 웨이예는 훤칠하게 잘생기고 재주가 좋았지만 능력을 발휘할 기회를 얻지 못한, 약간은 우울한 분위기를 띤 예술가적 기질을 지니고 있었다. 사실 웨이예는 그런 사람이었기에, 이전에 광고 회사에서 설계를 할 때나 후에 직업을 바꿔 골동품 인테리어 사업을 하는 것 모두 자신이 정말로 원하고 바라던 일 같지 않았다. 그이가 정말로 하고 싶은 것은 어떤 일일까? 웨이량도 알 수 없었다. 웨이량 생각에 웨이예 자신도 그다지 잘 알고 있을 것 같지 않았다! 그의 우울함은 바로 이런 것 때문일 것이다.

"그때 당신은 왜 날 쫓아다녔는데?"

결혼 후 웨이량은 늘 이렇게 묻는 것을 좋아했다.

"당신이 예뻤잖아!"

웨이예는 이런 면에서 이제껏 솔직했다.

"중국 여자들 가운데 다리가 이렇게 쭉 뻗은 사람은 많지 않다고."

그러면 웨이량은 정색을 하고서 물었다.

"당신 색마예요?"

"아름다운 것을 좋아하는 게 뭐 잘못됐나?"

웨이예는 지금까지도 예쁜 것을 좋아한다. 예를 들어 골동 장식품들도 절에서 뜯어 와 이미 온전하지 않은 목조든, 나무 상자든, 아니면 의자든 야트막한 탁자든, 웨이예는 한참 동안 유심히 들여다본 뒤 웨이량한테 말하곤 했다.

"여보, 이 선을 봐봐, 아주 모던하잖아…… 예쁘지? 수공으로 하나하나 새기고 가다듬은 아름다움이…… 멋있잖아?"

웨이량은 사실 이런 것에 전혀 마음을 두지 않았다. 그녀가 마음에 두는 것은 그저 생활, 자기 자신의 생활이었다. 그녀의 생활이란 바로 집과 남편, 그리고 아이들이다. 하지만 이제는 이 모든 것이 형편없이 망가져 버렸다. 웨이량은 어려서부터 온전하지 못한 가정 속의 결핍이 싫었다. 어려운 자신의 집안 환경이 싫었고, 아버지가 일찍 돌아가신 것도 싫었다. 또 엄마가 재혼을 하신 것도 싫었고, 현재 남편의 외도는 더더욱 싫었다. 이런 것들은 분명 그녀를 억누르고 해치는 것들로, 영원히 온전한 감정을 지니지 못하게 할 것이며, 영원히 안전한 사랑을 갖지 못하게 할 것이기에, 그것이 그녀는 너무도 싫었다.

웨이량은 판안링을 찾아가 보기로 마음먹었다.

옛날 그 동네를 떠나온 지 벌써 십여 년이 넘도록 웨이량은 그곳에 한 번도 가보지 않았다. 이사를 해 떠나온 뒤로 두 번 다시 돌아가지 않았다. 웨이량은 그곳을 결코 좋아하지 않았다. 그녀의 어린 시절은 몹시도 가난했고, 아버지 월급은 쥐꼬리만 했으며, 집에서 늘 쓰는 것들은 하나같이 남루하기 짝이 없었다. 기억건대 웨이량은 어머니 심부름으로 매번 이웃집에 가서 기름을 빌리거나 쌀을 꾸어 왔다. 전기세를 받으러 오면 또 이웃에 가서 돈을 꾸어 와야 했다. 안핑 집도 비슷한 처지였던지라, 초·중학교 때 두 사람은 벌써 원망을 품는 게 뭔지 알게 되었고, 다른 사람을 부러워했다. 그래서 둘은 이야기가 통했고 안핑 자매와도 서로 잘 지냈다. 하지만 후에 아버지가 세상을 뜨고서 웨이량은 원망을 품을 만한 이런 가정조차 잃게 되었다.

마을은 대체로 전과 다르지 않았다. 큰 거리를 따라 담벼락이 빙 둘러져 있었고, 대문은 두 개의 시멘트 기둥이었다. 기둥에는 대륙에서 건너온 사람들이 함께 모여 사는 '징청신춘(精誠新村)'이라는 글자가 새겨져 있었지만 이젠 흔적조차 희미했다. 하지만 거기를 드나들었던 사람들은 거기에 새겨져 있었던 글자를 너무도 분명하게 기억하고 있을 것이다.

집은 문과 문을 마주한 채, 붉은 벽돌에 회색 기와를 인 야트막한 집들이었다. 크기는 겨우 10여 평 남짓할까. 모두 해봐야 10줄로 늘어선 채, 대략 100여 채 정도 되는 인가가 모여 있었다. 전에 있던 잡화점이 여전히 그곳에서 가게를 열고 있었다. 궁금해진 웨이량이 다가가 여기저기를 둘러보았지만, 가게 주인은 벌써 이전의 그 목소리 크고 깡말랐던 노인네가 아니었다. 지금은 건장

한 중년의 여주인으로 바뀌었는데, 갓난아이를 안고서 마침 우유병으로 우유를 먹이고 있는 중이었다.

웨이량은 좀 더 안쪽으로 들어갔다. 그제야 그 집들이 겉으로 보기에는 옛날 모습 그대로인 것 같지만, 자세히 들여다 보면 집집마다 모두 수리를 해서 문과 창 색깔까지 바뀌어 있는 것을 한눈에 알아볼 수 있었다. 더 이상 이전처럼 짙은 녹색의 한 가지 빛깔이 아니었으며, 후원에는 천막이나 나무집을 덧대기도 했다. 또 어떤 집은 작은 건물을 지어 올려 1, 2미터 되는 원래의 벽돌집보다 한층 높아져 있었다.

웨이량이 이전 집을 찾아내고 보니, 그 집 후원도 붉은 벽돌로 빙 둘러져 있었다. 그 안에서는 어린아이가 장난감 차를 타면서 놀고 있었다. 웨이량은 선 채로 한참을 바라보다 맞은편 판(范) 씨네 집 문으로 걸어가 가볍게 방충망 문을 두드렸다.

"안핑…… 안핑……."

집 안에서 사람이 나와 채 대답을 하기도 전에, 커다란 누렁이 한 마리가 먼저 달려 나와 방충망 문을 사이에 두고 컹컹 짖어댔다. 웨이량은 깜짝 놀라 몇 걸음 뒤로 물러났다.

누렁이가 한참을 짖어댄 뒤에야 한 노파가 천천히 나와서 물었다.

"누구시오? 누굴 찾아오셨소?"

"판 아주머니, 저 웨이량이에요."

"어? 누굴 찾는다고?"

웨이량의 기억 속에 판 아주머니는 꽤나 영리하고 정갈한 분이셨는데, 지금은 퉁퉁 부어 올라 얼굴이 커 보였다. 웨이량 어머니와는 달리 요 몇 년 사이에 등까지 굽은 모습이었다.

"안핑을 찾아왔어요."

"아이구! 그만!"

판 씨 아주머니는 계속해서 짖어대는 누렁이를 말리면서, 방충망 문을 열어 손님을 들어오게 했다.

"사람을 물진 않아요. 안핑을 찾아오셨수?"

"판 아주머니, 저 샤오량이에요."

"아! 샤오량!"

판 씨 부인은 그제야 웨이량을 알아보고서 몹시 반가워하며, 누렁이를 잡아끌어 부엌 쪽에다 가둬 놓았다.

"들어오렴. 들어와 앉아."

웨이량은 그제야 집으로 들어갔다.

"안핑은 집에 없나요?"

"있지, 있어. 위층에서 자고 있단다. 어제 늦게 돌아왔거든. 좀 기다려라! 내가 불러올 테니."

하지만 아주머니는 서둘러 안핑을 부르러 가지 않고, 웨이량더러 앉으라 하고 주절주절 옛날 이야기를 꺼냈다.

"샤오량아! 엄마는 안녕하시지? 오랫동안 만나지 못했구나."

"그런대로 지내세요, 전과 다름없이요."

"너는? 시집은 갔고?"

이렇게 묻는 걸 보니, 안링의 일을 모르고 계시는 것 같았다. 웨이량이 말했다.

"애들이 벌써 둘이에요."

"잘 되었구나! 역시 네가 잘 되었어. 어릴 때부터 착하더니! 휴! 안핑은……!"

판 씨 부인은 한숨을 내쉬며 말을 이었다.

"결혼을 안 하는 게 나았지……! 세상에! 아이만 힘들게 하고……"

"초등학교에 다니죠?"

"3학년이란다. 학교에 가지 않았으면 집 안이 이렇게 조용하겠니."

판 씨 부인은 손자 이야기를 꺼내더니 신이 났다. 손으로 웨이량에게 가늠해 보이면서 말했다.

"얼마나 컸다구! 곧 나를 따라잡겠어. 요즘 아이들은 키가 참 크지! 어! 어! 그렇지! 안핑을 부르러 가야지."

판 씨 부인이 뒤쪽 방으로 가고 나자, 웨이량은 사방을 둘러보았다. 집도 수리를 했고, 바닥도 비닐 장판으로 깔았으며, 벽에도 꽃무늬 벽지를 붙여 놓았다. 그리고 정중앙에는 구색을 맞춰 가족의 흑백 사진 액자가 걸려 있었다. 웨이량은 다가가 보았다. 사진 속의 안핑은 여전히 고등학교 교복을 입은 채, 짧은 치마에 늘씬한 몸매를 드러내고 있었다. 이게 그 당시 유행하던 스타일이었다. 안줴는 겨우 초등학교 5, 6학년쯤 되어 보이는데, 말꼬리 모양으로 머리를 묶었다. 중학생인 안링은 천진하게 웃고 있는데, 왼쪽 빰에 보조개가 패여 있었다. 웨이량은 눈썹을 찌푸렸다. 자기는 안링에게 이런 볼우물이 있었는지조차 전혀 기억나지 않았다.

"샤오량, 안핑이 올라오라는구나."

"아! 그러죠!"

알고 보니 판씨 집 후원에 작은 이층집이 올려져 있었다. 웨이량은 좁다란 층계를 따라 거기로 올라갔다. 판 씨 아주머니가 아래에서 말했다.

"점심은 여기서 먹으렴."

"아니요, 좀 있다 다른 일이 있어요."

웨이량은 고개를 돌려 말을 하다, 아래층 안쪽으로도 작은 방이 하나 있는 것을 발견했다. 좀 더 들여다봤지만, 역광인지라 아무것도 분명하게 보이지 않았다. 그러자 판 씨 부인이 오히려 이렇게 알려 주었다.

"안링이 쓰는 곳이란다. 그 아인 무용을 가르치고 있어. 수업하러 갔지."

"아!"

감정을 감춘 채 웨이량은 그냥 물었다.

"안쥐는요?"

"안쥐는 결혼해서 여기 살지 않는단다. 지금 집에 있는 두 아이가 내 골칫덩어리들이지."

웨이량은 억지로 웃어 보이며 위층으로 올라갔다.

안핑은 계단 입구에 서서 웨이량을 기다리고 있었다. 면 가운을 몸에 두른 것이 막 잠에서 깨어난 것 같았다. 나른하게 손을 흔드는데 얼굴에 피곤한 기색이 역력했다.

"우리 엄마가 또 너한테 뭐라고 수다를 떠시든?"

웨이량이 씁쓸하게 웃으면서 고개를 가로저었다.

안핑은 웨이량을 화장대 가에 앉게 하고서 자기도 침대에 걸터앉았다. 7, 8평 정도 되는 곳에 커다란 침대 말고도 벽 모퉁이에 작은 1인용 침대가 하나 더 있었다. 방에는 옷가지와 장난감이 어지럽게 흩어져 있었다.

"엉망이지, 정리도 못하고."

안핑이 먼저 말을 꺼냈다.

"밤에 퇴근해서 친구랑 이야기 좀 하느라고. 최근 들어 천 만드는 사업을 좀 배울까 해서."

"여기는 지은 지 얼마나 되었니?"

"5년 되었지! 나는 아들이랑 위층에서 살고, 식구들은 아래층에서 살아. 휴! 아파트 한 채를 샀는데, 30평이 좀 넘어. 금방 집만 빼주면 이사 들어가려고. 저축 조금 한 것도 몽땅 여기다 다 넣었지. 혼자 힘으로 집을 사니 그래도 뭔가 해냈다는 보람은 있네!"

웨이량은 웃음으로 안핑에게 축하의 뜻을 나타냈다. 책상에 아이의 사진이 눈에 띄는데, 별로 안핑을 닮지 않았다. 필경 아빠를 닮았을 텐데 상당히 단정해 보였다. 웨이량이 화제를 바꾸어 물었다.

"판 아저씨는 안 보이시네."

"우리 아버지? 낮에는 노인정에도 가시고, 구경도 다니시고……
정년퇴직 하시고 나니 무료해 하셔. 가실 곳도 없어서 그저 집에서 이것저것 혼만 내시니, 우리는 그저 아버지가 밖으로 다니셨으면 할 뿐이지."

"나 일 좀 분명하게 하려고."

안핑은 동정하는 듯한 눈빛으로 웨이량을 한참이나 바라보더니 한숨을 내쉬었다.

"네 남편을 나도 멀리서 한번 봤다. 뭐 고생이라곤 전혀 해보지 않았다는 걸 금방 알아보겠더라고. 내 동생, 너도 알다시피, 정말 대단해. 무용가가 되겠노라고…… 그 사람들 함께 있으면 육욕에 끌리는 것 말고도, 아마 서로 관심 갖는 공감대가 늘 집에만 있는 너보다는 많을 거야!"

웨이량은 손을 떨면서 입을 다물었다. 하지만 마음은 오히려 칼로 후비듯 몹시 아파 왔다.

안핑은 담뱃불을 붙여 천천히 빨면서 차분하게 계속 말을 이었다.

"샤오량, 내가 너한테 한 마디만 더 충고할게. 남자가 외도를 하는 것은 역적질이야. 절대로 받아들이기 힘들지. 하지만 그들 열 명 가운데 여덟은 진짜 이혼 같은 건 생각하지도 않아. 내 동생 이야기를 하면 듣기 거북하겠지만, 이제껏 좋은 파트너를 만나질 못했어. 그러니 서로 갈라선다는 게 당연히 쉽진 않겠지. 네 성격도 내가 너무 잘 알잖니. 봐주지도 못하고, 이혼도 못하겠고, 그러니 신중하게 처리해야 해. 나는 네가 상처받지 않고 진심으로 다들 잘 되었으면 한다."

줄곧 창밖을 바라보던 웨이량이 마침내 얼굴을 돌려 안핑을 보면서 조용히 말했다.

"나도 알아……."

5

웨이량은 안핑에게 안링이 수업한다는 무용 교실 주소를 알려 달라고 했다. 웨이예 가게에서 불과 사오백 미터쯤 떨어진 세탁소 이층 건물에 있었다. 계단으로 올라가 문을 여니 작은 현관이 나타났고, 십여 켤레의 여자 신발이 흩어져 있었다. 현관으로 들어서자 바로 교실이었다. 30여 평 남짓의 공간에 바닥은 느티나무 소재로 깔려 있고, 안쪽 벽면 한쪽은 온통 유리와, 붙들 수 있는 손잡이로 이루어져 있었다. 대략 30여 세부터 40세도 채 안 되어 보이는 중년 부인 십여 명이 음악 리듬에 맞추어, 하나둘셋넷, 하나둘셋넷…… 열심히 운동을 하고 있었다. 앞에 서서 리더를 하는 두 여자는 스물예닐곱 살쯤 되어 보였다. 하나는 짧은 머리에 갸름한 얼굴을 하고 있었다. 또 다른 하나는 말꼬리처럼 머리를 묶은 여자로 동작이 민첩하고 보기 좋은 게, 수업을 진행하는 선생님임에 틀림없었다.

웨이량은 그 꽁지머리 여자에게 유독 신경이 쓰였다. 선명한 남색의 리듬댄스복에 옅은 핑크색의 스키니진을 입은 여자였다. 길에서 마주친다면 예전에 안핑 뒤쪽에서 아이스케이크를 핥으며 언니의 낡은 옷을 물려 입던 안링이라는 사실을 전혀 알아차리지 못했을 것이다. 하지만 이 순간, 웨이량은 한눈에 이 여자가 그녀라고 단정했다. 운동을 할 때 왼쪽 볼에는 보조개가 패이고,

안핑처럼 팔다리가 길고 가늘었으며, 계란형 얼굴은 안핑보다 더 젊고 아름다웠다. 특히 그녀의 춤추는 몸은 손을 들어올리고 발을 내딛는 동작 하나하나가 뭐든 아름다웠다.

웨이예는 어떤 형식이든 아름다운 걸 좋아한다.

웨이량이 눈을 고정한 채 안링을 뚫어져라 보고 있자니, 그 여자도 느닷없이 뛰어 들어온 웨이량을 동시에 발견했다. 둘은 네 개의 눈빛을 교환했고, 웨이량은 조금도 주저하지 않고 상대방을 쏘아 보았다. 안링도 결코 물러서지 않았다. 다만 수업 중이라 하는 수 없이 고개를 돌렸다.

웨이량은 일회전에서 자그마한 승리의 쾌감을 맛보았다. 그녀는 현관에 놓인 의자에 앉아 조용히 기다렸다. 그녀는 자신에게 거듭 충고했다. 흥분하지 말자고, 이치에 어긋난 쪽은 자기가 아니니까.

20분쯤 기다리자 춤을 추느라 땀에 흠뻑 젖은 몸에, 상기된 얼굴로 숨을 헐떡이는 중년 부인들의 수업이 끝났다. 교실에서는 음악 소리가 곧바로 멈추었고, 대신 왁자지껄한 사람 소리로 가득 찼다. 여자들이 이야기하는 화제는 그저 한 가지 일, 바로 체중과 살빼기에 관련된 것이었다. 여자들은 살을 빼기 위해 갖은 애를 다 쓰는데, 물론 이것은 남자 때문이다. 웨이량도 최근 몇 년 사이에 살찌는 것 때문에 속이 상했다. 그녀도 줄곧 살이 찌는 것에 신경이 쓰였는데, 지금 생각해 보니 이게 더욱 마음을 후벼대는 걱정거리가 되었다는 생각이 들었다.

안링은 몹시 오만했다. 그녀는 결코 바로 와서 웨이량을 부르거나 하지 않았다. 수업을 받은 사람들이 모두 옷을 갈아입고 하나하나 문을 나서고 나서야, 그 단발머리 여자 선생과 가볍게 귓속말을 나누었다. 단발머리 여자는 유심히 웨이량을 위아래로 훑어본 뒤, 리듬댄스복 위로 발뒤꿈치까지 덥수룩하게 큰 꽃무늬 치마를 걸쳐 입고 가방을 등에 둘러맨 채, 웨이량 앞을 총총히 스쳐지나 내려갔다.

이제, 그곳에는 두 여자만 남았다. 안링은 목에 둘렀던 운동 수건으로 땀을 닦으며 천천히 웨이량 곁으로 다가와 입을 열었다.

"우리 언니가 댁한테 다 이야기했나요?"

웨이량은 차갑게 그녀를 바라보았다. 그 여자는 웨이량한테 이렇게 주시를 당하다가, 결국엔 자제력을 잃고 중얼거리듯 말했다.

"나는 그이랑…… 그이는 나의…… 유일한 단 한 번의…… 진심이에요."

웨이량은 흥분했고 자제되지 않는 목소리로 날카롭고 거칠게 내뱉었다.

"이봐요, 잘난 아가씨. 아무나 찾아서 진심이라고 하면 되나요. 찾지 못하면 이렇게 꼭 남의 가정을 파괴해야만 하는 거냐구요? 당신, 스스로 부도덕하다고 여기지도 않아요?"

"나는 모르겠는데."

안링 얼굴에 드러난 고집스러움이 금세 웨이량에게 상처를 입혔다. 그녀는 올 필요도 없었다고 생각했다. 하지만 기왕에 왔으니 할 말은 꼭 다해야만 했다.

"당신은 내 가정과 우리 아이들한테까지 상처를 입혔어…….

만약에 당신이, 그래도 양심이 있다면……"

더 이상 참지 못하고 웨이량은 금세 울음이 터질 것만 같아, 몸을 돌려 문을 열고 뛰쳐나가려고 했다. 그 순간 안링의 목소리가 오히려 그녀의 등 뒤에서 차갑게 흩어지며 실내 구석구석을 가득 메웠다.

"나는 그런 것 몰라요. 법률상으론 내가 죄인일 수 있지만, 나와 웨이예는 서로 사랑해요. 나는 그이를 사랑해요, 바로 그이를 사랑한다고요. 나는 사람을 사랑하는 게 죄라고는 생각 안 해요. 결혼이야 그저 제도일 뿐이죠. 꼭 합리적이라고 할 순 없잖아요……. 당신은 이해 못할 거예요. 당신은…… 근본적으로 그이를 이해하지 못하니까."

안링은 천천히 바닥에 쭈그리고 앉더니 가부좌를 하고서 말을 이었다.

"당신과 우리 큰언니가 어려서부터 친한 사이라는 걸 잘 알고 있어요……. 나도…… 당신이 아니었으면 해요. 하지만 일은 벌어졌어요. 나는 이제껏 내 마음을 움직인 사람을 만나보질 못했어요……. 나도 몸을 빼고 싶어요. 때로는 생각하죠. 당신들은 부부인데, 그럼 나는 뭔가? 나도 싫어요……. 그렇지만 어떻게 해야 하죠? 벌써 빠져버린 걸……."

"남의 남편을 빼앗는 것이 진짜 '사랑'일까?"

웨이량은 차갑게 비웃으며 문을 힘겹게 밀었다.

6

집으로 돌아오는 길은 그렇게 멀지 않았건만, 웨이량은 걷기가 고달프기 짝이 없었다. 웨이량은 웨이예의 가게를 지나치지 않으려고 골목길로 돌아들었다. 땀과 눈물이 눈가에 뒤범벅이 되어 거의 방향조차 분간하기 어려웠다.

웨이량은 안링에게 화가 치밀었다. 그 여자는 남편을 빼앗아 놓고도 자기한테 사랑을 알지 못한다고 비웃었다. 웨이량은 자신의 삶의 질서를 파괴한 그 여자를 정말로 죽여버리고 싶었다. 또 다른 여자를 사랑한 남편도 죽여버리고 싶었다. 그는 웨이량을 버린 것이다. 웨이량은 그런 자신을 더 죽이고 싶었다……. 알고 보니 자기는 남편에게 버림받은 버려진 여자에 지나지 않았다.

웨이량은 자기 집을 바라보았다. 그 5층 건물의 아파트는 40여 평으로, 줄줄이 늘어서 있는 지극히 평범한 집이다. 근처의 몇몇 아파트들이 외벽에 타일을 붙여 색깔이 다른 것을 빼고는 뭐 그다지 다른 점도 없었다! 그 아파트의 5층은 그녀의 집으로, 그 안에는 그녀의 삶의 전부가 들어 있다. 웨이량은 머리를 들어 그곳을 거의 넋이 나간 듯 쳐다보고 있었다. 그때 길을 지나던 3층 사는 천(陳) 씨 아줌마가 그녀에게 아는 체를 했다.

"위(于) 씨 아줌마, 남편 기다려요?"

"아!"

웨이량은 당황했다. 그녀는 다른 사람들에게 이 사실이 알려지는 게 정말로 싫었다. 자기가 더 이상 남편의 사랑을 받지 못하는 여자라는 사실이. 그녀는 자신의 일말의 마지막 자존심이라도 지키려고 억지로 웃으며 말했다.

"아니요, 아이들 마중 가려고요."

"오, 그래요!"

웨이량은 고개를 끄덕이며 서둘러 몸을 피했다.

유치원 원장님조차 의아해 하며 물었다.

"어머니, 오늘 왜 이렇게 일찍 오셨어요?"

"예!"

웨이량이 답했다.

"아이들을 외할머니 댁에 데리고 가려고요."

유치원을 나오자 딸아이도 물었다.

"엄마, 오늘 무슨 일이야? 이렇게 일찍 우리를 데리러 오게!"

"일찍 가니까 좋지 않니?"

딸은 손뼉을 치며 말했다.

"진짜 좋아! 누가 좋지 않다고 했어?"

아들도 말했다.

"정말 좋아! 난 유치원 가는 게 싫어."

택시에서 웨이량이 딸에게 말했다.

"너희를 데리고 외할머니 댁에 가서 며칠 묵을 거야. 엄마는 까오슝(高雄)에 가야 해. 돌아오면 바로 너희를 데리러 갈게."

딸이 물었다.

"까오슝 가서 뭐 할 건데?"

"일이 좀 있어."

"아빠는?"

"아빠는 가게 보셔야지!"

딸은 입을 삐죽거리며 말했다.

"외할머니 집 가기 싫어. 집도 너무 작고!"

아들도 덩달아 말했다.

"가기 싫어."

"쓸데없는 소리!"

웨이량이 큰소리로 꾸짖었다.

아버지가 돌아가신 뒤 웨이량의 엄마는 누군가의 소개로 재혼을 했다. 새아버지는 피복 공장에서 재단 일을 하던 사람으로, 부인은 죽고 두 아들만 남아 있었는데, 웨이량보다 몇 살 어렸다. 엄마가 재혼했을 때 다섯 식구가 하는 일은 별로 없고 먹을 입만 많아 하루하루 세상살이가 녹록지 않았다. 웨이량이 결혼을 할 즈음, 두 의붓 동생들도 각자 독립해서 가정을 꾸렸고, 새아버지도 피복 공장에서 은퇴했다. 그래도 손재주가 남달라 재봉사 일을 하면서 오히려 벌이가 더 좋아졌다. 거기다 웨이량이 매달 주는 용돈도 있어서 엄마의 생활은 그제야 좀 넉넉해졌다. 전에 살던 12평 남짓의 국민주택에서 여전히 살고는 있지만, 전체를 새롭게 리모델링해서 말쑥하니 모양새를 제법 갖추었다.

웨이량은 언제나 엄마가 계신 집에 가는 것이 썩 내키지 않았다. 거기가 결국 자기 집은 아니었기 때문이다. 어른의 분위기가 아이에게도 영향을 끼치는 걸까? 딸과 아들은 지금도 외할머니 댁에 가는 것을 싫어했다. 웨이량은 영원히 기억할 것이다. 엄마가 막 재혼했을 때, 그 옹색스러운 곳을 억지로 둘로 나누어 방을 만들었었다. 엄마와 새아버지가 한 칸을 쓰고, 의붓 동생 둘 다 벌써 학생이었기에 둘이서 한 칸을 썼다. 이방인이었던 그녀가 산좐(三專)을 졸업하고서 그 집에 들어가기란 쉬운 일이 아니었다. 그러니 잠잘 곳을 따질 수 있었겠는가? 그저 거실 바닥에 잠자리를 깔았다. 남의 울타리 아래 기탁해 살아가는 세월을 뭐라 할 수 있을까? 웨이량은 영원히 잊어버릴 수 없었다. 그래서 자기 집이 생긴 뒤로는 엄마 집에 가는 것을 이제껏 피해 왔다. 그녀는 그 어려웠던 시절을 다시 떠올리는 게 애초부터 두려웠다. 딸과 아들을 엄마한테 맡기는 것은 방법이 전혀 없을 때만 찾는 궁여지책이었다. 그녀가 집을 나올 결심을 하니 아들딸과 함께 살 집을 다른 방도로 찾아야만 했던 것이다.

"어떻게 이런 시간에 오니? 전화라도 해주지. 그래야 밥이라도 넉넉히 해두지."

엄마는 주방에서 분주하게 움직이며 목소리를 높여 딸과 이야기를 나누었다. 웨이량도 목소리를 높여 대답할 수밖에 없었다.

"나는 바로 가야 해요. 아이들만 여기에 한 이틀 둬야겠어요."

엄마는 주방에서 고개를 내밀고 의심스러운 듯 물었다.

"학교는 안 가고?"

"유치원에 가고 안 가고는 문제가 아니에요. 까오슝에 가야 하거든요."

"까오슝에 가서 뭐하게?"

"일이 있어요!"

웨이량이 사실대로 엄마한테 이야기할 리가 없었다. 이건 어려서부터 몸에 밴 습관이었다. 웨이량의 엄마는 유약한 사람으로, 전에는 웨이량의 아버지를 무서워했고, 지금은 새아버지의 말에 모든 것을 따랐다. 웨이량은 자기가 무슨 문제를 해결해야 할 때 엄마가 어떤 도움을 줄 수 있으리라고 믿어본 적이 없었다. 어려서부터 엄마는 그저 문제가 생기면 새아버지에게 알렸고, 이것 때문에 웨이량은 수도 없이 욕을 얻어들어야만 했다.

엄마는 냉장고에서 잘 씻은 포도를 가져와 외손녀와 외손자한테 주려고 했다. 그때 웨이량이 그것을 가져가더니 껍질을 꼼꼼하게 벗겨낸 뒤 딸과 아들에게 건네 주었다.

엄마는 딸의 이런 행동을 그다지 달가워하지 않았다.

"농약은 없을 거야! 몇 번이나 잘 씻었는데!"

"씻어도 안 떨어져요!"

웨이량은 자기까지 흥분하면 안 될 것 같아 손을 떨면서 포도 쟁반을 받쳐 들고 주방으로 다시 갔다.

"나는…… 매일같이 이런 걱정에…… 또 저런 걱정인데…… 그래봐야 무슨 소용이 있겠어요?"

아들은 입으로 가져간 포도가 없어진 걸 보고서 서럽게 울기 시작했다.

"나 포도 먹을래!"

"울지 마!"

아들은 엄마가 이렇게 거칠게 대하는 걸 본 적이 없었기에, 놀란 나머지 더 이상 소리조차 내지 못했다. 웨이량은 마음이 더욱 심란해져서 일어나 나가려고 했다.

"엄마 간다. 외할머니 말씀 잘 듣고."

그래도 마음이 놓이지 않아 엄마에게 거듭 부탁했다.

"세탁 세제로는 아이들 옷을 빨지 마세요."

"알았다고! 몇 년씩 썼어도 무슨 피부암 같은 것도 안 걸리더만."

"엄만 그런 말씀만 하실 줄 알죠. 매번 그렇게만 말하세요. 내가 너무 조심한 게, 그게 잘못되었네요. 내가 잘못한 거죠?"

"그래, 그래. 네가 옳다."

엄마는 문어귀까지 배웅하러 느릿느릿 일어나시더니 물었다.

"너, 언제 돌아오냐?"

"정확히 몰라요, 이삼일 걸리겠죠!"

"일찌감치 돌아와라……. 기다리다 아이들이 싸우면 그 양반이 또 기분 나빠 할 테니."

엄마가 가리키는 그 양반은 웨이량의 새아버지이다. 웨이량은 눈썹을 찌푸렸다. 웨이량은 정말로 마음이 아팠다. 엄마란 사람이 문제를 해결하는 데 도움은 못 줄 망정, 이렇게 자잘하게 돕는 일조차 그렇게도 마지못해 하다니…….

웨이량은 울음이 복받쳐 오르는 걸 꾹 눌러 참고, 얼굴을 돌려 방충망 문을 밀치고 밖으로 나가면서 말했다.

"알았어요."

이곳의 국민주택들은 십여 년 전에 지은 것들로, 대문과 대문이 마주보고 있었다. 그 사이로 기다란 길이 나 있는데 음산하고도 어두웠다. 집집마다 문 입구 한쪽에는 산더미 같은 잡동사니 물건들이 쌓여 있는데, 자전거나 상자 같은 것, 게다가 세탁해서 널어 놓은 빨래까지 있었다. 웨이량은 가난이 무엇인지 잘 알고 있다. 불필요한 물건들이 많이 쌓인 집일수록 가난한 것이다. 퇴근 시간이라 거리에는 사람들로 북적거렸다. 모두들 총총히 서둘러 집으로 갔다. 아무리 가난한 집일지라도 없는 것보다는 낫기 때문이리라!

7

그래도 웨이량은 먼저 티엔무(天母)로 돌아갔다. 차에서 내릴 때 날은 벌써 저물어 어두웠다. 웨이량이 고개를 들어 자기 집을 바라보니 5층에는 진즉 불이 켜져 있었다. 5층까지 올라가 문에 들어서니 웨이예가 마침 두 명의 일꾼에게 거실에 있던 양귀비 평상을 잘 싸매어 내가도록 하던 참이었다. 새로 들여올 것은 홍목으로 된 큰 의자로 양귀비 평상보다 거의 배나 큰 것 같았다.

가게에서 새로 손질한 물건 중에 좋아하는 것이면, 웨이예는 반드시 일꾼을 시켜 집으로 먼저 옮겨 놓았다. 하지만 이 양귀비 평상을 들어내 가는 데에는 다른 이유도 있었다. 아들이 이 의자 뒤쪽의 조각 무늬 두 쪽을 부러뜨렸기 때문에 서둘러 공장으로 보내서 보수하려는 것이었다.

남편과 아내, 두 사람은 마주 선 채 그저 힐끗 쳐다볼 뿐이었다. 웨이량은 방으로 들어가 장롱 위의 작은 가죽 가방을 끌어내려 자기의 옷가지와 화장품을 싸기 시작했다.

10분 뒤쯤, 일꾼들을 보내고서 방에 들어온 웨이예는 가방을 싸는 웨이량을 보며 한숨을 내쉬더니 침대 가에 걸터앉아 물었다.

"아이들은?"

"당신이 상관할 바 아니잖아!"

웨이량은 원망스러운 듯 가죽 가방 고리를 채우면서, 자신도 뭔가 기대하는 게 있어 시간을 질질 끌고 있다고 여겼다. 하지만 자기가 도대체 뭘 기대하는 것인지 도무지 알 수 없었다.

"이렇게 한 다음엔?"

웨이예가 몹시 의기소침해져 있음을 그의 말투에서 충분히 느낄 수 있었다.

"이 다음엔?"

웨이량은 그를 향해 냉소를 던지고 싶었다. 그러나 그다지 비웃지도 못한 채, 그저 무뚝뚝한 얼굴로 웨이예를 쳐다보지도 않고서 대꾸했다.

"이혼할 거야."

"정말 그렇게 할 생각이야?"

웨이예는 진심으로 그녀를 잃고 싶지 않은 듯했다. 하지만 웨이량은 여전히 그의 이런 태도가 불쾌했다. 웨이예는 근본적으로 웨이량이 자기에게 순종할 것을 강요해 왔다.

"난 이혼할 거야."

웨이량이 말했다. 웨이예는 바닥을 내려다 보면서 차갑게 말했다.

"안링이 그러던데…… 당신이 안링을 찾아갔다며?"

웨이량의 분노는 순간 또 머리끝까지 치밀었다. 웨이량은 날카롭게 소리 질렀다.

"그 여자가 당신을 찾아와 말한 거야? 아니면 당신이 그 여자 있는 데로 간 거야? ……염치도 없는 것들!"

웨이량은 말을 마치자 곧장 몸을 돌려 거실로 나갔다. 거기에는 온통 100년 이상된 정교한 탁자와 의자, 장이나 궤짝 들의, 반들반들 윤이 나는 나무 재질과 우아한 선, 그리고 질박하고 고풍스런 색깔들로 가득했다. 하지만 이것들은 원래부터 그녀의 것이 아니었다…….

웨이량이 밖으로 나가자 웨이예도 따라 나왔다.

"여보…… 남자들이란 때론 욕망 같은 게 있어. 꼭 집어 말하긴 정말 어렵지만."

"당신한텐 욕망이 있고, 그럼 나한텐 욕망이 없단 말이야? 매일같이 기꺼운 마음으로 집을 지키고, 아이들을 키우는 건 당연한 일이고?"

"내 생각에…… 일은 결국 해결될 거야……."

웨이량은 냉랭하게 웃음을 뱉어내며 대꾸했다.

"뭘 해결해? 어떻게 해결할 건데? 나는 누구와도 내 남편을 나눠 갖지 않을 거야. 난 깨진 물건은 원치 않아. 나는 이제껏 온전치 못한 것은 싫어했어……. 당신…… 당신들, 한쪽은 욕망 때문에, 또 한쪽은 적막함을 견딜 수 없어서였겠지. 당신들은…… 그저 날 구역질나게 할 뿐이라고."

웨이량은 자기 트렁크를 들고서 가버렸다. 웨이예는 결코 뒤따라 내려가지 않았다. 이것이 바로 웨이량의 남편이다……. 이제껏 순탄한 결혼 생활을 해오던 웨이량은 남편과의 정을 끊고 살아간다는 것이 도대체 어떤 일일지 생각조차 해본 일이 없었다.

택시를 타자 기사가 어디로 갈 거냐고 물었다. 웨이량은 그 질문에 오히려 말문이 막혔다. 웨이량은 이제껏 이 문제를 생각해본 적도 없는 것만 같았다. 이렇게 넓은 타이베이는 그녀가 어려서부터 나고 자란 곳이니 어디 갈 곳이 없겠는가? 물론 집을 나오기로 마음먹은 뒤, 우선 여관에 가서 묵으면 되겠다고 생각하고 있었다. 하지만 지금 그녀는 의외로 당혹스러웠다. 정말이지 전혀 낯선 곳으로 가서 밤을 지내야 한단 말인가? 하지만 여관으로 가지 않는 한, 웨이량은 갈 곳이 정말로 없었다. 그녀에게 도대체 의지하고 기댈 친구조차 없단 말인가!

웨이량은 얼마간 당황스러워하며 기사에게 말했다.

"중산베이루(中山北路)로 가주세요!"

중산베이루는 굉장히 길다. 6구간을 다 지나고서 또 5구간, 4구간, 3구간…… 그녀는 천천히 생각해 봤다. 자기가 오늘밤 어디로 가야할지를 분명하게 생각해 봤다.

웨이량은 정말로 갈 곳이 없었다. 고등학교 때 친구들은 일찌감치 멀어졌고, 상업전문대학 때의 유일한 친구였던 메이팡(美芳)도 결혼하고서 각자의 집이 생겨, 전처럼 그렇게 친하게 지내지는 않았다. 이전의 사무실 동료들은 두말할 필요도 없이 각자의 길로 흩어졌고 연락조차 없었다. 웨이예도 친구가 많은 사람은 아니어서 그저 몇몇 친구와 동료들, 아니면 사업상 왕래하는 친구들이 있을 뿐이었다. 어쩌다 웨이량을 대동하고 식사 초대에 가기도 했는데 그들은 웨이예의 친구들이었고, 친구의 부인네들 모두 그저 인사말이나 몇 마디 나누고 그저 그런 일상사나 주고받는 사이였다.

웨이량은 처음으로 알게 되었다. 자기가 결혼을 한 뒤로 생활 속에서 남편과 아이들을 제외하고 나면, 정말로 다른 사람들은 존재하지 않는다는 사실을.

차창 밖으로 희희낙락 오가는 행인들과 차량들을 보고 있으니, 여름밤의 중산베이루는 여전히 활기에 차 넘쳤지만, 오직 그녀만은 처량하기 그지없었다.

차가 웨이예의 가게에서 멀지 않은 곳을 지나치자, 그녀가 아침에 가보았던 그 무용 교습소가 이내 눈에 들어왔다. 이층에는 여전히 등이 밝혀져 있었다. 그 여자는 아직 가지 않은 것인가? 어쩌면, 오늘밤 안링이 자기를 대신해서 집으로 갔을지도 모른다. 자기 침대에서 자기 남편과 엉켜 붙어서……. 그런데도 자기 남편은 오히려 좋아라 하겠지……. 웨이량은 몸이 온통 오그라들었다. 손바닥에서는 진땀이 배어 나왔다. 원망과 미움 말고는 그 어떤 것이 남아 있겠는가?

웨이량은 문득 이혼해서는 안 된다고 느꼈다. 자신이 왜 이혼을 해야 하지? 이렇게 손쉽게 판안링을 도우란 말인가? 이번 일에서 유일하게 잘못 하나 저지르지 않은 사람은 바로 자기인데, 그런데도 가장 상처를 입은 사람도 자기뿐이다. 자기 남편과 그 여자는 최소한 서로 정을 통한 즐거움이라도 있었지만, 자기는? 그저 속임을 당한 굴욕만 있을 뿐이었다.

"난 이혼 안 해!"

웨이량은 무심결에 말을 내뱉었다.

기사가 뒤를 보며 물었다.

"뭐라 하셨어요?"

웨이량은 그제서야 깜짝 놀라며, "아니에요, 스화(世華) 호텔로 가주세요."라고 말했다.

택시 기사가 백미러로 자기를 힐끔거리자 웨이량은 순간 무서운 기분이 들었다. 이제껏 혼자서 차도 타보지 않았던 웨이량은 택시가 호텔 입구에 도착하고서야 겨우 한숨을 내쉬었다.

혼자서 여관에 묵는 것도 이번이 처음이었다. 웨이예를 알고 난 이듬해 둘은 깊은 사이가 되었고, 둘이서 갔던 몇몇 자그마한 여관들은 에어컨조차 달리지 않은, 시설이 형편없는 곳들이었다. 후에 여유가 좀 생기고서 아이들을 데리고 남부로 놀러갔었다. 한두 차례는 외국 여행을 갔는데, 이때마다 묵은 곳 모두 여행하다 들른 여관들이었다. 웨이량은 타이베이의 큰 호텔에선 묵어본 적도 없었다. 그나마 웨이량이 스화 호텔을 선택한 것은 지난주 웨이예의 홍콩 친구가 타이베이에 왔다가 스화에 묵고 있어, 웨이예를 따라 와봤기 때문이다.

웨이량은 웨이터의 안내를 따라 엘리베이터를 타고 위로 올라갔다. 웨이량의 방은 7층으로, 창은 단쉐이허(淡水河)를 마주하고 있었다. 웨이량은 웨이터에게 팁을 주고서 문을 꼭 걸어 잠그고 거기다 고리까지 채웠다. 그런 뒤에야 겨우 좀 안전하다는 느낌이 들었다.

방은 크지 않았다. 침대 외에 작은 화장대와 옷장이 있고, 자그마한 욕실 한 칸이 더 있었다. 물건들은 하나같이 구닥다리였고, 욕실의 수건이나 목욕 타월 및 침대 시트, 담요 할 것 없이 모두 오래되어 낡아빠진 모양새였다. 웨이량은 이렇게 여러 사람이 사용한 물건에는 적응이 되지 않았다. 하지만 이렇게 공용으로 쓰는 침대와 베개 그리고 이불, 담요들과 함께 잠자리에 들지 않는다면, 자기가 뭘 어찌할 수 있겠는가? 웨이량은 비닐 슬리퍼를 찾아냈다. 그런데 얼마나 많은 사람들이 이것을 신었을까 생각하는 순간 구역질이 났다. 웨이량은 그걸 욕실로 가져가서 흔들어 씻으면서, 여전히 더럽고 낡은 욕실이 못마땅했다. 웨이량은 분노와 원망을 온통 욕조와 세면대, 변기를 씻어내는 데 쏟아 붓기 시작했다. 씻으면 씻을수록 더 마음이 상했다. 웨이량은 결국 물기에 젖어 미끄러워진 타일 위에 쪼그려 앉아 통곡하기 시작했다.

8

웨이량은 밤새 한숨도 자지 못했다. 온몸이 나른하고 시큰거렸다. 그런데 머리는 오히려 그 어느 때보다 맑았다. 앞으로 도대체 어찌해야 좋단 말인가?

가진 거라곤 겨우 3천여 위안뿐이었고, 그것 말고는 예금통장 하나가 더 있을 뿐이었다. 가게 사업이야 뭐든 웨이에 손을 거쳤고, 돈은 대부분 물건을 잡아놓는 데 걸려 있어서 현금은 원래 그다지 많지 않았다. 웨이량은 가계 장부에 관여하지도 않았고, 자신의 비자금을 챙기는 습관도 없었다. 예금통장의 돈도 그저 일상적인 가정 살림에 쓰는 돈인데, 현금을 집에 두자니 불안해서 근처 우체국에 맡겨 놓은 것이었다. 이 돈도 기껏해야 2만여 위안밖에 되지 않았다.

이 푼돈으로 뭘 할 수 있단 말인가? 웨이량은 대충 셈을 해보고서야 깨달았다. 하루 여관비가 천 위안, 여기에다 일상적인 비용을 더하자, 앞으로 보름도 채 버티지 못할 것이 뻔했다. 돈을 다 써버리면 웨이예한테 돌아가 설마 돈을 달라고 입을 열어야 한단 말인가? 웨이량의 마음은 저 밑바닥까지 서늘해졌다. 자기 뜻대로 집을 나와 독자적인 생활을 하는 여건조차 안 된단 말인가! 웨이량은 10년의 청춘을 바쳐가며 그 집에서 희생하느라, 친구도 없었고 자기 일조차도 없었다. 거기다 마지막에는 손에 돈 한 푼 쥔 게 없으니, 지금 그녀는 정말로 아무것도 가진 게 없는 셈이었다.

점심때, 그녀는 화장을 하고서 외출할 준비를 했다. 어쨌든 이렇게 작은 공간에서 종일토록 멍하니 있을 수는 없는 일이었다.

옷을 갈아입고 그녀는 전화부를 찾아 메이팡(美芳)의 사무실로 전화를 걸었다. 사람을 찾아 몹시 이야기를 나누고 싶었고, 혹시 메이팡이 자기한테 뭐라도 의견을 줄지도 모를 일이라 생각했다. 전에 학교 다닐 적에 그녀는 메이팡의 명쾌한 일처리에 대단히 탄복한 적이 있었다. 후에 증명이 되었듯이 메이팡은 아주 능력 있는 커리어우먼이 되었고, 결혼한 지 2년 뒤 주임으로 승진했으며, 사무실에서는 그래도 책임자라 상당히 위풍 있어 보였다. 전에야 뭐 별거 아니라고 생각했지만, 지금 웨이량은 진심으로 그녀가 부럽고 존경스러웠다.

"웨이량이니? 정말 오랜만이다!"

메이팡은 전화 속에서 전과 다름없이 친근했다. 하지만 웨이량이 점심때 식사를 함께 하자고 했을 때에는 오히려 곤혹스러워했다…….

"안 되는데! 도시락을 가져왔거든. 게다가 오후에 회의가 있어서 한 시 반이면 사무실로 돌아와야 해. 시간이 너무 촉박해!"

"그래……."

웨이량이 말했다.

"저녁에 하자! 너 퇴근하고서 우리 쇼핑이나 하면서."

"쇼핑?"

메이팡은 무슨 신기한 일이라도 들은 양 하하 크게 웃어댔다.

"난 너처럼 그렇게 좋은 팔자가 못 돼. 어디 시간이 나서 쇼핑을 하겠니? 퇴근하면 아들 데리러 가야지……. 맞아, 웨이량, 지난번에 너희 신랑이 로스앤젤레스에서 사업을 한다고 하지 않았니? 요즘 들어 아들을 거기로 보내서 초등학교를 다니게 할까 생각 중이야. 네 남편 일은 어떻게 돼가니?"

"아직은 확실치 않아……."

"네가 좀 물어봐라. 내가 다음에 다시 전화할게."

"응, 그러자."

웨이량은 떨떠름하게 전화를 끊고서 그 자리에 한참을 앉아 있었다. 자기가 또 어디로 갈 수 있을지를 생각하면서. 어쩌면 우선 집을 보러 다녀야 할지 모른다. 그녀가 정말로 웨이예를 떠나려 한다면, 자기 한 몸 편안히 누일 곳이 반드시 필요했다. 여관에 머무는 것은 어쨌든 방법이 아니었기 때문이다.

웨이량은 우체국의 자동인출기로 가서 예금액을 모두 인출하고, 전세 광고란을 뒤져볼 요량으로 신문 한 부를 샀다. 그녀가 생각하는 집은 정갈한 환경에, 출입하기에 산뜻하고 말끔한 큰 빌딩의 자그마한 두 칸짜리 집을 원했다. 그렇다고 평수가 너무 작아서도 안 된다. 그녀에게 딸린 자식이 둘이나 있으니. 하지만 현실적으로 그런 곳의 월세와 보증금은 모두 턱없이 비쌌다. 가까스로 월세 5천 위안이라는 곳을 찾아내 주소를 따라 찾아가 보았다. 옌핑베이루(延平北路)에 있는 큰 건물로, 지하에는 식당과 잡화점 그리고 이발관 등이 있었고, 위에는 10평 남짓의 셋집들이 있었다. 들어가 보니 엘리베이터는 시금털털하게 낡아 더럽기 짝이 없었고, 복도는 오래도록 햇빛을 보지 못한 데다 사람들이 깨끗하게 치우지도 않아서, 걸어가는 발 아래로 눅눅하게 들러붙는 것만 같았다. 관리원이 신문에 광고된 자그마한 그 집을 보여 주었다. 분명 가구는 좀 갖추고 있었지만, 지금 자기가 묵고 있는 여관의 침대나 옷장과 비교해 보아도 질이 떨어지고 낡아 보였다. 거기다 문을 밀치고 들어서자 이내 곰팡이 냄새가 코를 찔렀다.

"한 달에 5천 위안이요. 보증금 2만 위안에."

관리원은 무표정한 얼굴로 월세와 보증금을 반복하면서 그래도 애매하게 암시했다.

"이 부근이 출근하기엔 아주 편리하다우."

웨이량은 창문을 열어 보았다. 아래는 대로인데 사람 소리와 차 소리가 시끄럽게 왕왕거리고, 작은 가게들이 밀집해 있었다. 하지만 달리 선택의 여지가 없기에 예예 하며 물었다.

"혹시 보증금 없이는 안 되나요?"

관리원은 고개를 가로저으며 말한다.

"그건…… 안 되지요. 집주인이 그렇게 요구하는 걸, 나는 그저 도와줄 따름이니……."

빌딩을 걸어 나온 웨이량은 우두커니 서서 어디로 가야 할지 몰랐다. 게다가 자기 아이들을 떠올리니 겨우 하룻밤밖에 지나지 않았는데도 더 이상 견딜 수가 없었다.

웨이량은 서둘러 엄마 집으로 갔다. 그런데 문에 들어서자마자 먼저 엄마의 물음이 터져 나왔다.

"넌 어디를 갔던 게냐? 응?"

웨이량은 엄마 말에는 대꾸하지 않고 내처 물었다.

"애들은?"

"아이들 아빠가 데리고 갔다!"

"엄마……."

웨이량은 화가 머리끝까지 났다. 왼손을 연신 떨면서 말을 이었다.

"엄마는 뭐 하느라 그 사람이 애들을 데리고 가게 놔두었어요? 그 애들은 내 아이들이라고요!"

"웨이량, 너희들 지금 뭐 하는 거냐? 어제 웨이예가 왔길래, 너희가 뭔가 잘못되어 가고 있다고 생각했다만…….”

“그 사람이 언제 왔어요?”

“여덟 시 좀 넘어서.”

웨이량은 계산을 해봤다. 그렇다면 자기가 집을 나온 지 얼마 지나지 않은 때였다.

“샤오량아!”

웨이량의 엄마는 그저 양보하더라도 편히 살면 된다는 생각에, 딸을 설득하려 했다.

“무슨 일이냐? 싸웠으면 그걸로 되었지, 넌 또 왜 그러니? 이 정도로 해둬라. 내가 지금 웨이예한테 전화해서 널 데려가라고 하마.”

웨이량은 몸을 일으켜 밖으로 나가려고 했다. 엄마는 하는 수 없이 수화기를 내려 놓으며 웨이량을 쫓아왔다.

“너…… 웨이예가 혹 밖에 여자를 두고 있는 거냐? 내가 타이중(臺中)으로 전화해서 너희 시부모님을 오시라고 해야겠다…….”

웨이량은 참을 수 없을 만큼 싫었다. 이것이 바로 엄마의 일처리 방법인 것이다.

“엄마, 제발 참견하지 마세요.”

“난, 나는 네 엄마야. 내가 어떻게 참견을 안 하니?”

웨이량의 엄마도 속이 상했다.

“넌 어렸을 때부터 그저 네 아버지한테만 말하고, 나한테는 뭐든 말하지 않으려고 했었지. 나도 다 안다. 네가 날 원망하고, 내가 재혼한 것을 싫어한다는 것도. 하지만…… 어쨌든 난 네 엄마잖니…….”

“참견하시겠다고요? 어떻게 참견하실 건데요? 나 이혼할 텐데, 아이들 데리고 여기 와서 살 수 있어요? 아니면 나한테 전세비 좀 빌려 주실래요?”

웨이량의 엄마는 또 울기 시작했다.

“얘야…… 제발 바보 같은 짓 좀 하지 말거라……. 너 수중에 돈도 없잖니? 나…… 난…… 그 사람이 모든 걸 알아서 좌지우지한다는 걸 너도 잘 알잖니. 네가 다달이 주는 돈까지도 어디에다 썼는지 물어보는데……. 내가 너한테 줄 돈이 어디 있겠니?”

웨이량은 앉은 채로 엄마가 속상해 하는 것을 바라보면서도, 더 이상 위로할 맘이 생기지 않았다. 모녀 둘은 그냥 이렇게 마주 앉아서 스스로를 탓할 따름이었다.

엄마 집에서 나와 웨이량은 또 어디로 가야 할지 알 수 없었다. 그녀의 친정집 아니면 웨이예의 가게뿐이었다. 그녀는 가게 근처까지 갔지만 도무지 거기로 들어가고 싶지는 않았다. 그냥 거리와 마주하고 있는 건물 테라스 아래에 서서 맞은편을 바라보고 있었다. 가게에는 물건을 구경하는 손님이 드문드문 드나들고 있었고, 미스 천(陳)은 보이지 않았다. 웨이예가 직접 손님을 접대하면서 전화를 걸고, 물건을 깨끗하게 정리하곤 했다. 여섯 시가 되자 웨이예는 가게 문을 닫고서 집과는 반대쪽 방향으로 걸어갔다.

웨이량도 한 걸음 한 걸음 거리를 마주하고서 따라갔다. 자신도 이상한 병을 앓고 있는 듯한 이런 정신 상태가 몹시 두려웠다. 하지만 웨이량은 이렇게 남편한테 못이 박힌 듯 한 걸음 한 걸음 그 뒤를 따라갔다.

과연 그녀는 자신이 보고자 했던 것을 보고야 말았다. 판안링이 흰색 상의에 파란색 긴 치마를 입고서, 커다랗고 멋진 가죽 가방을 등에 걸친 채 무용 교습소 아래에서 기다리고 있었다. 두 사람은 서로를 반기더니 이내 바짝 기대서서 상대방을 어루만졌다. 웨이량은 너무도 놀랐다. 자기 남편이 어떻게 거리에서 남한테 이렇게 정답고 친밀하게 굴 수 있단 말인가?

웨이량은 멈춰선 채로 더 이상 쳐다볼 수가 없어 고개를 외로 돌리고서, 얼떨결에 혼자 집으로 돌아갔다. 자기 자신도 어떻게 집으로 돌아갔는지 정확히 기억나지 않을 지경이었다.

미스 천은 가게 대신, 사실은 집에서 아이들을 보살피고 있었다. 그녀는 두 아이를 데리고서 사온 피자를 신나게 먹고 있었다.

딸의 목소리가 들려왔다.

"이모, 우리 선생님은 더러운 말 하는 걸 제일로 좋아해. 친구들 머릿속이 온통 똥뿐이라고 욕하시는데…… 머릿속에다 똥을 넣을 수 있는 거야? 말도 안 되지? 더러워 죽겠어!"

미스 천이 이 말에 답하려다 문득 테라스에 사람 그림자가 어른거리는 걸 발견하고는 화들짝 놀랐다. 정신을 차리고 보니 거기에 서 있는 건 다름 아닌 웨이량이었다.

"엄마가 돌아오셨네."

그녀가 말했다.

아이들은 당연히 좋아했다. 소리를 지르고 깡충거리며 테라스 쪽으로 뛰어왔다. 웨이량은 천천히 집으로 들어서며 냉랭하게 미스 천에게 고개를 끄덕였다.

"돌아가도 좋아요, 수고했어요."

미스 천이 돌아간 뒤 웨이량은 아이들 방으로 가서 옷가지 몇 벌을 챙겼다.

딸이 물었다.

"우리를 또 어디로 데려갈 건데?"

웨이량은 말하지 않았다. 딸과 아들을 데리고 밖으로 나오면서 대문을 여는데, 마침 웨이예가 계단을 올라오고 있었다.

"당신 뭐 하는 거야?"

"당신이 상관할 일 아니야."

웨이량이 중얼거렸다.

웨이예는 붉으락푸르락하더니 울부짖듯 소리를 질렀다.

"아이들을 데리고 나갈 수는 없어."

웨이량은 아랑곳하지 않고 그저 아이들을 잡아끌며 나가려고 했다. 웨이예가 손을 내밀어 억지로 말리려 하자, 웨이량은 너무도 원망스러운 나머지 남편의 팔뚝을 꽉 깨물었다. 웨이예는 당황스럽고 아프기도 해, 온 힘을 다해 웨이량을 거칠게 대문으로 밀쳐내 버렸다. 그런 뒤 벌써부터 놀라 넋이 나간 아이들을 데리고 들어가서는 꽝 하고 문을 닫아버렸다.

웨이량은 건물 계단에 넘어져 주저앉았다. 울음도 나오지 않았다. 그저 두 눈을 껌벅거리며 그냥 그렇게 앉아 있을 따름이었다.

얼마나 지났을까, 한참 뒤 문이 안쪽에서 서서히 열렸다. 웨이예였다. 조금은 미안하고 꺼림칙한 마음에 그는 손을 내밀며 말했다.

"그 여자도 악의가 있었던 건 아니야. 그저 참을 수가 없었던 거지……. 그런데 당신이 그걸 가지고 뭘 소란을 피우고 그래……?"

웨이량은 멍하니 남편을 바라보다 비틀거리며 일어났다. 이제 웨이량에게 남편은 전혀 생면부지의 사람이었다. 웨이량은 온 힘을 다해 문을 닫아버리고, 몸을 돌려 계단 아래로 내려갔다.

밤이 깊도록 웨이량은 줄곧 여관의 침대 모서리 구석에 웅크리고 앉아 있었다. 침대는 화장대와 바로 마주하고 있었는데, 어둑한 등불 빛 속에서 그녀는 자기가 보기에도 자신의 모습이 이상하다고 생각했다. 그녀의 마음이 움직였다. 뭔가를 해야만 할 것 같아, 그녀는 겨우 기어 일어나 욕실에서 얼굴 털을 깎는 면도용 작은 칼날로 자신의 머리칼을 한 움큼 한 움큼 잘라 나갔다. 머리카락이 듬성듬성 남겨져 거의 두피가 보일 지경이 되자, 그녀는 그제야 한숨을 몰아 내쉬며 손을 내려 놓았다.

9

이튿날 아침 웨이량은 미용실로 갔다. 머리를 감겨주는 아가씨는 엉망이 된 머리카락에 깜짝 놀라, 그녀를 좀 미친 여자라고 생각하는 것 같았다. 오히려 웨이량은 마음이 아주 평온했다.

"나 머리 좀 정리해줘요."

웨이량의 남겨진 머리카락으로는 그저 정리나 할 수 있을 뿐이었다. 대략 7, 8센티 정도밖에 안 되는 머리카락에도 웨이량은 아무렇지 않았다. 자그마한 카페에서 아침식사를 했는데, 이것이 최근 2, 3일 사이에 처음으로 제대로 한 식사였다. 신문의 구인광고를 펼쳐보았다. 신문의 한 면이 광고로 온통 빼곡하게 가득했다. 하지만 그녀의 학력과 경력, 그리고 연령에 맞는 것은 결코 많지 않았다. 특히 나이가 문제였다. 33살 먹은 여자가, 더욱이 특별한 재능도 지닌 게 없는 여자가 다시 사회로 나가 일한다는 것은 그렇게 쉬운 일이 아니었다.

웨이량은 그 가운데 대여섯 곳의 주소를 골랐다. 찾아간 첫 번째 회사는 말로는 영업 사원을 모집한다고 했다. 난징둥루(南京東路) 5가의 거리 쪽에 자리한 3층 건물에 있었는데, 몇 개의 책상과 의자를 늘어 놓은 방에 딱히 무슨 회사라고 할 만한 곳이 아니었다. 책임자라고 하는 사람이 눈앞의 여자를 이상하게 여기는 것 같았지만, 별로 놀라지도 않은 채 태연하게 삔랑을 씹어 가며 그녀에게 이렇게 말해 주었다. 팔아야 할 물건은 바로 바닥의 플라스틱 통 안에 가득 담긴 것들로, 하나같이 상표조차 붙어 있지 않은 샴푸들이었다.

"미용실에 갖다 파는 거요. 우리는 오래전부터 여기서 샴푸를 만들었는데, 판로도 제법 있어요."

웨이량은 오래 머물지 않고 바로 그곳을 떠났다. 그녀는 이미 17, 18세의 처음 일자리를 찾는 소녀가 아니었다. 이런 것은 근본적으로 일자리라고 할 만한 것이 아니라는 걸 직감하고 있었다.

밖에는 비가 내리기 시작했다. 그녀는 차를 잡아 타고 신성난루(新生南路)에 있는 보험중개 회사로 갔다. 그곳은 얼핏 보기에 어느 정도 규모를 갖춘 듯했지만, 한 달에 겨우 구천 위안의 기본급밖에 주지 않는 곳이었다. 하지만 웨이량은 최종적으로 그 일자리도 얻지 못했다. 그곳의 누군들 정신이 오락가락하는 직원을 원하겠는가?

오후에 웨이량은 몇 군데 회사를 더 찾아갔다. 물론 아무 성과도 거두지 못했다. 마지막으로 웨이량은 가방을 열어 보관하고 있던 안핑의 명함을 찾아냈다.

명함에 적힌 주소대로 안핑이 출근하는 레스토랑으로 찾아갔다. 런아이루(仁愛路)에 있는 환하게 툭 트여 모던한 인테리어를 한 프랑스식 레스토랑이었다. 구석구석 스테인리스와 대리석 빛으로 반짝였다. 서빙하는 사람들은 한결같이 검은색 양복을 입은 젊은 남자들로, 웨이량이 갔을 때는 막 7시를 넘긴 시간이었다. 손님은 대단히 많았고, 장사가 꽤나 잘되는 것 같았다.

웨이터가 미소를 지으며 앞으로 다가와 물었다.

"몇 분이신가요?"

"혼자예요."

웨이량은 앉아서 안핑이 저쪽 모퉁이에 앉아 한 남자와 이야기하는 걸 보았다.

"나는 이곳 지배인을 찾아왔어요, 미스 판이요."

"판 지배인님요? 잠깐만 기다리세요. 말씀드릴게요."

안핑은 걸어오다 웨이량을 보더니 깜짝 놀랐다.

"너 웬일이니? 머리는 어쩌자고 이렇게 이상하게 해가지고?"

웨이량은 대답 대신 그저 의자를 밀어주며 앉으라고 했다. 그 남자가 가려는 듯 다가와 안핑에게 인사를 했다.

"갈게!"

안핑은 손을 흔들며 대꾸했다.

"일요일에 집으로 와요. 내가 아이한테 말해 놓을게."

남자는 고개를 끄덕이며 갔다. 안핑은 눈으로 그 사람이 가는 걸 배웅하더니, 그제야 한숨을 내쉬었다.

"내 전남편이야."

웨이량은 이해가 안 됐지만 묻지도 않았다. 안핑은 한숨을 내쉬었다.

"이혼하겠다고 다투고 할 때에는 그저 밉고 원수 같더니, 지금은 오히려 사흘이 멀다 하고 달려와 아들을 보겠다고 하네."

"그 사람이 널 아직도 사랑하니?"

"사랑은 뭘? 나는 더 이상 내 생명을 이런 남성우월주의자들에게 낭비하지 않을 거야. 언젠가 진정으로 평등하게 서로 함께할 사람을 만난다면 모르지만……."

"나 집 나왔어."

웨이량은 아무 일도 아니란 듯이 말했다.

안핑은 오히려 담담하게 어깨를 으쓱거리며 대답했다.

"안링도 나랑 대판 싸웠다. 나더러 자기를 배신했다나. 요 며칠 무용 교습소에 가서 지내. 나 보기 싫다면서."

"나, 일자리를 찾고 싶어."

씁쓸한 미소를 지으며 웨이량이 말했다.

“한참을 다녔는데 뜻밖에 친구도 없더라. 돌아보니 그저 너만 떠오르네.”

안핑은 이 말을 듣더니 울컥 눈자위가 붉어졌다. 그녀는 입술을 오므리며 웨이량을 위로했다.

“우린 원래 좋은 친구였잖아. 어려서부터 함께 자랐고. 어쨌든 남들보다는 친하잖니.”

“안핑…… 정말로, 나 일자리 좀 찾아줘.”

안핑은 웨이량을 바라보더니 한참 만에 한숨을 내쉬면서 입을 열었다.

“서두르지 마. 이렇게 나이 들어서 월급이 너무 적으면 타산이 안 맞고, 월급이 좋으면 너한테는 그런 재능이 없고. 휴! 분수에 맞게, 여기서 음식이나 좀 먹고 퇴근 후에 마음이나 풀러 가자. 큰 일은 한쪽으로 좀 밀쳐 놓고.”

“음식이 넘어가질 않아.”

“안 넘어가도 먹어야 해!”

안핑이 퇴근 후 웨이량을 데리고 간 곳은 지하실에 자리한 꽤나 특별한 카페였다. 좁다랗게 길쭉한 가게에서는 커피만 파는 게 아니라, 술과 안주거리를 파는 바도 있었다. 모퉁이 쪽에는 흰색 피아노가 있었는데 마침 누군가 피아노를 치고 있었다. 가라오케도 갖춰져 있어 손님들이 노래를 할 수도 있었다. 더욱 특별한 것은 피아노를 치는 사람 말고는 손님들 모두가 거의 여자들이라는 점이었다.

안핑은 웨이량에게 카페 여주인을 소개했다. 40세 남짓의 모던하게 화장을 한 곱상한 여자였다. 온통 검은색 옷차림에 은 목걸이, 팔찌, 그리고 붉은색 허리띠를 두르고 다가오는 얼굴에 미소를 가득 머금고 있었다.

"여긴 팡(方) 언니!"

안핑은 그녀더러 앉으라고 하더니 미소를 지으며 말했다.

"여기는 말하자면 '이혼클럽'이야."

팡 언니는 여전히 웃음을 가득 머금고서 실눈을 뜬 채 웨이량을 바라보았다.

"봐봐, 다들 무척 비슷하지? 마음이 심란할 때면 여기로 와! 우리들은 하나같이 친구를 따라 여기로 왔지. 모두들 친해져서 몽땅 친구가 되었고."

"여자가 이런 일을 겪게 될 때, 무슨 전문가나 심리 지도 같은 건…… 하나도 도움이 안 돼. 스스로 기분 전환을 하고 일어서는 것만이…… 여기로 오면, 모두들 친구가 되는 거야. 자기 이야기를 기꺼이 들어줄 친구를 찾으면…… 그게 바로……"

팡 언니는 안핑을 대신해서 말했다.

"그게 바로 과부 사정 과부가 알아주니 서로서로 위로가 된다는 말이지."

웨이량은 사방을 둘러보았다. 모두가 자기처럼 불행한 여자들이었다. 웨이량은 조금이나마 마음이 진정되었다. 그녀는 안핑이 건네준 브랜디를 마셨다. 안핑이 말했다.

"마셔! 천천히 마셔봐. 알딸딸할 때까지 마시면 정말 나른해져.

취하지만 않으면 되지."

그곳을 나설 때, 시간은 벌써 새벽 두 시였다. 웨이량은 전혀 취하지 않았다. 뭐든 분명하게 기억했고, 그저 알딸딸한 게 상당히 나른하게 느껴질 따름이었다.

피아노를 치던 사람이 고물 닛산차를 운전해서, 안핑과 함께 웨이량을 호텔로 데려다 주었다. 차에서 내릴 때, 그 사람이 다가와 웨이량을 부축하며 말했다.

"내가 웨이량을 데리고 올라갈까. 차는 당신이 몰고 가고?"

안핑이 눈을 부릅뜨고 그 사람을 노려보았다.

"당신은 아래에서 기다리고 있어요. 여자라면 그저 심심풀이로 삼을 수작일랑 하지 말고."

안핑은 웨이량을 부축해서 위로 올라갔다. 웨이량이 옷을 갈아입도록 도와 주면서 푹 자라고 했다.

웨이량은 베개 머리맡에 엎드려 숨을 몰아쉬면서 말했다.

"아까 그 사람 그럴 용기 있으면, 올라오라고 해!"

"누구?"

"그 피아노 치던 사람!"

"좀 전에 네가 왜 얘기 안 했어? 흠! 입이 붙었니!"

안핑은 말을 내뱉으며 머리를 가로저었다.

"너 말이야! 정말로 남자가 필요하면 눈을 크게 뜨고 골라. 울컥한 마음에 객기부리지 말고. 잠이나 자라!"

"잠을 잘 수가 없어."

안핑은 가방을 한참이나 더듬거리더니 작은 약 봉투를 찾아냈다. 안에는 세 알의 약이 들어 있었다.

"잠이 안 오면 한 알 먹어. 괜히 딴 생각 하지 말고. 나도 마음이 심란할 때면 머리 뒤집어쓰고 그냥 푹 잔다. 자고 나서 곰곰이 생각해 보지, 나는 도대체 뭘 해야 하는가 하고. 집이 필요하면 돈을 벌어 집을 사면 되고, 남자가 필요하면 남자를 구하면 돼. 또 사업을 하려면 일을 열심히 잘 하면 되는 거야……. 남편이 없는 장점이란 게 바로 이렇게 자기 맘대로 해도 된다는 점이야."

웨이량은 그저 약 봉투만 내려다 보고 있다가, 뻑뻑하게 메마른 눈을 껌벅거리면서 말했다.

"너, 내가 자살할까 봐 두렵지 않니?"

"아이고! 고작 세 알 남겨놨는데, 네가 다 털어먹는다 해도 죽지는 않아. 게다가 너도 애들 때문에 차마 죽지도 못하잖니?"

"죽으려면, 아이들도 다 함께 데려가야지……."

"날카롭게 곤두세우지 마라. 얼마나 많은 사람들이 너보다 더 힘들게 살아가는데. 그래도 살아가잖니……."

웨이량은 대답 대신 고개를 묻고 있다가, 한참 만에야 손을 내밀어 되는 대로 어지럽게 허공을 향해 한줌 움켜쥐었다. 그래도 아무것도 잡히지 않자, 이렇게 말했다.

"안핑…… 너…… 그때, 어떻게 버텼니?"

"나도 모르겠어."

안핑은 어깨를 으쓱거렸다.

"그때는 그이를 죽이고 싶도록 미웠지! 아들을 낳고서 나 혼자 병원에서 생사를 넘나들었어. 그이는 그때에도 그 여자 집에 있었으니. 남자란 말야! 예쁜 여자를 좋아하는 게 정해진 하늘의 이치인가 봐. 그 뒤로 나는 이혼하리라 작정했지. 이혼한 지 얼마 안 되어선 겁이 나서 친정에도 못 갔단다. 그래도 우리 모자는 살아야 하잖니? 살려면 뭔가 방법을 찾아야만 했고. 그저 울기만 한다고 무슨 뾰족한 수가 있겠니? 천지를 헤매며 일거리를 찾았어. 넌 모를 거야, 나는 한동안 남 대신 공공화장실도 지켰는걸…….”

“너, 네 남편이 정말 밉겠다!”

“지금은 하나도 원망스럽지 않아.”

안핑의 얼굴에는 정말로 잔잔한 미소가 피어올랐다.

“난 그이가 불쌍해. 그이가 양심이 있다면 평생토록 불안할 거야. 나야 하늘과 땅에 맹세코 부끄러울 게 없지. 그래서 씩씩하게 잘 살고 있고.”

“안핑……”

“왜?”

웨이량은 손을 뻗어 안핑을 꼭 붙들었다.

“너는 나의 유일한 친구야.”

안핑도 눈시울이 붉어졌지만 꾹 눌러 참고는 웃으며 말했다.

“바보! 이번 일은 죄다 안링이 벌인 것인데……. 사실 남녀 사이야 그렇고 그렇지. 특히 남자들이란 욕망의 고비를 넘기지 못한다니까……. 이렇게 생각하면 그래도 마음이 좀 진정되는 것 같아…….”

안링이라는 이름이 들리자, 웨이량은 한 마디도 없이 또다시 침묵에 빠져들었다. 안핑도 가방을 걸치고 자리에서 일어나면서 말했다.

"됐다! 됐어! 나 간다! 너 잘 생각해 봐……. 내 생각으로는 네가 정말로 헤어져서 타락한 사랑을 한다면, 차라리 안 하는 게 나아! 하지만 여전히 네 남편과 헤어질 수 없다면 한사코 고집 피우지 말고…… 돌아가면 되는 거고!"

안핑이 가고 웨이량은 침대에서 이리저리 뒤척였다. 잠이 오지 않았지만 수면제를 먹고 싶지도 않았다. 그녀는 살아오면서 되는 대로 약을 먹거나 하지 않았다.

어질어질 현기증이 나는 가운데, 그녀는 몇 번이고 아들의 울음소리를 들었고, 딸아이가 부르는 소리도 들었다. 웨이량은 아이들이 보고 싶었고, 아이들이 밤에 잠들지 못하면서 엄마를 부르면 어쩌나 걱정도 되었다. 그녀는 몹시 집으로 돌아가고 싶었다…….

웨이량은 끝내 울음을 터뜨렸다. 베개 머리맡이 흥건히 젖었다. 결국 그녀는 집으로 돌아가기로 마음먹었다. 웨이량은 아이들이 필요했고, 남편이 있어야만 했다.

웨이량은 옷을 걸치고, 물건도 닥치는 대로 가방에 쑤셔 넣었다. 아래층으로 내려가 체크아웃을 하고, 집으로 돌아가려고 택시에 올라탔다. 벌써 새벽 4시 무렵이었다. 초여름은 날이 일찍 밝아 하늘색이 회백색으로 밝아 오면서 점점 빛이 들기 시작했다.

웨이량은 위층으로 올라가 현관문을 열었다. 어둑어둑한 집 안에는 그 묵직한 가구들이 원래의 자리에 여전히 놓여 있었다. 다만 웨이량이 이런 시간에 집에 들어선 적이 없었기에, 문득 이 물건들이 상당히 낯설게 느껴졌을 따름이다. 가구들 모두 깊은 고요 속에 잠들어 있었다. 마치 일이백 년은 족히 잠들어 있다가 불현듯 불쑥 깨어날 것만 같았다.

웨이량은 두려운 마음으로 거실을 지나 아이들 방문을 열었다. 신선하고 사랑스런 작은 생명이 마침 달콤하게 깊은 잠에 빠져 있었다. 고르게 호흡하는 소리가 한없이 두렵던 웨이량의 마음을 진정시켜 주었다. 웨이량은 연거푸 숨을 내쉬고, 아이들에게 얇은 이불을 다시 덮어 주었다.

어둠을 더듬어 복도를 지나 자신의 침실로 들어섰다. 침대에 누워 있는 사람이 분명하게 들어오지는 않았지만, 웨이예의 묵직한 호흡은 알아들을 수 있었다. 웨이량은 그 소리에 너무도 익숙했다. 익숙한 나머지 자기도 모르게 흥분이 되었고, 이런 느낌은 이제껏 느껴보지 못했던 것이다. 그녀는 웨이예에게 달려들었고, 온몸은 뜨겁게 달궈진 것처럼 미칠 것만 같았다. 마치 텅 빈 동굴의 깊은 못에서 들리는 듯한 자신의 목소리를 들을 수 있었다.

"일어나 봐요! 일어나! 당신 탕부를 원하는 것 아니었어……? 내가 그렇게 놀아줄게! 내가 질펀하게 놀아준다니까! 나도 할 수 있어…… 일어나 봐!"

처음에는 깜짝 놀랐던 웨이예가 자기 몸을 누르고 있는 여자가 아내라는 사실을 알고서는 더 이상 저항하지 않았다. 남편이 몸을 돌려 웨이량을 눌렀다. 웨이량은 미친 듯이 남편의 뒷머리를 움켜쥔 채 몸을 뒤집어 단숨에 확 덮치듯 남편의 몸 위로 거칠게 올라탔다.

10

일을 치룬 뒤 두 사람은 아무런 말도 하지 않고, 각자 샤워를 한 뒤 침대에서 잠을 잤다.

이튿날 둘은 어쨌든 조금은 어색하게 하루를 시작했다. 여전히 풀어야 할 숙제가 기다리고 있었기 때문이다. 웨이량은 딸아이와 아들을 학교로 데려다 준 뒤 천천히 집으로 돌아왔다. 웨이예도 평소처럼 식탁에 앉아 신문을 보고 있었다. 웨이량은 다가가 맞은편에 앉은 채 남편이 먼저 입을 떼기를 기다렸다. 그런데 웨이예가 처음으로 뗀 첫 마디는 의외였다.

"머리를 왜 그 모양으로 잘랐어?"

웨이량은 대답하지 않았다.

웨이예가 신문을 내려 놓고 그녀를 바라보았다.

"어젯밤엔 당신 같지 않았어!"

"당신은 그렇게 해주는 게 좋아?"

이번에는 웨이예가 대답하지 않았다.

"내가 돌아온 건, 왜냐하면……"

웨이량이 중얼거리듯 말했다. 그녀는 너무나 억울하고 답답했다.

"밖에서는 나 혼자…… 살아갈 수 없었기 때문이야."

"나도 알아."

"당신은 몰라!"

웨이량은 남편이 사전에 뭐든 훤히 다 알고 있었다고 여기는 것 같아 화가 났다.

"당신은 아무것도 몰라. 나는 처음에 내 스스로 헤어질 수 있다고 생각했어. 그런데…… 나는 이미 길들여져 있더라고. 나는…… 아예 이 집을 떠날 수가 없었던 거야……. 돈도 없지, 일거리도 없지…… 혼자서 밖에서 지내자니…… 나는…… 돌아갈 친정조차 없잖아……. 더 몹쓸 것은…… 내겐…… 웨이예…… 내겐…… 당신밖에 없다는 사실이야…… 당신밖에……"

웨이량은 꺽꺽 흐느끼며 바닥에 엎드려 울었다. 웨이예가 그녀를 일으키며 말했다.

"나도 알아…… 나도 알아……."

웨이량은 자기 집으로 돌아왔다. 너무도 깊은 슬픔을 지닌 채 남편 곁으로 돌아온 것이다. 남편이 곁길로 빠졌었지만, 그녀에게는 돌아오는 것 말고는 달리 선택의 여지가 없었다. 신문 속의 전문가들이 여자들에게 늘 이래라저래라 일러주는 것들을 떠올리면서, 남편의 외도 문제를 성숙하게 처리한 뒤 남편과 함께 이 곤란한 지경에서 아둥바둥 빠져나와 보려고 안간힘을 썼다.

"때르릉…… 때르릉…… 때르릉……"

웨이량은 이제 전화 벨소리에도 깜짝깜짝 놀랐다. 두근거리는 심장을 진정시키며 웨이량은 행주를 내려 놓고 전화기를 들었다.

"여보세요?"

"웨이량이니?"

친정 엄마였다.

"아! 그래! 집으로 돌아왔니? 돌아왔으니 됐다. 요 며칠 조급증이 들어 죽는 줄 알았다. 잠도 통 못 자겠고."

웨이량이 담담하게 듣고만 있었다. 그녀는 할 말이 없었다. 그녀는 집으로 돌아온 것이다.

"다시는 싸우지 말아라!"

엄마가 말했다.

"더 이상 문제 일으키지 않으면 된다. 너한테 다시는 안 한다고 했지, 그렇지? 내가 오후에 가마……."

"됐어요. 날씨도 더운데."

"그래…… 그러지 뭐."

엄마는 전화를 끊었다. 하지만 웨이량은 여전히 수화기를 내려놓지 않고서, 전화기 다이얼을 눌러 그이의 가게로 전화를 걸었다. 웨이예가 바로 받았다.

"여보세요……?"

"여보세요!"

웨이량이 낮게 대꾸했다.

"나예요……."

"응!"

"당신 있는지 물어보려고."

"있어."

웨이예의 목소리에 짜증이 묻어났다.

"있으면 됐어. 당신, 다시는 나 안 속일 거지?"

상대방은 한참이나 반응이 없었다. 웨이량이 가볍게 전화기를 내려 놓았다.

하지만 웨이량의 마음엔 끝내 지워버릴 수 없는 음울한 그림자가 드리워져 있었다. 웨이예는 사흘 내내 평소대로 저녁에 집으로 돌아와 식사를 한 뒤, 딸아이를 데리고 한자를 가르쳤다. 웨이량은 아들을 안고서 더는 참지 못해 바보스런 질문을 던졌다.

"우리…… 매일같이 이렇게 보내는 거, 정말 따분하지 않아?"

웨이예는 그녀의 돌발적인 이 말에 분명 놀라는 것 같았다. 그는 눈을 들어 멍하니 한참이나 그녀를 바라보더니, 그제야 길게 한숨을 내뱉으며 더는 못 참겠다는 듯이 말했다.

"뭣 때문에 이런 말을 하는 거야?"

"당신…… 오늘 그 여자 찾아갔어?"

웨이예 이마에 핏대가 천천히 부풀어 올랐다. 하지만 웨이량은 물어보지 않을 수 없었다.

"그 여자가 당신을 찾아오진 않았어?"

"안 왔어!"

웨이예는 딸아이의 한자 종이 상자를 휙 던져버리더니 벌떡 일어났다.

웨이량은 여전히 앉아서 말을 이었다.

"난 모든 것이 전과 같고, 당신의 말 한 마디 한 마디를 죄다 믿어야 한다고 애써 생각해. 하지만 난 지금…… 당신을 또다시 믿어야 하는 것인지 정말 모르겠어……."

"내일 다시 놀고, 목욕하러 가자."

웨이예가 아이를 데리고 자리를 뜨면서 그녀를 피하려고 했다.

얼굴에 금세 지겨운 기색이 역력했다.

웨이량이 고개를 든 채 다시 물어왔다.

"당신은 내게 더 이상 이전처럼 믿음을 주지 못하겠지?"

"내가…… 이렇게 여기 있잖아……."

"하지만 당신의 마음은?"

웨이량은 말하면서 결국 쓴웃음을 흘렸다.

"내가 눈을 감기만 하면…… 당신이 날 속인 게 생각나……. 우리가 어떻게 해야 다시 좋아질까……? 어떻게 해야……?"

웨이예는 아이를 데리고서 차갑게 자리를 떠버렸다. 무릎에 엎드려 한없이 통곡하는 웨이량을 남겨둔 채로.

웨이량은 여러 날 밤을 악몽으로 놀라 깨곤 했다. 꿈에선 어김없이 남편과 그 여자가 껴안고 입맞춤을 했다. 그것도 총천연색 꿈이었다. 판안링은 눈부신 쪽빛 리듬댄스복에, 요염하리만치 고운 분홍색 스키니진을 입고 있었다. 꿈에서 깨어나 곁에 웨이예가 보이지 않으면, 웨이량은 살금살금 일어나 거실로 가보았다. 웨이예는 그녀에게 등을 돌린 채 어둠 속에 앉아 있었다. 그이는 지금 사랑하는 사람을 그리워하고 있겠지? 웨이량은 입을 꼭 다물고 벽에 머리를 기댄 채 엉엉 울기 시작했다.

11

웨이량이 안핑에게 전화를 걸었다. 안핑한테 안링과 약속해서 나오라고 할 참이었다.

그날 웨이량은 일찌감치 도착했다. 안핑이 출근하는 레스토랑에서 그녀는 눈물을 머금은 채 안핑에게 말했다.

"돌아가서…… 나도 생각해 봤어, 새롭게 잘 살아보자고. 그런데……"

안핑이 한숨을 내쉬었다. 그녀는 웨이량을 진심으로 이해했다.

"누가 안 그러겠니? 남자란 그저 채워질 것이라 여기지만, 사실 그게 어떻게 가능하겠니? 여자가 그런 일을 맞닥뜨리면, 이혼을 하는 것도 고통스럽고, 이혼하지 않아도 고통스럽긴 마찬가진데. 그저 천천히 버티면서…… 스스로 일어설 수 있을 때까지 참는 거지, 견뎌내면 이겼다고 할 수 있겠지."

"말이야 쉽지……."

"정말 쉽지 않아. 하지만 넌 해내야 해! 남편한테 그저 기댈 생각하지 말고, 일자리를 찾아 독립을 해라. 물질적이든 정신적이든…… 그렇지 않으면, 스스로가 무능해지는 거야."

"나는…… 무능해."

안핑은 웨이량의 태도가 아니다 싶어 말을 막 꺼내려는데, 안링이 목둘레가 훤히 파인 느슨한 면셔츠와 꽃무늬 스커트 차림에, 커다란 범포 가방을 둘러메고서 들어오는 게 보였다.

처음에 세 사람은 그저 앉아 있기만 했다. 마침내 침묵을 깬 사람은 그래도 안핑이었다.

"안링, 웨이량이 너랑 이야기를 좀 나누고 싶다기에…… 일도 이미 마무리되었으니, 모두들 좀 마음을 가라앉히고 편안하게……"

안링은 몹시 화가 난 표정으로 큰언니를 노려보았다.

"뭐가 일이 끝났다는 거야? 불가능한 일이야……. 감정의 일이란 게 본래 자기 맘대로 안 되는 것이지. 이미 비극이래도 누구도 바꿀 수는 없어."

안링의 말이 모질다고 느낀 웨이량은 온몸을 미미하게 떨며 말했다.

"그렇다 치고, 내가 안링 너한테 빌게……."

"나도 당신한테 빌면 안 될까요?"

안링은 요지부동이었다.

"나도 당신이 고통스럽다는 건 알아요. 하지만 내 고통도 좀 봐주세요……. 나도 당신께 빌게요……. 웨이예를 놔줘요. 나는 그이를 진심으로 사랑해요, 그이도 날 사랑하고, 이건 당신이 이해할 수 없는 일이겠지만! 당신이 우릴 위해 생각해 주는 것은 왜 안 되는 거죠? 당신은 나더러 부도덕하다고 했죠. 그럼 당신은 잔인하지 않은 건가요?"

안핑이 꾸짖듯이 말했다.

"안링…… 저쪽은 어쨌든 부부야! 이렇게 이빨을 드러내고 발톱을 세우는 흉한 꼴로 도대체 뭐 하자는 짓이니?"

안링이 지긋이 입술을 깨물었다.

"넌 내 언니지만, 도무지 내게 도움이 안 돼."

안핑이 냉정하게 말했다.

"내가 이렇게 하는 게 진짜 널 돕는 거야. 갈수록 깊이 빠져들어서는 안 된다고."

안링이 자기 언니를 한참이나 바라보더니 무시하듯 말했다.

"됐어! 언니 마음 상태가 평정을 잃었으니, 남의 사랑을 곱게 봐줄 리 없지. 지금이라도 형부가 언니를 또 찾아오면, 언닌 욕정을 잘 컨트롤해서 관계가 생기지 않도록 할 수 있어? 그렇게 말할 수 있냐고?"

"너……"

안핑은 유리잔의 냉수를 안링의 가슴팍에 확 끼얹어 버렸다.

안링은 오히려 아무렇지도 않게 일어서더니, 몸이 흠뻑 젖은 것 따윈 아랑곳하지 않고 매섭게 웨이량을 노려보다 말했다.

"감정의 일이란 당신이 억지로 구걸한다고 얻어지는 게 아니에요. 나는 웨이예를 사랑하고, 웨이예도 날 사랑해요……. 그이가 당신과 이혼하지 않으려 하는 것은 그저 당신이 불쌍하고, 아이들이 눈에 밟혀서 그럴 뿐이에요. 우리 사이에는 누구도 끼어들지 못해요……. 나도 포기할 수 없어요, 내가 죽어버리기 전에는!"

안링은 범포 가방을 휙 집어 들더니 가버렸다. 누구도 그녀를 가로막지 못했다.

웨이량은 눈을 크게 뜬 채 멍하니 있었다. 한참 뒤에야 겨우 억지로 몸을 일으켜 세우고는 안핑에게 말했다.

"나…… 갈게!"

안핑은 묵묵히 문 입구까지 전송하면서 웨이량을 토닥이며 격려했다.

"잘 지내. 졌다고 생각하지 말고!"

네 시가 되자 웨이량은 딸과 아들을 데리러 유치원으로 갔다. 아들은 또 기침을 했다. 아들은 만성 기관지염을 앓고 있었다. 의사 말로는 공기가 맑지 않으면 발병하는 것으로, 주거 환경을 바꿔주지 않는 한 근본적인 치료는 쉽지 않다고 했다. 웨이량은 아이들을 데리고 가게로 직접 가서 웨이예랑 같이 아들을 병원에 데려가 보자고 할 참이었다.

그런데 가게 문에 들어서자, 미스 천이 장부에서 눈을 들더니 뭔가를 말하려다 그만두었다.

"사장님…… 나가셨는데요."

웨이량은 순간 긴장이 되어 물었다.

"어딜 가셨는데?"

"방금 전화가 와서, 바로…… 나가셨어요."

"어디로 가셨냐고?"

웨이량은 직감적으로 알 수 있었다. 순간 자기 목소리가 아주 날카롭게 변했음을. 미스 천은 처음부터 일의 전말을 알고 있는 터라, 몹시 난처해 하며 결국 입을 열었다.

"사실 저도 말하기가 그래서요……. 사모님, 사모님도 벌써 알고 계시리라 생각해요. 그 여자가 방금 전화를 해서…… 자살을 하겠다고…… 사모님, 사장님이 그래서……"

웨이량은 아이들을 데리고 곧장 밖으로 나왔다. 미스 천도 두어 걸음 쫓아 나왔지만, 소용없다는 것을 자기도 알고 있었기에 이내 발걸음을 멈추었다.

웨이량은 두 아이를 데리고 바로 무용 교습실 2층으로 갔다. 딸아이는 여전히 천진난만하게 물었다.

"여기 왜 오는데? 아빠 찾으러?"

웨이량은 내내 굳은 얼굴로 교습실 문을 밀쳤다. 교습실은 쥐 죽은 듯 이상하리만치 고요했고, 사람 그림자라곤 도통 보이지 않았다.

웨이량이 성큼성큼 느티나무 바닥을 걸어가니, 딸아이도 그 뒤를 따랐다. 죽 늘어선 거울이 앞을 가로막고 있어, 웨이량은 자신의 푸르딩딩하게 굳은 얼굴과 원망과 분노에 찬 눈을 분명하게 볼 수 있었다. 그녀는 거울 끄트머리 쪽의 흰색 칠을 한 문을 노려보다, 잠시 주저하더니 이내 걸어 들어갔다. 손을 뻗어 문을 밀치니 안쪽은 화장실이었다. 바닥에는 몇 방울의 피가 떨어져 있었고, 세면대 위에는 남자용 면도기의 단면 칼날이 그대로 놓여 있었다. 웨이량은 순간 속이 메스꺼웠으나, 아직 구역질이 나지는 않았다. 이때 삐거덕하는 소리가 들렸는데, 이건 딸아이가 유리 거울이 박힌 다른 문을 여는 소리였다. 웨이량은 거기에도 문이 있으리라곤 전혀 생각하지 못했다. 웨이량은 놀라 딸아이를 돌아보았다. 딸아이도 의아하고 놀라는 표정이었다. 바로 그때, 웨이량도 딸아이가 본 모든 것을 보게 되었다. 자기 남편과 그 여자는 침대에 한데 엉켜 있었고, 그 둘은 미처 옷도 다 벗지 않은 상태였다.

웨이량은 손을 뒤집어 손바닥으로 딸아이의 얼굴을 후려쳤다. 딸아이는 얻어맞고서 금세 엉엉 울기 시작했다. 안링은 여전히 냉정하게 셔츠 매무시를 바로 하더니, 아무렇지도 않게 또 방문을 닫아버렸다.

웨이량은 아주 짧은 순간 당황스럽고도 혼란스러웠다. 그녀는 우는 아이를 끌고서, 한쪽에 멍하니 서 있던 아들과 함께 아래로 미친 듯이 뛰어 내려갔다.

웨이량은 자기가 어떻게 이런 시끌벅적한 패스트푸드점에 들어왔는지 알 수 없었다. 아마도 아이들이 너무 배가 고프다고 하니까, 왁자지껄한 가운데 식사를 했을 것이다.

딸아이는 햄버거를 먹으면서 몹시 화가 난 얼굴로 엄마한테 물었다.

"엄마, 왜 날 때렸어?"

"미안하다."

웨이량은 망연하게 미안하다고 했다.

"그 이모는 누구야?"

웨이량은 어떻게 대답해야 할지 알 수 없었다.

아들은 기침을 하면서 손에 든 작은 로봇을 가지고 놀다가, 문득 고개를 들어 물었다.

"다 먹은 뒤에, 우리 어디 갈 거야?"

웨이량은 한참을 생각하다 말했다.

"외할머니 댁에 갈 거야……."

"병원 안 가고?"

딸아이가 물었다.

"좀 있어 보자."

웨이량은 아들의 얼굴을 만지다가 마음이 저려왔다. 하지만 눈물은 흘리지 않았다. 그녀는 진즉부터 울고 싶은 맘이 사라져 버렸다. 웨이량의 친정 엄마는 딸이 외손녀와 외손자를 데리고 달려오자, 가슴이 두근거려 연거푸 물었다.

"어찌된 일이냐? 또 무슨 일이야?"

웨이량은 직접 물을 컵에 따라 아들과 딸에게 마시게 한 뒤, 고개를 가로저으며 대꾸했다.

"아무 일 없어요."

"없다고? 없다면서 이런 시간에 달려온단 말이냐? 네가 뭐 그리 효도를 한다고, 사흘이 멀다 하고 달려와 날 본단 말이냐? 밥은 먹었냐?"

딸아이가 말했다.

"우리 햄버거 먹었어요."

"네 엄마가 햄버거에는 콜레스테롤인가 뭔가가 있다고, 못 먹게 하지 않았니?"

웨이량은 대꾸하지 않았다. 그저 소파에 앉아서 엄마 집을 둘러보았다. 여긴 자기 집이 아니기에 정말 오고 싶지 않았다.

엄마는 초초한 나머지 재촉하듯 말했다.

"말 좀 해봐라!"

웨이량은 쓴웃음을 짓더니 유유히 한 마디를 내뱉었다.

"엄마가 사는 여기서도 우리는 못 살잖아. 그러니 난 안핑보다도 못하네!"

"어떤 안핑 말이냐? 아, 그 판(范)씨네를 말하는 거냐? 안핑처럼 그렇게 아이를 데리고 와 친정집에 얹혀사는 게 뭐가 좋다고."

"어쨌든 갈 데가 없는 것보다는 낫잖아요."

친정 엄마는 문제를 알아차리고 눈썹을 찌푸리며 물었다.

"또 싸운 게냐?"

"아빠랑 어떤 이모가……"

딸아이가 끼어들어 뭐라고 하려다 웨이량한테 꾸지람을 들었다.

"입 다물어!"

엄마는 한숨을 내쉬었다. 일이 결국 예상한 대로 되어 가고 있었던 것이다.

"내 일찌감치 알아차렸다……. 일찌감치 알아차렸다고. 남자가 돈 좀 있으면 꼭 병이 도지지. 요즘 남자들이란……! 요즘 여자들도 보통은 아니지, 어떤 남자든 가리지 않으니. 마누라가 있든 없든 신경 안 쓴다니까!"

"엄마……"

웨이량은 더 이상 듣지 못하고 엄마 말을 중간에 자르려고 했다.

"웨이량아……"

엄마는 오히려 딸에게 이렇게 줄곧 권했다.

"돌아가서 네 남편한테 잘 이야기해 봐라. 그쪽과 관계를 끊으라고. 아이들도 모두 이만큼 자랐으니 이렇게 해서는 안 된다고 말이다. 너도 남편이랑 싸우지 말거라. 남자란 어쩌다 장난삼아 심심풀이로 놀기도 하고 그런다……. 집으로 돌아오기만 하면 그걸로 된 거 아니겠냐."

웨이량은 눈썹을 더 심하게 찌푸렸다.

"그만 좀 하세요!"

"난 너 좋으라고 하는 얘기다. 돈은 움켜쥐고 있어야 한다. 그게 진리다. 그 나머지는 다 거짓이라고. 내가 한평생 손해보고 사는 것도 손에 쥘 돈이 없어서 그런 것 아니냐, 그 사람이야 쥘 만한 돈 몇 푼도 없으니 말이다. 하지만 넌 다르잖니! 웨이예 사업이 좀 잘 되냐?"

"제발 그만 좀 하시죠?"

엄마는 탄식하다가 외손자의 기침 소리에 웨이량을 나무랐다.

"기침을 저렇게 하는데, 넌 조금만 아파도 호들갑을 떨며 병원에 데려가고 하지 않았니?"

웨이량은 넋을 빼고 있다가 천천히 말했다.

"타이베이 공기가 이 모양인데…… 좋을 게 뭐가 있겠어요."

딸아이는 텔레비전을 틀어 동생과 함께 만화를 보았고, 엄마는 식사를 준비하러 갔다. 웨이량은 창문턱 언저리에 앉아 점점 어두워지는 잿빛 하늘을 멍하니 바라보았다. 그녀는 전혀 아무것도 생각하지 않았다. 정말이지 아무 생각도 없었다. 스스로도 자신이 너무 덤덤한 것이 의외일 지경이었다. 그녀는 심지어 화도 나지 않았고, 원망도 하지 않았다.

7시 반에 웨이량의 새아버지가 정시에 퇴근을 해 돌아왔다. 무표정한 얼굴로 그들 모자와 인사를 나누었다. 웨이량은 더 이상 있기가 거북해서 일어나 딸아이와 아들을 불렀다. 그리고선 엄마에게 말했다.

"갈게요!"

"더 안 있고?"

웨이량은 고개를 가로저었다.

"갈게요."

엄마도 아예 그들 모자를 붙들지 않았다. 그저 웨이량더러 외손자를 데리고 의사한테 가보라고 할 뿐이었다. 어쨌든 엄마는 여전히 새아버지를 두려워했다.

웨이량은 딸아이와 아들을 데리고 화가 난 듯 그 아파트를 빠져나왔다. 망연하게 앞쪽의 대로를 바라보고 있으니 딸아이가 물었다.

"우리 어디로 가요?"

웨이량은 멍하니 있다가 말했다.

"우리가 또 어디로 갈 수 있을까?"

웨이량은 두 아이를 바라보며 자기가 데려가지 않는다면 누구에게 맡길 수 있을까를 생각했다. 웨이량이 안심하고 맡길 사람이 아무도 없었다. 자기가 데려가는 수밖에. 웨이량은 고개를 끄덕이며 말했다.

"집으로 가자."

웨이량이 아이들을 데리고 집으로 들어섰다. 거실에는 등도 켜져 있지 않았다. 칠흑 같은 어둠 속에서 딸아이가 손을 뻗어 등 스위치를 누르자, 뜻밖에 웨이예가 소파에 반듯하게 앉아서 그들을 바라보았다.

"깜짝 놀랐잖아!"

딸아이가 아빠를 때리면서 나무라듯 말했다.

"미안하다."

웨이예는 작은 소리로 딸아이에게 말했다.

웨이량은 일부러 웨이예를 외면했다. 하지만 웨이예가 방금 울었다는 사실은 충분히 감지할 수 있었다. 그의 눈자위가 아직도 붉었기 때문이다. 웨이량은 속으로 냉소를 지었다. 그런 느낌은 자신조차도 너무 공포스럽게 느껴졌다.

웨이량은 방으로 들어가 옷을 갈아입었다. 딸아이가 웨이예한테 묻는 말이 어렴풋이 들려왔다.

"오후에 그 이모는 누구예요?"

웨이량은 웨이예가 딸아이에게 어떻게 대답했는지 분명히 듣지 못했다. 소리가 너무 작았기 때문이다.

그녀가 옷을 갈아입고 욕실에서 세수를 하고 있는데, 뜻밖에 웨이예가 문가에 서 있는 게 거울로 비쳤다.

"뭐 하는 거야?"

그녀는 거칠게 물었다.

"웨이량……"

웨이예가 눈꺼풀을 내리깔더니 한참 만에야 말했다.

"이미 어떻게 해볼 수는 없겠지…… 그렇지?"

웨이량은 차갑게 남편을 바라보면서 냉랭하게 대꾸했다.

"무슨 뜻이야?"

웨이예가 중얼거렸다.

"이렇게 하는 게 당신한텐 너무 불공평하다고……."

웨이량은 계속해서 티슈로 화장을 지우다가, 문득 화장을 지우던 손을 멈추고서 웨이예를 바라보았다.

"당신은 그 여자를 몹시 사랑하죠……. 정말로 너무너무 사랑하고 있죠……?"

웨이예는 아무 대답도 하지 않았다. 웨이량은 또다시 흥분되어 큰소리로 물었다.

"뭐 때문에?"

"그 여자는…… 이미 나의…… 당신도 알다시피…… 나도 제멋대로 사는 사람은 아니잖아……?"

"뭘 말하고 싶은데?"

"당신이…… 더 이상 그 여자를 다그치지 않았으면……"

"내가 그 여자를 다그쳤다고?"

웨이량은 하마터면 거의 비명을 지를 지경이었다.

"내가 지금 그 여자를 다그치고 있다고?"

"만약…… 이혼을 한다면 당신은, 정말로, 혼자서, 살아갈 수 있겠어?"

"나 혼자……"

"아이들은…… 어쨌든 데려갈 수 없으니까……"

웨이량은 남편을 바라보다가 그를 밖에다 세워둔 채로, 손을 뻗어 천천히 욕실 문을 잠갔다. 그녀는 차근차근 생각해 볼 작정이었다. 하지만 뭘 생각해야 하지? 머릿속이 하얗게 텅 비었다. 그런 공백이 그녀를 찢어질 것 같은 두통으로 몰아넣었다. 그녀는 정말이지 이런 고통을 견딜 수 없었다. 마침내 웨이량은 얼굴의 화장기를 말끔히 지운 뒤 문을 열고 욕실을 나왔다.

웨이량은 이제 자기에게 어떤 선택의 여지도 없음을 잘 알고 있다. 그녀는 이제 이 집을 나갈 수도 없고, 바깥세상도 더 이상 그녀를 받아주지 않을 것이다. 그녀에게 그녀가 걸어갈 수 있는 제2의 길은 더 이상 없다.

웨이량은 가죽 가방에서 안핑이 그녀에게 준 세 알의 수면제를 찾아냈다. 그녀는 그걸 들고서 주방으로 가서 평소에 아이들에게 약을 먹일 때처럼, 작은 숟가락으로 알약 한 알을 부숴 가루를 낸 다음에 웨이예가 마시는 물 잔에 털어 넣었다. 그리고선 또 한 알을 둘로 쪼개어 각각 가루를 낸 뒤 딸아이의 분홍색 만화 그림 컵과 아들의 파란색 만화 그림 컵 속에 부었다. 웨이량은 이렇게 하면서도 전혀 놀라거나 하지 않았다. 그녀는 이게 그저 진정제일 뿐이라는 사실을 너무나도 잘 알고 있었기 때문이다. 많이 먹는다 해도 한나절 자면 될 것이니, 안핑 말대로 사람이 죽을 정도는 아니었기 때문이다.

웨이량은 딸아이를 불러 물었다.

"사과 주스 마실래?"

딸아이는 당연히 좋아라 했다.

"마실래요."

웨이량은 딸아이더러 주스를 먼저 아빠께 갖다드리라고 했다. 그런 뒤 다시 와서 자기 컵과 동생 컵을 가지고 방으로 가서 마시면서, 동생이랑 인형 집 놀이를 하며 놀라고 했다.

웨이량은 줄곧 주방을 떠나지 않았다. 끓여 식힌 물이 없어 주전자에 물을 가득 채워 가스레인지에 올려 놓고 물을 끓였다. 가스레인지 곁에서 푸욱푸욱 끓어오르는 물을 웨이량은 지켜보고 있었다. 약간 붉은빛이 섞인 너무도 아름다운 불꽃이 새파랗게 타올랐다.

웨이량이 주방을 벗어나 거실로 가자 웨이예는 마침 큰 의자에 앉아서 두 눈을 멍하니 뜬 채로 뭔가를 생각하고 있었다. 유리잔의 사과 주스는 손도 대지 않은 상태였다.

웨이량은 다가가 남편 다리 쪽의 카페트 위에 앉았다. 꽤나 부드럽게 그의 무릎을 어루만지며 남편에게 물었다.

"내가 이런 가구들 같아?"

"뭐라고?"

웨이예는 무슨 말인지 알아듣지 못했다.

"명품은 아니지만, 그저 당신이 가질 수 있는……."

"그럼 누가 명품이란 말이야?"

웨이량은 미소를 지었다.

"명품은…… 당신이 평생토록 찾고 있잖아. 이걸 욕망이라고도 부르지, 그렇지……?"

두 사람은 결국 한데 껴안고 가볍게 웃었다. 웨이예가 말했다.

"내가 찾도록 허락해 줄려고?"

웨이량은 순간 얼굴에 웃음기를 거두고서 가볍게 진저리를 쳤다.

"아니지…… 난 그렇게는 못해……."

웨이량이 탁자에서 사과 주스를 들어 가볍게 한 모금을 삼켰다. 그리고선 웨이예에게 넘겨주자 웨이예도 천천히 마시기 시작했다.

"전에 당신은 나 한 사람만을 사랑했지."

웨이량이 과거를 추억하자 얼굴에 미소가 떠올랐다.

"나를 처음 본 순간, 당신은 내게 흠뻑 빠져버렸지. 그렇지?"

웨이예는 웃음으로 묵묵히 받아들였다.

"그때 당신은 내 다리가 황금 비율이라고 했어……. 당신은 늘 아름다운 것만 좋아하잖아."

"당신도 잘 알다시피 우리에겐 또 다른 게 있잖아……. 그렇지 않았다면 오히려 고통도 없었을 거야."

웨이량도 부정하지 않았다. 그녀는 웨이예의 손에서 다 마셔버린 빈 유리잔을 받아 탁자 위에 놓은 다음, 몸을 일으켜 다가서서 부드럽게 남편의 머리칼을 쓰다듬었다.

"내가…… 도대체, 뭐가 문제인 거지?"

"당신은…… 뭐든 다 좋아. 집안일이며 아이들 돌보는 것이며…… 하지만 당신은 날 이해하지 못해……."

"이해하지 못한다고, 뭘?"

"흠!"

웨이예는 씁쓸한 미소를 지었다.

"특별한 건 아냐. 누구든 인정을 받고 싶어 하지. 자신이 그저 이렇게 가게나 하면서 돈 벌고…… 이렇게 한평생 보내는 게……"

"당신은 또 뭘 하고 싶은데?"

웨이량은 아리송한 표정을 지었다.

"문제는 바로 그거야. 내가 또 뭘 할 수 있을까?"

“당신…… 정말로 이혼할 거야?”

“만약…… 당신이 동의한다면……”

웨이예는 오히려 담담하게 말했다.

“우리가 이렇게 살다보면 그저 서로를 갉아댈 뿐이야…….”

웨이량은 괴이하게 마른기침을 두어 차례 하더니, 더 이상 아무 말도 하지 않았다.

웨이예는 한숨을 내쉬더니 팔을 들어 얼굴의 빛을 가리며 말했다.

“너무 피곤하다.”

“좀 자요!”

웨이량은 남편을 놓아 주었다.

“내일 작은애 데리고 병원에 좀 가봐요. 계속 기침을 하네.”

“알았어.”

웨이량은 남편을 위해 큰 등을 꺼주었다.

웨이량은 아이들 방으로 갔다. 두 아이도 벌써 깊이 잠들어 있었다. 딸아이는 침대에 엎드려 자고 있었다. 아들은 자기 로봇을 껴안은 채 바닥에 잠들어 있는데, 여전히 자면서도 기침을 해댔다. 웨이량은 우선 아들을 거실로 안아다 놓고, 딸아이를 데리고 나와 둘 다 카페트 위에서 자게 했다.

웨이량은 환기창과 거실 통유리창을 포함해서 방마다 창문을 다 닫았다. 다시 주방으로 가서는 뒷 베란다 문과 창도 일일이 걸어 잠갔다. 뒷 베란다의 바닥 틈새는 젖은 걸레와 수건으로 틀어막았다.

유리 테이블 위에 남겨진 한 알의 진정제를 웨이량이 주워 삼켰다. 가스레인지 위의 뜨거운 물은 때마침 팔팔 끓어오르고 있었다. 웨이량은 다가가 물 주전자를 옆으로 비켜 놓고서, 불꽃이 훨훨 타오르는 것을 바라보았다. 한참 뒤 그녀는 마침내 손을 내밀어 불을 끈 뒤, 다시 힘껏 가스레인지에 연결된 고무 가스관을 끊어버렸다. 그러자 기체가 그녀 손 안에 있던 관에서 뿜어져 나오면서 치익 하는 소리를 내기 시작했다. 웨이량은 그 가스가 정말로 흘러나오는 것을 몸으로 느낄 수 있었다.

"아!"

그녀는 한숨을 내쉬었고 몸도 피곤해졌다. 하지만 마음속엔 여전히 비통함이 느껴졌고, 한바탕 큰소리를 내어 울고 싶을 뿐이었다. 그럼 그냥 울어버리자! 그런데 왜 안 되는 것일까? 그녀는 주방 한쪽 구석에 웅크리고 앉아 흑흑 흐느껴 울기 시작했다. 이렇게 머리를 움켜쥔 채 계속 흐느꼈다.

내 아들 한성(我兒漢生)

내 아들 한성

我兒漢生

한성은 대학 3학년 때 집에서 떨어져 나갔다. 녀석이 이런저런 이유를 댈 필요도 없었다. 한성 아버지도 아들이 독립하고자 하는 일체의 행동에 찬성했고, 나 역시 구닥다리 어머니는 아니었으니까. 나는 스스로 시대에 뒤처지지 않으려고 쉼없이 안간힘을 써왔고, 나 자신이 여전히 지혜로 충만한 여자이길 바랐다. 그건 내가 아이들과 세대 차이가 나지 않게 하려고 그런 것도 있지만, 나보다 고작 한 살 많은 남편이 언제고 넘치는 정력에 멋진 외모를 가진 남자였기 때문이다. 어쨌든 나는 나이 마흔 여섯에 벌써 뒤뚱거리는 파파 할머니가 될 수는 없었다. 바로 이런 이유들 때문에, 한성을 아는 그 누구도 내가 한성의 어머니라는 사실을 믿지 않았다. 이게 그럴듯한 공치사였던지, 해가 갈수록 나와 한성의 모자 사이는 멀어지고 냉랭해지는 것만 같았다.

사실 자식이 어릴 때에는 얼마나 사랑스럽고 행복한 느낌이 드는지, 엄마들은 사흘 밤낮을 이야기해도 끝이 없을 것이다. 특히 한성은 어릴 적에 유난히 피부가 희고 통통했으며 착하기 그지없던 아이였다. 웃으면 눈이 감겨 실눈이 되는 게 아니라 오히려 크게 둥글어졌다. 그때 나와 남편인 위더(裕德)의 수입은 쥐꼬리만 해서, 남의 집 위층의 다락방만 한 작은 방 한 칸에 세 들어 살 수밖에 없었다. 겨울에는 그런대로 지낼 만 했지만, 여름이면 더워 죽을 지경이었다. 아이 몸은 온통 붉은 땀띠 투성이였고, 마치 변종된 고슴도치 같았다. 나는 아예 한성에게 옷을 입히지 않고 마음대로 방바닥 여기저기를 기어다니게 놔두었다. 위더는 수입에 보태느라 밤이면 집에서 출판사를 도와 원고를 번역했다. 그러면 한성은 아버지의 다리 쪽으로 기어와 아랫다리를 껴안고, 입을 맞추었다 깨물었다 했다. 위더는 몹시 안쓰러운 마음에 한 손으로 아들을 들어 올리고선, 자기도 깨물고 입을 맞추곤 했다. 내가 그들 부자를 식인종이라고 하면, 위더는 한술 더 떠서 통통한 아이는 깨물고 싶은 충동을 불러일으키는 법이라고 했다.

아이는 이렇게 자라 소년이 되었다. 코끝에는 반질반질 윤기가 도는 하얀 여드름이 솟았고, 아래턱에도 온통 여드름이 돋아났다. 입술 주위로 거뭇거뭇한 수염이 날 즈음, 아들은 더 이상 솔직하고 신뢰하는 눈빛으로 사람을 바라보지 않았고, 그 대신 머리에는 의심과 쓸데없는 생각들로 가득 찼다. 중학생 시절의 한성은 못된 짓만 한 건 아니었지만, 나와 입씨름을 하고, 아버지에게 반항하기 시작했다. 이를테면 우리가 한성에게 바이올린 수업을 계속 받으라고 하면, 한성은 온갖 이유를 대며 여지없이 거절하곤 했다. 또 친척과 식사라도 하려고 한성을 데리고 외출할라치면, 그건 하늘에 오르는 것보다 더 어려웠다. 한성에게는 부모인 우리와 하나뿐인 누이랑 함께 나란히 거리를 걷는 것이 더없이 큰 수치인 모양이었다.

"내버려 둬! 저 나이 아이들은 죄다 뒤틀려 있다니까."

남편이 말했다.

위더와 나는 아이의 교육에 대한 원칙을 갖고 있었다. 대체로 아이들이 열심히 공부하기를 바랐고, 그래서 좋은 대학에 합격하여 학자가 되는 것까지는 모르겠지만, 그래도 기본적인 학식을 갖춰 재능을 발휘해야 한다고 생각했다. 아이들마다 성장하면서 부모된 자에게 자잘한 걱정거리를 안겨준다는 것쯤은 우리도 알고 있다. 하지만 한성은 뜻밖에도 몹시 우리를 힘들게 했다.

중학교 때 한성은 열심히 공부하는 편이었고, 과목마다 성적도 좋아서 제일 가고 싶어했던 고등학교에 순조롭게 합격했다. 그 당시 위더는 이미 신문사의 총편집장으로 승진하고, 우리에게는집도 생긴 터라, 생활은 한 걸음을 내딛을 때마다 어쨌든 모양새를 갖추어 가는 듯했다. 나는 십여 년간 해오던 사서를 그만두고 내 일에 몰두하기 시작했고, 그저 가계를 꾸려 가느라 허둥거릴 일도 없었다. 나는 친구랑 함께 소년 간행물을 꾸렸는데, 대상은 열 살에서 열다섯 살 사이의 청소년들이었다. 나는 그래도 내가 이 방면에 아는 게 좀 있다고 생각했고, 상당히 흥미도 느끼고 있던 터라 편집에 대한 책임 말고도, 칼럼을 열어 아이들과 수다도 떨었고, 청소년과 관련된 문제를 토론하며 시비도 가리곤 했다. 위더는 줄곧 나를 전적으로 지지했고, 이렇게 실천으로 옮기는 것이 진정한 생활 태도라며 나의 그런 점을 높이 샀다. 이렇게 말하면 그이를 깐깐하고 융통성이 없는 고지식한 사람으로 생각하려나? 사실은 그렇지 않다! 남편은 여전히 꿈을 꾸는 정감어린 남자였다. 한성이 자기 아버지를 닮지 않을까? 나는 내내 그래주기를 바랐다.

한성은 고등학교에 진학했고, 경쟁이 너무 치열한지라 3등 이상의 상위권에는 더 이상 이름도 올리지 못했다. 이 정도야 뭐 크게 비난할 일도 아니다. 그러나 한성은 2학년 때, 성적이 턱없이 추락했다. 영어, 수학, 물리, 화학은 하나같이 합격하지 못했다. 우리는 그제야 상황이 결코 녹록지 않음을 깨달았다. 나 역시 보통의 엄마들처럼 아들의 침실을 몰래 뒤졌다. 한성은 일기를 쓰는 습관이 없었다. 그런데 나무로 된 예쁜 과자상자 하나를 찾아냈고, 안에는 편지와 사진들로 가득했다. 알고 보니 한성은 우리에게 편지를 주고받는 펜팔 친구를 숨겨왔다. 편지는 모두 사서함으로 부쳐온 것이었다. 한성의 펜팔 친구는 타이완 전역에 두루 있었고, 심지어는 홍콩과 미국에도 있었다. 뒤지다 나온 사진 속에는 17, 8세의 여자아이들이 단발머리에 다들 비슷비슷한 생김새를 하고 있었다. 그 가운데 가장 눈길을 끄는 아이가 있었다. 덥수룩한 머리에 산뜻한 옷차림새, 웃으면 까무잡잡한 얼굴에 새하얀 치아만 훤히 눈에 들어오는 흑인 계집애였다.

나는 이 일로 한성을 나무라지는 않았다. 왜냐하면 침대 아래 서랍에서 10여 세트의 각종 열쇠 꾸러미가 나왔기 때문이다. 고급스러운 스페인식 스프링자물쇠부터, 보통의 숫자로 된 자물쇠에 이르기까지 없는 것이 없었다. 언젠가 한성이 친구를 집에 데려와 놀던 때가 생각났다. 내가 잡지사에서 돌아왔을 때, 마침 두 아이가 몰래 허리를 구부리고 내 침실 문 앞에 딱 붙어서 철삿줄로 열쇠 구멍에 뭔가를 열심히 후비고 있었다. 내가 헛기침을 하자 두 아이 모두 깜짝 놀라 자빠졌다. 후에 한성은 자기 친구가 어떤 자물쇠든지 다 열 줄 안다고 허풍을 떨기에, 친구한테 한 번 해보라고 했다며 변명했다. 물론 나는 한성을 의심하지 않았다. 내 방문은 여지껏 잠가본 적이 없었고, 아이들도 일부러 방문을 잠갔다가 다시 열 별다른 이유가 없었기 때문이다.

그런데 한성은 이렇게 많은 열쇠로 뭘 하려고 한 것일까?

"놀려고!"

한성은 말했다.

소설 한 편을 읽은 적이 있는데 17, 8세의 고등학생 이야기였다. 이 아이는 어떤 것에도 흥미를 느끼지 못하고, 오로지 자물쇠를 여는 것만 좋아해서, 어떤 자물쇠라도 열 수 있게 되는 것이 이 아이의 평생의 큰 꿈이었다. 설마 한성도 이런 심리적 불균형 상태에 놓인 것일까?

"아이 참! 별일도 아닌데 놀라고 그러세요!"

한성은 눈썹을 찌푸리며 못 참겠다는 듯이 말했다.

"우리 반에 반절은 자물쇠를 가지고 놀 줄 알아요. 이것도 수집의 일종이라고요."

"수집이라고? 우표 수집 같은 것을 하면 좀 좋으니? 뭐 하러 이런 도둑놈 놀이 같은 짓을 하려고 하니?"

"엄마! 말을 뭐 그렇게 거북스럽게 하세요. 이것도 지혜를 수련하는 것이라고요."

한성 아버지가 갑자기 아들의 이런 말에 역성을 들고 나섰다.

지혜 수련 말고도 아이들에게는 담력 실습이 있었다. 학기 중에 나는 잡지사에서 일하다 말고 위더의 전화를 받았다. 한성이 경찰서에 있으니 아이를 데리러 함께 가지 않겠느냐는. 아이들 여섯 명 모두 상고머리에 누런빛이 도는 카키색 교복 차림이었다. 한성은 도대체 뭔 속인지 알 수 없는 몹시 곤혹스럽고 떨떠름한 표정을 짓고 있었다.

"너희들 가정환경도 다 좋은데, 뭣 때문에 남의 서점에서 책을 훔치려고 한 거야? 재미 삼아, 그렇지? 하나씩 쳐 넣고 사흘간 밥을 주지 않을 테니, 그래도 재미있는지 볼래?"

뚱뚱한 경찰관이 우리 집에 와서 자물쇠를 열었던 그 아이를 유독 지목하며 말했다.

"저놈이 제일 고수야! 다른 애들은 그저 옷에다 감추고 있는데, 저놈만 열 권 넘게 안고서 막 나가려고 하잖아."

집으로 돌아와 내가 뭐라고 설교를 늘어 놓기도 전에, 한성이 먼저 심하게 욕을 해대는 소리가 들려왔다.

"뭐야! 죽일 놈의 아롱(阿榮)! 그놈이 흑심만 품지 않았어도 이런 사단이 왜 생겼겠어? 우리는 벌써 네 집이나 돌았고, 거기가 마지막 한탕이었단 말이야."

"너……너 어떻게 남의 책을 훔칠 생각을 다했니?"

나는 기진맥진해서 소파에 고꾸라졌다. 아들이 좀도둑이라는 사실을 생각하면서, 또 내가 청소년 간행물의 책임편집자로 사람들한테 청소년 문제 전문가로 인정받는다는 사실을 떠올리면서! 이거야말로 엄청난 아이러니 아닌가?

"아니야! 누가 책을 훔쳤다고! 그저, 그냥 누가 더 많이 가져가나 내기를 한 거라니까."

나는 이제껏 아이를 엄격하게 가르쳐야 한다고 주장해 왔다. 한성이 어렸을 때 연필 한 자루라도 주워 돌아오면, 나는 학교로 가져가 선생님께 드리라고 했다. 한성이 4학년 때, 반 친구의 펜을 훔쳤다고 주변 친구들이 내게 알려줬다. 그날 밤 나는 아이의 손발을 묶고 닭털 먼지떨이로 엉덩이를 십여 차례 때려 주었다. 그리고 이튿날 한성 아버지에게 새 펜을 사 주라고 했다. 그런데 지금은 어떤가? 나보다 더 크게 훌쩍 자란 아들을 마주하고서 나와 워더는 몹시 난처한 나머지 어찌할 바를 몰랐다.

나는 일찌감치 예감했다. 아이가 이런 지경까지 왔으니, 뒤이어 뭔가가 곧 터지리라는 것을. 때는 학기가 곧 끝나는 초여름이었다. 한성이 다니는 학교의 주임교관이 집으로 전화를 걸어왔다. 마침 내가 전화를 받았는데, 교관은 학교에 당장 한번 다녀가라는 것이었다.

"한성이 뭐 잘못되었나요?"

나는 본능적으로 아이의 안전을 생각했다.

"판한성(潘漢生)은 별 문제 없습니다. 그런데 한성 친구에게 문제가 생겼어요."

전화 저편에선 비음에 웃음기까지 섞인 음성이 들려왔다.

한달음에 학교로 달려갔다. 붉은 벽돌 건물의 긴 복도 끄트머리에 우중충한 큰 사무실이 있었다. 나이 지긋한 선생님들 몇몇이 머리를 흔들어 가며 붉은 펜으로 작문 노트를 검사하고 있었다. 학교에 들리는 소리라곤 천정에서 후루루 돌아가는 선풍기 소리뿐인 듯했다. 이 소리를 듣고 있자니 등골에 식은땀이 흘렀다.

"누굴 찾으세요?"

뒤쪽에서 들려오는 뜻밖의 냉랭한 소리에, 나는 화들짝 놀랐다. 돌아보니 짙은 녹색 군복을 입고서, 딱 벌어진 어깨에 매화 세 송이를 달고 있는 폼이 바로 주임교관 같았다.

"제가 판한성의 부모인데요."

그 사람을 따라 맞은편 교관실로 들어갔다. 한 눈에 한성이 열중쉬어를 한 채 창 쪽을 향해 문을 등지고 서 있는 것이 보였다. 나는 한성을 부르지 않았다. 그저 까닭 없이 허탈해지고 기운이 빠지는 것 같아 서둘러 벽 모퉁이에 기대 있는 소파에 주저앉았다.

"판(潘) 부인! 긴장하지 마시고 좀 편히 하십시오."

주임교관은 제법 사람 좋은 웃음을 지었다. 한편 왼손으로는 매우 침착하고 정중하게 뭔가를 내밀듯 내 앞으로 내놓으며 말했다.

"이걸 알아보시겠습니까?"

한 마디 정도 길이의 사냥칼이었다. 칼날은 닳을 대로 닳은 검은색 가죽 자루에 싸여 있었다. 상아색의 칼자루에는 조잡한 장식용 무늬가 새겨져 있는데, 무늬 틈새는 벌써 낡고 더러워져 흑

갈색을 띠고 있었다. 눈에 익숙해 보였다. 서재에 있는 위더의 큰 서랍 속에 이렇게 생긴 칼 한 자루가 있었던 게 어렴풋이 떠올랐다. 위더의 청소년 시절의 기념품 가운데 하나였다.

"꼭 남편 것 같은데요……. 남편의 기념품. 하지만 장담은 못하겠어요."

교관은 웃었다. 마치 그건 아무 상관없다는 듯이. 그러더니 다시 그 사냥칼을 내 쪽으로 더 쑥 내밀었다.

"판한성도 자기 아버지 것이라고 했어요."

"그 아이가……"

주임교관은 엄숙하게 고개를 끄덕였다.

"한성이 같은 반 린정이(林正義)의 팔에 상처를 냈어요. 지금까지 두 아이 모두 이유를 말하려고 하지 않아요. 상처를 입은 아이는 이미 병원으로 보냈습니다. 심각하진 않지만, 판한성이 최소한 두 가지 큰 잘못을 했다고 생각합니다."

주임교관은 한성에게 엄마랑 함께 집으로 가라고 했다. 차에서 우리 두 모자는 나란히 앉아 한 마디도 하지 않았다. 한쪽 모퉁이에 푹 처박힌 한성의 옆얼굴을 보니, 눈은 차갑고 싸늘한 게 불만으로 가득 차 있었다. 나도 모르게 마음속에 냉랭한 기운이 감돌아 도무지 생각을 정리할 수 없었다. 내 아이가 뭣 때문에 이렇게 분노하고 원망하며 잔인해졌을까…….

"뭣 때문이니? 어쨌든 엄마한테 이유를 말해줄 수는 있잖아?"

나는 간절하게 바라보며 물었다. 아이가 사실대로 말하도록 다가가 등판을 토닥이며 얼러 볼까도 생각했다. 하지만 나는 그냥 한참을 기다렸다. 레코드 음반, 참고서와 잡다한 물건 들이 잔뜩 쌓인 한성의 침실에서, 오로지 한성이 사람을 죽이려 한 이유를 듣기 위해 지구조차 온통 정지되어 있는 것만 같았다.

"뭐 이유 같은 건 없어요!"

한성은 도저히 어찌해 볼 수 없는 상황에서 마지못해 내 말에 답했다.

"너무 심각하게 생각하지 마세요."

어떻게 심각하지 않단 말인가? 나는 위더에게 전화를 걸어 바로 집으로 오라고 했다.

"나 지금 회의 중이야!"

"당신 아들은 이미 살인 흉악범인데, 무슨 회의를 한다는 거예요?"

위더도 이번만큼은 단단히 화가 났다. 위더는 아무 대꾸도 하지 않는 아들에게 족히 한 시간은 큰소리로 호통을 쳤고, 사람의 마땅한 도리에 대해 있는 대로 쏟아냈다. 나도 합세를 해서 속마음을 털어 놓고 두어 시간을 말했다. 마지막으로 우리가 알아낸 것은, 고작 담배 한 개비 때문이라는 사실이었다. 그 다터우(大頭, 한성의 친구 린정이의 별명.)라는 아이가 담배를 빌려 주지도 않으면서 놀리기까지 했다는 것이다. (어떻게 놀렸는지 한성은 한사코 말하지 않았다.) 그러자 한성이 화가 나서 칼을 꺼내들고 그 친구의 팔에 흠집을 냈다는 것이다.

나와 위더는 서로 한 번 힐끗 쳐다보았다. 사건의 발생이 지나치게 단순해서 믿기지 않았기 때문이다.

나는 한성의 방에서 나왔고, 위더는 여전히 방에 남아 아들과 이야기를 나누었다. 나는 거실에 앉아 귀를 쫑긋 세우고서 좀 더 자세히 들어 보려고 했다. 그런데 줄창 위더의 목소리만 들렸고, 거의 30분 뒤쯤에는 위더가 문을 밀치고 걸어 나왔다. 위더는 뜻밖에 다소 격앙되어 흥분된 얼굴로 내게 말했다.

"열일고여덟 살짜리 애들이 다 그렇지 뭐, 누구든 겪어본 거잖아. 당신도 너무 과민하게 굴지 말아요."

"내가 과민하다고요? 한성은 사람을 다치게 했다고요."

"그 애들은 친한 친구 사이예요! 다터우가 자기 팔에 피가 흐르는 걸 보고서, 카키색 셔츠를 벗어 직접 싸매고 집으로 돌아가려고 했대요. 결국 다른 친구가 시끄럽게 떠들어 대는 바람에 교관한테까지 알려져 소동이 난 거지."

위더는 담뱃대를 문 채 연신 그 낡은 사냥칼을 손으로 만지작거리더니, 마치 탄복하는 듯한 말투로 말했다.

"한성이 가져다 갈았더군……. 이렇게 오랜 세월 동안 나는 완전히 잊고 있었네. 이건 내 삼촌이 주신 건데 말이야. 참 재미있는 양반이었어. 부당한 일을 보면 늘 약자의 편을 들어 주었는데, 하마터면 쓸데없는 일에 신경 쓰다 죽을 뻔하기도 했었지."

"걔가 목숨을 잃을까 걱정되면, 다음번엔 총을 쥐어주면 되겠네요."

내가 가리킨 '걔'는 물론 한성이었다.

한성은 보호관찰이라는 처벌을 받았다. 우리는 한성의 심리적 부담도 덜어주고 아이의 환경도 좀 바꾸어 줄 겸, 전학 수속을 밟았다. 새 학교는 교외에 있는 한 사립 고등학교였다. 환경은 산과 강에 둘러싸여 그윽했고, 학생들은 일률적으로 기숙사 생활을 하다가 주말이 되면 집으로 돌아갈 수 있었다.

집에서는 갑자기 사람 하나가 줄어드니, 모두들 몹시 적응이 되지 않는 눈치였다. 한린(漢琳)은 평소 자기 오빠와 뭐 그렇게 친한 사이는 아니었지만, 그래도 이렇게 말하곤 했다.

"그래도 정말 오빠가 보고 싶은데!"

한린은 이제껏 착하게 자라고 영리한 아이였다. 학교에서도 착한 학생이었고, 집에서도 착한 딸이었다. 친척들이나 친구들 사이에서도 가장 어여쁜 공주였으니까. 한린이 손발을 놀리거나 한 번 찡그렸다 웃어도 마냥 응석받이 공주 같은 모습이었고, 좀 거만하게 굴어도 결국엔 너무나도 천진하고 순결하게 보였다. 뭐 털어낼 흠이라곤 하나도 없을 것만 같았다. 하지만 이런 아이를 진짜 안심해도 되는 걸까?

"위더! 내가 보기에 한린은 정말 응석받이예요. 그러니 당신, 한린 응석 좀 그만 받아줘요. 후에 복이 있다면야 우리가 전에 받았던 그런 고생은 안 하겠지만, 혹 천재지변이라도 생겨 강한 자만 살아남는다면, 이런 아이는 제일 먼저 도태되고 말거예요."

"흠! 한린은 강인한 근성이 좀 없단 말이야. 하지만 지금 당신이 뭘 어쩌겠어? 한린을 황량한 무인도로 보내 훈련이라도 시키겠어?"

한린을 재교육 하는 일도 실행에 옮길 재간이 없어 하던 차에, 한성이 새로 전학 간 학교에서 등기 한 통이 왔다. 단도직입적으로 한성이 학교에서 이미 제적되었음을 통지해 온 편지였다. 이유는 한성이 학교 선생님을 비방하는 말도 안 되는 전단지를 인쇄해서 학교에 뿌렸기 때문이었다.

"너 신문 낼 거냐? 네 아버지가 신문사에 이렇게 오랫동안 계셨으니, 신문을 내려면 먼저 아버지를 찾아 상의했어야지!"

"전 신문을 내려고 한 게 아니에요!"

한성은 이마 한쪽에 청자색의 핏대를 힘겹게 곤두세운 채, 한 자 한 자 또박또박 말했다.

"저는 다만 정의를 위해서였어요. 남들이 차마 하지 못한 말을 한 거라고요. 허우정췬(侯正群)은 스승이 될 자격이 없어요. 학문도 인품도 형편없는 데다가, 과외활동 조장을 할 때에도 그저 학교 간행물에 들어가는 돈을 부정하게 쓸 줄만 안다구요. 그런 사람이에요! 인간 쓰레기라고요!"

"이게 너랑 무슨 상관이냐? 그런다고 공부를 안 해! 너랑 무슨 관계가 있다고?"

"어떻게 나랑 상관이 없어요? 나는 학교 간행물을 계속 발행할 거라구요. 이게 어떻게 나랑 상관없는 일이에요?"

한성의 단단히 쥔 주먹에서는 언제라도 불꽃이 튈 것만 같았다. 마치 한 마리의 분노한 새끼 사자 같은 모습이었다. 그런데 아들은 이 어미된 자의 마음도 알고 있는 것일까? 나의 분노는 이미 한성이 행한 어떤 잘못에 꽂히기보다는, 한성의 앞날에 대한 진심어린 걱정으로 바뀌었다. 한성이 이렇게 일찍 정상의 궤도를 벗어나리라곤 상상하지도 못했다. 과연 이 아이가 정상적으로 성공적인 남자로 성장할 수 있을 것인가? 결국, 난 너무도 의기소침해져 버렸다. 내게 이다지도 다른 성격을 지닌 아이 둘이 있다고 생각하니, 이게 바로 위더와 내 평생에 최대의 실패인 것 같았다.

이후 한성은 집에서 시간을 보냈다. 공부를 해서 검정고시로 대학 입학시험에 응시해야 했기에, 위더와 나는 한성을 거의 건들지 않았다. 두 세대 사이에는 자연스레 다시 소통할 수 있는 기회조차 줄어들었다. 한성은 겨우 턱걸이로 한 대학의 사회학과에 가까스로 비집고 들어갔다. 위더와 나의 실망은 컸지만 그래도 좋은 쪽으로 생각하려고 노력했다. 결국 대세는 정해졌고, 조금은 위로하는 심정도 생겼다. 어쨌든 한성이 이제 대학에 간 만큼 어른이니, 앞으로는 더 이상 말썽을 피우지 않겠지?

과연, 대학에 들어간 뒤 한성은 대단히 적극적으로 분발하였고, 책을 즐겨 보는 아이로 바뀌었다. 인문과학에 관련된 것이면 뭐든 흥미를 느꼈다. 말을 이리저리 돌려가며 해 보고서야, 우리는 한성이 황(黃)씨 성의 같은 반 아가씨와 사귄다는 사실을 알게 되었다. 몇 번이나 한성더러 여자 친구를 집으로 불러다 식사라도 하자고 했지만, 한성은 그때마다 그러고 싶지 않아 했다. 표정도 애매한 것이, 부끄러워 그러는 것인지 알 수 없었다. 역시나 우리 부모들이 끼어드는 걸 원치 않는 것이리라. 위더와 나는 이 점에 있어서는 개방적인 편이었기에 일체 간섭하지 않았다. 그런데다 우리는 늘 사내아이가 여자 친구를 사귄다는 건 바로 마음을 잡은 것이라고 여겨왔던 터였다.

2년 뒤, 한린은 타이완대학 외국어과 시험에 1차 지원으로 합격했다. 위더는 온 가족이 모두 축하하자고 했고, 한린은 웬산(圓山)호텔에 가서 스테이크를 먹고 싶어 했다. 외식 한 끼에 팔백 위안에서 천 위안(당시 환율로 계산하면 한화로 약 이만 오천 원 정도)을 지출하는 것이었다. 온 가족이 축하하는 마음에 이 정도야 당연한 거라고 했지만, 웬산호텔에서 스테이크를 먹는 일은 그래도 대단히 사치스런 일이었다. 위더가 사장으로 승진했을 때에도 티엔추(天廚)에서 한 상을 차려 친척들과 친구들을 초대한 것이 집안 연회인 셈이었다. 하지만 이번에는 다르다. 딸을 위한 게 아닌가! 위더는 조금도 망설이지 않고 그러자고 했다. 드물게 한성도 집에 있던 터라, 나와 딸은 재빨리 외출 준비를 마쳤다. 일가족 넷은 희희낙락하며 차를 타고 웬산으로 향했다.

그해 웬산호텔은 아직 마천루를 개축하기 전이었다. 하지만 치린(麒麟), 진룽(金龍), 춰이펑(翠鳳)의, 홍목을 깎아 만든 세 동의 건물이 각기 기세등등 산허리 사이에 우뚝 솟아, 고색창연한 자태를 우아하게 뽐내고 있었다. 진룽팅(金龍廳)은 세 개의 홀 가운데 으뜸인 듯했다. 큰 홀의 정중앙에는 다섯 개의 발톱을 한 금룡이 그윽하고 고풍스런 못 위를 빙 휘두르고 있었고, 꼭대기부터 바닥까지 온통 금빛과 푸른빛으로 휘황찬란했다. 아름답고 우아한 자태의 선남선녀들이 그 사이로 걸어가는데, 나도 모르게 고개를 치켜들고 가슴을 쭉 편 채 당당한 몸가짐으로 단정하게 걸어야만 할 것 같았다.

양식 레스토랑은 우아하기 그지 없는 분위기였다. 하얀 테이블

보에 티크나무로 된 높다란 등받이 플란넬 의자가 있었고, 식탁에는 은빛으로 빛나는 나이프와 포크가 놓여 있었다. 우리는 창가 쪽 자리를 택했다. 산 아래로 보이는 거라곤 반짝이는 등불 빛과 은은하게 빛을 발하는 단쉐이허(淡水河) 물빛뿐이었다.

"엄마! 여기 경치 정말 멋져요! 우리 언제 하루 와서 묵어요."

"바보 같은 소리! 누가 일없이 호텔에 와서 묵니?"

말을 하다가 생각난 김에 위더에게 말을 건넸다.

"일요일에 이층 촨양관(川揚館)에서 한(韓)씨 집이 며느리를 맞는데요. 나는 밤에 잡지사 우(吳) 선생 송별연을 해야 하니까, 당신이 짬을 내서 좀 다녀오세요!"

"이번 일요일? 안 되는데! 신문사에도 결혼식이 있거든. 내가 주례야. 그럼 한성하고 한린이 함께 가면 되겠다! 어때?"

"알겠어요!"

한린은 마지못해 그러겠다고 했다. 그런데 한성은 아무런 말도 없이, 먼발치의 그럴듯해 보이는 남녀 한 쌍을 물끄러미 바라보고 있었다.

"너 뭘 보니?"

내가 한성에게 물었다.

"응, 아무것도! 저 사람들 저렇게 젊은데 이런 호강을 누리고 있네."

위더는 식전에 마실 술과 4인분의 스테이크를 주문했고, 아이들한테는 옥스테일스프와 샐러드를, 우리 부부를 위해서는 오이스터스프를 시켰다.

나는 양식 요리가 입맛에 영 맞지 않았다. 더군다나 스테이크 같이 간단하게 굽고 삶는 종류는 더욱 맛이 없었다. 다만 양식 레스토랑의 우아한 분위기가 사람에게 편안함과 로맨틱한 느낌을 가져다 주는 것이기에, 양식 레스토랑에서 식사를 하는 것은 분위기를 먹는 것이라는 누군가의 말이 그럴 듯했다. 우리 식구 가운데 이런 분위기에 가장 잘 어울리는 사람을 꼽으라면, 당연 한린이 으뜸이다. 한린은 우아하게 식빵 바구니에서 자기가 좋아하는 작은 빵을 고르고, 경쾌하고 나긋하게 고갯짓을 해서 서빙하는 도우미에게 샐러드를 자기 철판에 채워 달라고 했다. 그 일련의 과정이 F.M. 그 자체였다. 하지만 한성은 달랐다. 한성은 시종 눈썹을 찌푸렸고, 먹는 것도 시원치 않았다. 순간 아무래도 한성의 여자 친구를 함께 부르는 게 낫겠다는 생각이 들었다!

저녁식사를 마치고 나와, 한린은 차 뒷좌석에서 자기 아빠의 목을 껴안고 몇 번이고 뽀뽀를 하는 게 뭔가 꿍꿍이가 있는 듯했다. 과연 한린이 애교스럽게 말하는 게 들렸다.

"아빠! 우리 춤추러 가요!"

"아빠 운전 좀 하시게 놔두렴, 너무 위험하잖니!"

나는 억지로 한린의 두 손을 워더의 목에서 풀었다.

"어때요? 엄마!"

이번에는 내게로 목표를 바꾸었다.

"네 오빠한테 물어보렴!"

사실 나야 그러마 하고 대답한 셈이었다. 춤춰본 지도 너무 까마득한 데다, 흥이 난 김에 온 가족이 좀 즐기는 것도 나쁘지 않겠다 싫었다.

그런데 누가 생각이나 했겠는가, 한성이 딱 잘라 말했다.

"난 안 가!"

"가자! 멋진 오빠! 가자구!"

"안 간다니까! 세상에 춤추는 것만큼 지루한 일도 없을 거야. 시간이 좀 나면 뭔가 의미 있는 일을 할 수는 없니?"

"흥! 오빠는 정말 흥 깨는 데 뭐 있어! 뭐든 못마땅해 한다니까."

"그래, 나는 못마땅해!"

한성은 방금 술을 한 모금 먹어서, 흥분한 나머지 얼굴이 온통 시뻘개졌다. 움켜쥐면 피가 나올 것 같았다.

"아마 잘 모르겠지! 방금 우리가 먹은 한 끼 식사가 보통사람들의 반 달치 생활비라는 걸."

내가 그걸 왜 모르겠는가? 내가 반박하려고 했을 때에는 이미 때가 늦었다. 아무도 더 이상 입을 열지 않았고, 내내 굳은 얼굴을 하고 있었다. 속이 한바탕 비비 꼬이더니 방금 먹었던 스테이크가 역겨운 냄새를 풍기며 목구멍을 가로막았다. 나는 차창을 내리고, 거리에 번쩍이며 스쳐 지나가는 네온사인 등을 바라보았다. 행인들의 얼굴에 비친 등불 빛은 전혀 다른 색깔을 만들어 냈다.

우리가 탄 차는 미끄러지듯 난징둥루(南京東路) 입구를 돌아들어 곧장 집으로 향했다.

그날 밤 위더와 나는 조곤조곤 이야기를 나눌 기분이 전혀 아니었다. 이튿날 일어나 너무나도 아름다운 태양 빛을 보면서, 아직 많은 일들이 처리되지 않았음을 떠올렸다. 하지만 더 이상 아이의 무심한 말을 확대하여 이러쿵저러쿵 떠들고 싶지도 않았다.

일요일 날, 한성은 한씨 집 결혼식 연회에 가지 않겠다고 했다. 그리고 일주일 뒤, 한성은 학교 동아리에서 하는 사회 봉사 활동으로 동부에 가게 되었다. 그런데 한성이 집으로 돌아온 지 사흘째 되는 날, 일이 터지고 말았다. 저녁 식탁에서 나는 아이들 사촌 이모가 최근에 시골에서 열한두 살 먹은 계집애를 데려다가 간단한 집안일을 돕도록 하고서, 그 아이한테 5만 위안을 주기로 했다는 말을 했다.

"그거 인신매매 아니에요?"

한성이 눈썹을 찌푸리며 분노를 참을 수 없다는 듯 혐오스런 표정을 지었다.

"말도 안 되는 소리! 열여섯 살이 되면 집으로 돌려보내 주기로 이야기 되었대. 먹여주고 재워주고, 규범도 익히면서, 일하는 법도 가르쳐 주는데, 뭐가 문제니? 여자애들이 도시로 오면 오히려 안 돌아가려고 하지!"

"엄마! 그럼 엄마도 홍(洪) 씨 아줌마를 도와 일할 애 하나 데려오면 좋겠어요! 집에 식구도 하나 늘면 사람 사는 것 같기도 하구요!"

한린이 말했다.

"쓸데없는 소리, 그런 일을 해서는 안 되지."

위더가 말했다.

사실 나도 계집애를 데려올 생각은 없었는데, 위더가 이렇게 이 일을 부정적으로 받아들이자 하는 수 없이 아이들 사촌 이모를 위해서라도 몇 마디 변명을 해야 했다.

"사실 그런 계집애가 우리 집 같은 데 있는 거랑, 어쨌든 그 막돼먹은 아버지 손에 팔려 비참한 곳으로 가는 거랑 비교가 되겠어요? 내 생각에는 그래도……"

"엄마! 이렇게 하는 게 부도덕하다고 생각하지 않나요?"

나는 이제껏 내가 부도덕한 사람일 수 있다는 생각을, 그것도 이런 말을 내 아들 입에서 들으리라고는 생각조차 해본 일이 없었다.

"그럼 너는 그 아이가 자기 아버지 손에 이끌려 불구덩이 속으로 들어가야 한단 말이니?"

나는 처음으로 나 자신을 무장했다. 마치 적수를 마주하고 있는 사람처럼 아들을 향해 말을 던졌다.

"우린 더 좋은 사회제도를 만들어 이런 일들을 없애고 개선해 나갈 수 있어요. 적극적으로 노력을 해야지, 이렇게 인신매매식의 소극적인 방법으로 어린 기생을 어린 일꾼으로 승격시키는 식이면 그만이다 할 순 없잖아요."

한성은 그렇게도 엄숙하고 그렇게도 비장했다.

"이게 바로 현 사회의 보편화된 무관심 현상이에요. 모두들 이기적이어서 자기만 보이는 거죠. 이제껏 남을 위해 생각해 본 적도 없고, 그저 우리보다 못한 생활을 하는 동포들을 동정할 뿐이라고요. 사실 말이지, 저도 집안의 이런 분위기에 적응이 안 되요……. 만약에 언젠가 다른 사람이 장아찌와 비계로만 식사하는 걸 알게 된다면, 그나마 제 뜻을 이해하게 될 거예요…….”

한성의 말에, 나는 원래가 사치스럽고 안일하게 살면서 낭비나 일삼는 천박한, 또 생각조차 없이 살아가는 사회 기생충이라는 느낌을 문득 받았다. 자기 아버지도 그저 돈을 물 쓰듯 써 가며 천금을 한 끼 스테이크로 충당하는, 이제껏 사회에는 관심조차 없는 비열하고 이기적인 '중산 계급'으로 취급하는 것 같았다.

그 비루하고도 악랄한 아버지가 마침내 입을 열었다.

“한성! 네 엄마와 나는 네가 요즘 들어 집에 불만이 상당히 많은 것처럼 느껴진다. 네가 틀렸다고 말할 수는 없다만, 너는 아직 젊고, 아직도 살아야 할 날들이 많으니 천천히 하렴. 너무 서둘지 말고. 네가 하고 싶은 일이라면 뭐든 좋아. 하지만 남을 공격해서는 안 돼. 더구나 자기 가족을 공격해서는 안 된단 말이야.”

밤중에 위더와 나는 잠을 이룰 수 없었다. 이층 테라스에 앉아 먼 곳의 청아한 달을 바라보다, 나는 참을 수 없어 원망을 터뜨렸다. 우리가 도대체 뭐가 고통스런 나날인지 모른단 말인가? 한성을 낳은 지 얼마 되지 않아, 위더가 남쪽으로 가게 되는 바람에 반년을 그렇게 보냈다. 지출을 줄이고 절약해서 분유를 사려고 나는 거의 장아찌나 위쑹(魚鬆, 생선을 가공하여 솜가루처럼 만든 식품)에 만두나 죽으로 끼니를 때웠다. 한린을 임신했을 때 위더는 또 미국에서 연수를 받는 중이었다. 임산부는 뭐든 먹고 싶기 마련인데, 당시 좋은 것은 살 수도 없었다. 그저 1위안어치 땅콩을 사서 한성과 오전 내내 먹었다. 한성과 한린 모두 지우췐제(酒泉街)의 작은 목조 건물에서 자라면서, 먹고 자는 것 모두를 그 다섯 평 안에서 했다. 아이들은 기억 못하겠지만, 우리는 아직도 기억하고 있다…….

"이런 말을 해봐야 뭐하겠어?"

"한성 하는 말이 너무 불공평하잖아요……!"

"내버려 둬! 아이들이 자라니 각자 자기들의 생각이 있겠지. 그 애가 틀렸다고 할 수는 없잖아."

여름방학이 지나고 개학한 지 얼마 안 되어, 한성이 이사를 나갔다. 말이야 학교에서 가까워야 도서관에 가기가 편하다고 하면서. 집에서는 고정적으로 비용을 대주고, 한성도 과외를 하는 지라, 생활은 꾸려 나갈 만했다. 다만 한성이 집과 접촉하는 기회가 줄어들다 보니, 자연스레 더욱 소원해지고 서로 격식을 따지게 되었다. 위더와 나는 한성의 불만과 비난 섞인 공격을 더 이상 듣지 않게 되었다. 토요일 밤이면 온 가족이 함께 모여 식사를 했고, 다음 날 아침이면 한성은 바로 떠나갔다. 우리 부모 된 자들은 겉으론 자식의 행동에 간섭하지 않지만, 속으론 늘 관심을 갖게 마련이다. 친구 소개로 우리는 돌고 돌아 한성 학교의 훈육주임인 이(李) 선생님을 알게 되었다. 이 선생님 말씀에 따르면, 우리 아들이 매우 성실하고 사랑하는 마음을 지니고 있는 데다 박력 있는 멋진 젊은이라고 했다. 한성은 학교 동아리 활동에도 열심이었고, 특히 사회 봉사 활동에 열성적이라 배운 대로 실천에 옮긴다고 했다!

한성의 졸업식 날, 온 가족은 한성을 축하하기 위해 갔다. 한성은 적잖이 크고 작은 상장과 상패를 수상해서, 부모 된 우리 입장에서도 영광스럽기 그지없었다. 한성은 우리를 이끌고 자기가 세 들어 살고 있는 방을 보여 주었다. 한성은 처음으로 우리를 그의 세계로 안내했다. 방은 비좁고 길쭉했다. 2인용 위아래 철침대 외에도, 문으로 들어서니 벽에 커다란 슈바이처(Albert Schweitzer) 포스터가 붙어 있고, 어지럽게 흩어진 책들과 장부, 그리고 옷가지들이 있었다. 한성과 함께 사는 아이는 천(陳)씨인데, 갸름하고 훌쩍 마른 모습이었다. 눈빛이 또렷한 게 오히려 너무 총명해 보여서 조금은 마음에 걸렸다. 하지만 나는 그다지 외모로 사람을 판단하지 않기에, 뭐 못마땅하다고 여기지도 않았다.

밤에 집에서 식사를 하는데, 위더가 한성더러 졸업 후에 뭘 할 생각이냐고 물었다. 우리 모두는 한성이 유학을 가서 좀 더 체계적으로 공부하리라는 데 별다른 이견이 없었다. 한성은 정리가 덜 된 긴 머리카락을 흔들면서 군대를 갔다온 뒤 다시 생각해 볼 것이라고 했다. 자기가 자기 일을 찾을 생각이니, 말하자면 아버지가 자기를 위해 어떤 계획도 세워줄 필요가 없다는 암시였다.

한성은 두 달간 보충병 복무를 했다. 병역을 마치고 돌아와서도 여전히 원래의 작은 집에 살았다. 그 천씨 성의 친구도 병(丙)급 체급인지라 군대에 갈 필요가 없어, 원래 살던 곳에서 쭉 살았다. 두 사람은 학교 선생님의 소개로 사회교육협력기구에서 일했다. 듣기로 월급은 4천 위안인데, 일은 수월한 편으로 주로 조사와 통계를 내는 것 정도였다. 하지만 문제는 일이 너무 가볍다는 데 있었다. 두 달 뒤 한성은 이렇게 단조로운 일을 견디지 못해, 이직해서 다른 일을 하기로 마음먹었다. 한성은 사회를 위해 봉사하고, 시민들을 위해 일하고자 하는 큰 바람을 애써 키워 가려고 했다.

얼마 지나지 않아, 한성은 다시 장애인 서비스센터에 들어갔다. 육체적인 장애를 가진 불쌍한 사람들을 전문적으로 도와 심리적 장애를 없애거나 직업 훈련 및 일자리를 소개하는 등의 일이었다. 한성은 제법 힘차게 일하는 것 같았다. 본래 이 일은 한성이 평생을 바쳐 일하기로 마음먹은 직업이리라 생각했다. 하지만 뜻밖에 석 달 뒤, 한성은 또다시 일자리를 갈아치웠다. 이번에는 채광업 종사자들의 복리기구였다. 한성이 내게 말했다.

"장애인 봉사 일이 싫어서가 아니에요. 나는 장애인들에게 인생에 대한 새로운 느낌을 알려주는 게 참 의미 있는 일이라고 생각해요. 하지만 몇몇 동료들 때문에 참을 수가 없어요. 허구한 날 월급이 적네, 비전이 없네, 라며 한탄이나 하는 데다, 맨날 사심을 품고 있다가 좋은 일자리만 생기면 친한 사람이나 자기가 좋아하는 사람한테 내준다니까요. 도무지 일을 하면서 정말로 필요한 사람들을 생각해 준 적이 없어요. 보면서 화를 끓이는 것보다, 차라리 그런 사람들과 좀 멀찌감치 거리를 두는 게 낫겠어요."

"모두가 그런 건 아니겠지?"

"그 몇 사람만도 못 봐주겠어요."

"지금 네가 하는 이건 원망이 아니니?"

내가 한성에게 물었다. 한성은 한참 동안 멍해 있더니 단호하게 말했다.

"내가 원망스러운 건 거기서 그저 몇몇 소수만을 위해 봉사할 수밖에 없다는 사실이에요. 지금 제 일이 저한테 잘 맞는다고 생각하지만, 좀 더 많은 사람들의 복리를 위해 일하고 싶어요."

한성은 그 일자리에서도 그리 오래 있지 못했다. 듣자 하니 몇 년간이나 교제해 온 여자 친구와도 헤어졌다 한다. 이유인즉, 그 미스 황이 더는 한성의 고상한 이상을 봐줄 수가 없다는 것이었다. 여자 친구 눈에 유학갈 사람은 유학을 가고, 결혼할 사람은 결혼을 하는 마당에, 자기도 뭔가 결정을 내려야 할 필요를 느낀 것이었다. 그런데 한성은 오히려 하루가 멀다 하고 직업을 갈아치우면서, 이룬 것은 하나도 없는 것 같았을 테니까. 한성은 여자 친구를 몹시도 실망시켰던 것이다.

미스 황은 홧김에 일본으로 가버렸고, 한성도 당연히 기가 꺾이고 절망스러워했다. 집으로 돌아와서는 원망이나 분노 한 마디도 내뱉지 않아, 우리 가운데 누구도 감히 한성을 건들지 못했다. 그저 시간이 좀 흐르고 나면 한성의 상처가 좀 아물려니 했다. 그런데 뜻밖에 또 얼마 못 가서 직장을 그만두었다. 이유는 하는 일마다 상급 기관의 견제를 받아 맘 놓고 일할 수 없으니 재미가 없다는 것이었다. 위더와 나는 한성이 지금 정서적으로 몹시 울적한 시기인 것을 감안하여 달리 뭐라고 말하지 않았다.

한성은 두 달을 놀았고, 여전히 의기소침한 채 정신을 차리지 못하는 모양이었다. 위더는 친구한테 부탁을 해서 한성에게 방송사의 썩 좋은 일자리를 마련해 주었다. 그런데 한성은 이 소리를 듣자마자 얼굴색이 확 변하더니, 밥그릇과 젓가락을 휙 던져

버리고는 문을 박차고 나가 버렸다.

타이베이에서 인간관계에 기대지 않고 일자리를 찾는다는 게 그렇게 어려운 일은 아니다. 하지만 적당하면서도 자기 취미에 맞는 일자리를 구하기란 그리 쉽지 않았다. 한성은 동창한테 부탁하고 이력서를 써서, 신문에 광고된 그럴듯한 초빙 광고에 죄다 응시해 보았다. 마지막으로 한성은 마지못해 한 생명보험 회사에 지원해 보기로 마음먹었다.

"어째서 좀 더 기다려 보지 않니?"

나는 할 수 있는 최대한 한성을 설득했다.

"아마도 너한테 꼭 맞는 일자리를 찾을 수 있을 거야."

"뭘 더 기다려요? 뭐 다 그게 그거 아니에요?"

한성은 거의 자포자기한 듯이 말했다.

위더는 한성이 보험에 엮이는 것에 반대했다. 그건 진실되지 못한 속임수로, 보험 회사 대부분이 그저 응시자들의 인간관계를 이용해서 자기들의 돈이나 챙기는 거라고 했다. 그런데도 한성은 20만 위안짜리 상해보험에 들었다. 그것 말고도, 여기저기를 분주히 뛰어다녔고, 보험 일을 한다는 것이 자기가 상상했던 것처럼 결코 만만한 일이 아니라는 것도 알게 되었다. 한 달이 지나도록 한성은 이렇다 할 성적을 거두지 못했다. 결국엔 또 위더가 한성을 남몰래 도왔고, 그제야 100만 위안의 성적을 올렸다. 하지만 한성은 몹시 억울하고 불만스러운 표정이었다. 나는 한성이 이 일도 오래 끌지 못하리라 예감했다.

과연 회사는 그저 점수만 요구하는 게 아니었고, 더 큰 실적을 내라고 했다! 얼마 안 되어 몇몇의 외판원들을 한성에게 관리하라고 하더니, 이번에는 한성에게 다른 사람을 착취하도록 했다. 결국 한성은 탁자를 치면서, 회사가 사기꾼이라며 보험 회사를 박차고 나왔다고 했다. 하지만 위더의 보험금은 여전히 꼬박꼬박 다달이 들어가고 있었다!

후에 한성은 또 어떤 광고 회사의 시장 조사원으로 들어갔다. 대우도 비교적 좋고 일도 단순해서 처음에 막 들어갔을 때만 해도 한성은 상당히 만족스러워하고, 동료들과의 관계도 꽤나 신선하고 흥미로운 듯했다. 그런데 얼마 지나지 않아, 한성은 또다시 일이 무미건조하고 의미가 없다며 달가워하지 않았다. 집에 와서도 늘 회사 지배인이 아랫사람한테는 제멋대로 횡포를 부리면서, 상사한테는 아첨을 떤다고 불만을 털어 놓았다. 또 과장이란 자는 음험하게 남의 공로나 가로채고, 동료들은 하나같이 시정잡배로 눈앞의 이익이나 공로에만 급급한 나머지, 뭐 조금이라도 득이 될 일이 생기면 그저 기회를 틈타 권세에 빌붙어 이익이나 챙겨보려 한다며 투덜댔다.

"광고 회사 이런 곳은 정말! 약육강식이 진짜로 판치는 곳이에요."

"어딘들 그렇지 않겠니?"

내가 말했다.

얼마 지나지 않아 한성은 또 사직하고 빈둥거렸다.

사실 나는 한성의 드센 고집을 걱정하는 게 아니다. 남의 도움을 받으려 하지 않고 누구에게도 기대지 않으려는 것은 의지와 기백이 있는 것이다. 위더와 나는 젊었을 적에 스스로를 의지하는 것 말고, 그 누구에게도 기대본 적이 없었다. 위더는 혈혈단신으로 타이완에 와서 공부하며 일해서 대학 공부를 마쳤고, 좌충우돌하며 자기 일거리를 찾아 일했다. 우리 친정집도 그리 부유한 편이 아닌지라, 결혼해 딸을 시집보내면서 싸준 것이라곤 그저 솜이불 한 채와 베개뿐이었다. 우리 두 사람은 남의 집 뒤뜰에 지붕을 걸쳐 올린 한 칸짜리 나무판자 집에 신방을 꾸렸고, 나중에는 비가 새는데도 집주인이 수리를 해주지 않아 하는 수 없이 이사를 가기도 했다. 우리가 의지할 사람이 누가 있었겠는가? 우리가 진심으로 걱정하는 것은 한성이 도대체 어떤 계획이라도 있는 것인가 하는 점이었다. 한성 스스로 장래에 어떤 사람이 되어야겠다는 사실을 알고나 있는 것인지? 장래에 어떤 사업을 하려고 하는 것인지? 위더와 나도 처음에는 그다지 구체적으로 이런 것들을 알지 못했지만, 우리는 이제껏 편하게 게으름을 피워본 적이 없었다. 왜냐하면 조금만 나태해도 가지고 있던 모든 꿈이 재가 되어 버릴 것이라는 사실을 알고 있었기 때문이다. 나는 이게 정말 중요하다고 생각한다. 그런데 한성이 이걸 이해할 수 있을지 모르겠다. 이건 교과서가 아니라 하나의 정신이기에, 내가 이걸 한성에게 이제 가르치기에는 너무 늦어버렸다는 사실을 깨달았다.

"엄마! 오빠가 아빠한테 택시 운전을 하겠다고 했대요. 엄마가 좀 말려 보세요."

한린은 침착하게 대처해야 한다는 말투로 내게 말했다. 순간 나는 도대체 무슨 일이 일어난 것인지 알 수 없었다.

"네 아빠가 뭐라 말씀하셨다니?"

"아빠는 알아서 하라고 했대요!"

이게 바로 한성의 계획이었다.

한성은 자기처럼 이제껏 만족할 만한 직업을 찾지 못한 천(陳)씨 성의 친구를 찾아 함께 대표로 이름을 올리고, 호의적인 친구와 동창들을 모집하여 한 달에 3천 위안씩 내는 상조회를 꾸렸다. 첫 기에는 6만 위안을 모아 중고 택시 한 대를 사 가지고, 래커 칠을 하고 에어컨을 달아 둘은 바로 영업을 시작했다.

"너 면허 시험에 합격은 했니?"

나는 당혹스러움을 억누른 채, 오히려 가장 무의미한 문제를 물었다.

"네! 세 번이나 시험을 봐서 겨우 영업 면허증을 땄어요."

한성은 조금도 부끄러운 기색 없이 내 맞은편에 높게 다리를 꼬고 앉았다. 또 머리를 짧게 자른 탓에 싱싱하게 젊은 얼굴은 날아오르듯 의기양양한 모습이었다.

"엄마와 아빠가 어떻게 생각하실지 전 모르겠어요. 어쩌면 부끄럽고 체면 깎이는 일이라고 여기실지도 모르죠. 하지만 이건 창업이라고 할 수 있어요. 우린 돈을 벌어야 해요. 돈을 벌어야 자기가 정말로 해보고 싶은 일을 해볼 수 있으니까요."

"다른 일을 해서는 돈을 못 벌겠니?"

"택시 일 같은 게 남의 간섭도 안 받으면서 자본금도 크게 필요하지 않은 거잖아요? 엄마, 자기 힘으로 밥벌이를 하는 게 뭐가 나쁜데요?"

"자기 힘으로 밥벌이를 하는 게 나쁜 건 아니지."

나는 나 자신의 생각을 고쳐먹으려고 안간힘을 썼다. 대학까지 졸업하고 택시 운전을 하겠다는 아들이 뭐 부끄러울 것은 없다고 말이다. 하지만 나는 그래도 좀 속 시원히 물어봐야 했다.

"그럼 넌 평생 택시 운전을 할 셈이냐?"

"저도 물론 평생 택시 운전을 할 생각은 아니에요. 돈을 좀 넉넉하게 벌면 아천(阿陳)이랑 그럴싸한 서점을 열 계획이에요. 서점도 결국 문화 사업 아니겠어요?"

한성은 비꼬듯 내게 물었다.

"서점을 경영하기 시작하면 또 거기에 관련된 기업들이 있겠죠. 이를테면 서점 위층에 아주 가정적이고 친근감 있는 커피숍을 연다든지, 아니면 출판사나 잡지사 같은 것을 해서 우리가 하고 싶은 것을 이야기하면서 이 사회에 진정으로 필요한 지식을 공급한다든지……."

나는 부인할 수 없었다. 한성의 계획이 그다지 주도면밀하지는 않았지만 꽤나 원대했기 때문이다.

한성이 일을 시작하고서 집으로 돌아와 첫 번째 고객에 대한 흥미로운 이야기를 온 가족에게 들려 주었다. 알고 보니 한성이 처음으로 태운 승객은 우연히도 동창이었고, 그 바람에 결국 첫 손님을 공짜로 모셨다는 이야기였다.

한성과 아천은 밤낮으로 교대하면서 차 한 대를 몰았는데, 한 사람이 하루에 팔구백 위안을 번다고 했다. 비가 오거나 또 명절이나 설이 되면 오히려 더 쉴 수 없었다. 한성은 그날 그날 수입을 약간의 푼돈을 제하고는 있는 대로 모두 회계 담당의 아천에게 맡겼다. 아천은 매달 곗돈을 내고, 천여 위안의 사납금을 냈다. 거기다 만 위안에 이르는 기름 값을 치러야 했고, 일 년에 두 번 내는 각종 세금도 납부해야 했다. 그리고 나면 남은 돈은 얼마 안 되었지만 그래도 몽땅 저축을 했다. 2년 뒤에도 남의 돈을 다 갚지는 못하겠지만, 그래도 남은 저축과 자기들 소유의 차는 있을 것이다.

"그때쯤이면 우린 차를 다른 사람한테 운전하라고 세를 내주고, 매달 고정적인 월세를 받을 수 있을 거예요."

한성은 나보고 들으라는 식으로 신바람이 나서 말했다.

뒤에서 한린이 씩 웃으며 내게 말했다.

"오빠도 이렇게 하면 착취하는 것 아닌가?"

어쨌든 나와 위더는 이 2년이 얼른 지나가 버리고, 한성이 꿈꾸는 아름답고 원대한 그림을 하루빨리 볼 수 있기를 바랐다. 하지만 실제 상황은 언제까지고 그렇게 간단히 이루어질 것 같지 않았다. 여섯 달 뒤 한성은 아천과 이사를 가야겠다고 했다. 이사야 뭐 그리 대수로울 일도 아니지만, 우리가 여기저기서 전해 들은 바에 따르면, 한성과 아천이 두 명의 무희 자매들과 동거하기 위해 이사를 간다는 것이었다.

"이게 어찌된 일이야?"

한성 아버지는 펄쩍 뛰었다. 남편이 이렇게 크게 화를 내는 건 처음 보는 일이었다.

"그 녀석이 뭘 하든 우린 그저 놔두었어. 하지만 이런 못된 짓은

용납할 수 없어. 당신! 당신이 한성한테 가서 나한테 분명하게 설명하라고 해."

위더는 얼굴이 붉으락푸르락해서, 저녁 내내 서재에 처박힌 채 누구와도 상대하지 않았다. 이튿날 위더는 여느 날처럼 정상적으로 출근했지만 낯빛은 전혀 나아지지 않았다. 위더가 화를 내는 것도 당연한 일 아닌가! 아이가 제멋대로 고집을 피우는 것도 참을 만하고, 심지어 바보 멍청이어도 우리 자식이다. 하지만 저질스러운 짓을 배우는 건 절대 안 될 일이다.

오후에 내가 편집실에서 나와 주소를 들고 직접 찾아간 곳은 4층짜리 아파트였다. 아래층엔 얼룩덜룩 녹이 슨 철문 한쪽이 일찌감치 가로로 나자빠져 담장 모퉁이에 방치되어 있었고, 다른 한쪽은 잠기지도 않은 채 그저 흔들거리며 닫아만 둔 상태였다. 3층으로 올라가니 문을 마주한 듯한 두 채의 집이 있었다. 18호 문패가 붙어 있는 곳에는 벨도 없기에, 나는 거무튀튀하게 더럽혀진 방충망 문을 잡아당겼다. 몇 차례를 두드리자 안에서 인기척이 났다.

문은 철 빗장과 연결되어 있었고 약간의 틈새 정도만 열렸다. 문 안의 반쪽 얼굴은 분명하게 보이지 않았고, 그저 여자라는 사실만 알 수 있었다.

"누굴 찾으세요?"

"실례합니다만, 판한성이 여기 사나요?"

"집에 없는데요!"

여자가 막 문을 닫으려는데, 내가 얼른 붙들었다.

"내가 한성 엄마예요."

안쪽에선 아무 소리도 없었다. 문이 닫히더니 철 빗장이 풀리고 다시 문이 열렸다. 여자는 분홍색 얇은 실크 잠옷을 걸치고, 안에는 검정색 실크 치마를 받쳐 입고 있었다. 몸매는 제법 좋았지만, 막 잠에서 깬 탓에 두 눈은 흐리멍덩했고 얼굴은 퉁퉁 부어 있었다. 황갈색으로 염색한 머리는 어지럽게 흩어져 산발을 한 채 귀 뒤쪽은 눌려 있었다. 여자는 누구에게나 달콤하지만 금방 시큼해져 물러터질 복숭아를 연상시켰다.

"당신이 어떻게 한성 어머니세요? 아니신 것 같은데! 너무 젊으셔서."

"나이 먹을 만큼 먹었어요!"

나는 테라스를 등진 채 위에서 바닥까지 전체가 통으로 된 큰 창문 쪽에 앉았다. 거실 겸 주방은 가구가 별로 없어 한눈에 다 들어왔다. 상당히 널찍했고 오랫동안 청소한 흔적이라곤 보이지 않았다. 바닥과 탁자 의자에는 먼지가 한 겹 내려앉아 있었고, 신문과 화보집 같은 것이 여기저기 아무 데나 널려 있었다. 식탁에는 아직도 먹다 남은 자두 씨나 수박 껍질, 빈 깡통, 콜라 병이 흩어져 있었다. 벽 모퉁이에는 머리를 내밀고 사방을 두리번거리는 바퀴벌레 몇 마리가 제멋대로 움직이며 기회를 엿보는 게 아주 비위가 상했다.

"아저씨는 주말에나 오는데요. 여긴 일주일에 두 번 청소를 해요. 너무 더럽죠?"

그녀는 어깨를 으쓱이며 마치 남의 일 이야기하듯 했다. 그러더니 곧장 주방으로 걸어가 큰 용량의 팩 우유와 유리컵 두 개를 가져왔다.

"좀 드세요!"

"됐어요! 아가씨는 성이 어떻게 돼요?"

"안니(安妮)라고 부르시면 돼요!"

팩을 뜯자 우유가 손가락에 튀었고, 그녀는 자연스레 손가락을 입 속으로 넣어 빨았다.

"한성은 없나요?"

나는 다시 한 번 물었다. 그저 화제를 끌어낼 셈으로.

"이번 주는 샤오판(小潘)이 낮에 운전을 하니까 밤에야 돌아와요. 아천은 밤에 운전을 하고 지금까지 아직 자고 있어요!"

"안니는 댄스홀에 출근하나요?"

"그런데요!"

안니의 전혀 비굴하지 않은 솔직함이 오히려 나를 유쾌하게 했다. 이어지는 이야기도 분명 훨씬 쉬울 것 같았다.

"안니, 먼저 날 믿어줘요. 나는 전혀 악의는 없으니까."

"네? 나는 당신이 악의가 있다고 생각하지 않아요. 뭘 물으시든 아는 대로 다 이야기할게요."

"나는 아가씨 하고 한성과의 진짜 관계를 알고 싶어요."

"샤오판과 저요? 우린 어떤 사이도 아니에요!"

그녀는 내키는 대로 웃어댔다. 몸을 앞뒤로 흔들어 대며 웃더니 두 눈에 눈물까지 그렁그렁 맺혔다.

"하지만 내 동생 헬렌(海倫)과 한성 사이는 꽤 좋아요. 헬렌은 외출했어요."

실망스러운 기분이 들려던 참에, 안니가 탁자 위의 장수 담배를 집어 들어 불을 붙이더니, 진하게 한 모금 토해내며 말했다.

"사실 걔들도 뭐 아무 일도 없을 거예요."

"왜죠?"

나는 절박해져 추궁하듯 물었다. 마치 그들에게 무슨 결과가 있기를 바라기나 한 것처럼.

"이건 상당히 말하기 어려운데, 어쨌든 뭔 일 있을 리는 없어요. 나는 내 동생을 잘 알죠. 자기 마음을 그렇게 쉽게 움직이는 애가 아니니까 안심하셔도 돼요!"

나는 조롱하듯 웃으며 순간 또 뭔 말을 해야 할지 알 수 없었다. 안니는 상당히 입담 좋게, 걔들이 어떻게 알게 되었는지 자세하게 알려 주었다. 먼저 헬렌이 택시를 탔다가 아천을 알게 되었고, 또 한성도 알게 되었다고 한다. 그 후로 갈수록 친해졌고, 아예 집도 비어 있으니 한성과 아천더러 들어와 함께 살자고 했단다. 밤에는 집 안에 남자가 있어야 좀 안전한 느낌도 드니까.

집을 나서려는데, 안니가 재삼 내게 보증한다며 한성과 헬렌은 절대 아무 일도 없을 것이라고 나를 안심시켰다. 그것 말고도 한성과 아천에게 재정상의 어려움이 있는 것 같다고도 귀띔해 주었다. 자세한 사정은 안니도 정확히 모르니 나더러 가서 한성에게 직접 물어보라는 것이었다.

밤에 우리는 여우닝(友寧) 부부를 집으로 초대해 식사를 했다. 여우닝, 루이진(瑞臻), 위더, 그리고 나는 대학 시절의 단짝 친구였다. 위더는 졸업 후 신문사에 입사했고, 여우닝은 학위를 따기 위해 출국했으며, 루이진도 이듬해 여우닝을 따라 들어갔다. 작은 나무 집에 살 적에는 사는 게 힘들고 우울해서 나는 늘 이렇게 탄식하곤 했다.

"우리와 여우닝, 루이진 사이도 아마 여기까진가 봐. 걔들은 돌아오면 박사에 교수니, 딴 사람이지 않겠어!"

그런데 누가 생각이나 했겠는가. 우리가 지금 그래도 위아래 층으로 된 40여 평 집을 갖게 되고서 손님을 초대하게 될 줄이야. 뭐 양밍 산(陽明山) 위의 호화 별장은 아니더라도, 그런대로 위로할 만한 성적 아니겠는가.

루이진은 이마에 진 주름과 짙은 화장 말고는, 여전히 그때의 명랑하고도 시원스런 분위기를 유지하고 있었다. 여우닝이 위더처럼 살이 찐 것을 보고, 나는 남자들이 전에 치던 테니스를 계속 쳐서 몸매 관리를 꾸준히 했어야 했다며 웃었다. 남자들은 학창 시절에 학교에서 테니스를 쳤는데, 그래도 그 당시 학교에서는 선수급이었다.

식사를 끝낸 후 여우닝은 자기가 귀국해서 먹어본 몇몇 큰 음식점 요리보다 내 음식 솜씨가 훌륭하다고 거듭 추켜세웠다. 그러자 위더는 퇴직하고 나서 아예 뉴욕으로 가서 중국 음식점을 차리자고 했다. 그러자 여우닝이 바로 말을 받아 말했다.

"위더! 이거 웃을 이야기가 아니네! 문화계에 종사하는 많은 사람들이 미국에서 중국의 음식 문화를 널리 일으켜 알리고 있다니까!"

루이진은 한린을 정말 좋아했다. 자기네 아이 정싱(正興)이 미국에서 한창 성장할 때, 중국 친구가 많지 않은지라 한린이 정싱과 통신을 하며 친구 해주기를 바랐다.

"다음 번엔 꼭 함께 와. 듣자 하니 정싱이 19세에 대학을 졸업했다며? 박사학위는 두 개나 가지고 있고! 정말 훌륭해! 여우닝! 우린 이제 늙었으니 퇴직하고 나면 아이들에게 길을 내줘야지."

위더가 늙었다고 하는 말은 여기서 내가 처음으로 듣는 것이었다.

"무슨! 우린 아직 장년이야! 아직은 아니라고! 아니야!"

여우닝의 말은 뭐 그리 웃긴 이야기도 아니었지만, 모두가 하하 하며 연방 웃어댔다. 웃음소리 중에 나는 벨소리를 들었다. 홍(洪) 씨 아줌마가 가서 문을 열어주자, 허름한 운동 셔츠와 청바지 차림에 샌들을 신은 한성이 들어왔다. 머리는 또 오랫동안 이발도 하지 않아 장발인 데다 부스스했고, 뺨은 아직 깎지 않은 구렛나루로 덮여 있었다. 모두들 깜짝 놀랐다.

"한성! 큰어머니, 큰아버지께 인사드려야지."

그래도 위더가 먼저 아는 척을 하며 말을 건넸다. 위더는 마치 낮의 일을 벌써 잊어버린 듯했다. 하지만 나는 위더가 결코 잊은 것이 아니라는 걸 알고 있었다.

"어떻게 큰아버지라고 부르나? 내가 자네보다 여섯 달 어린 것으로 기억하는데. 자, 와보렴!"

여우닝은 몸을 일으켜 손을 내밀며 한성과 뜨겁게 악수를 했다.

"삼촌이라고 부르렴! 정말 멋지게 생겼구나! 지금 무슨 일하니?"

"택시 운전을 해요!"

한성은 일부러 누구한테 고집을 부리는 것처럼 선포했다.

모두들 그래도 계속 웃으면서 이야기를 나누었다. 하지만 나는 웃음소리가 좀 전처럼 그렇게 자연스럽게 느껴지지 않았다.

여우닝 부부가 가고 나서, 워더 부자 간의 폭발 상황을 피하기 위해 나는 혼자서 한성 방으로 갔다.

"날 찾으려면 왜 전화를 안 하셨어요?"

한성은 스프링 침대에 가로누워 팔로 얼굴을 가리고 있었는데, 보기에 상당히 피곤해 보였다.

"네가 사는 곳을 좀 보고 싶기도 하고, 헬렌을 좀 보고 싶기도 했는데, 결국 못 만났다."

"나랑 헬렌은 아무 상관없어요."

"한성!"

나는 침대 가에 앉아 갓 태어난 어린아이를 달래듯 말했다.

"엄마가 너한테 말했잖니. 어째서 딱 떨치고 일어나지 못하니? 진짜 일을 좀 해보렴. 이렇게 사는 것은 길이 아니잖아!"

한참을 기다려도 대답이 없기에 뭔가를 다시 말하려고 생각하고 있는데, 그 투박하고 건장한 팔 아래로 몰래 한숨을 내쉬며 흐느끼는 소리가 들려왔다. 나는 정말이지 귀를 믿을 수가 없었다. 당혹스럽고 심란한 마음에 어떻게 해야 좋을지 알 수 없었다. 나는 그냥 이렇게 좀 있기로 했다. 한성이 속 시원히 울 때까지 말이다. 한성이 진정이 되어 잠잠해지자 나는 한성 가까이로 다가갔다. 그의 덥수룩한 머리칼에 입맞춤이라도 하듯이 조심스럽게 물었다. 재차 물었다가 또 반응이 없을까 봐 몹시 두려워하면서.

"무슨 일이니? 엄마한테 말해보렴."

"아무것도 아니에요!"

한성은 벌떡 일어나더니 고개를 돌려 눈을 비볐다. 마치 어린 시절 밖에서 억울한 일을 당하고 돌아오면 아무 말도 안 하려고 했던 때처럼.

"안니가 그러던데 너희들 재정상에 문제가 생겼다며?"

"안니 그 여자, 수다스럽게 별 이야길 다했네."

한성은 침대에서 내려와 갑티슈를 찾아 코를 풀었다.

"누가 그런 일로 그런대요? 따분하게시리!"

한성이 이것 때문에 운 것은 아니었지만, 그래도 어쨌든 상관 있는 일이었다. 나는 갖은 애를 다 써가며, 결국 핵심을 물은 셈이었다.

"아천이 어떻게 했는지 모르겠는데, 아천 말로는 상조회의 친한 친구 세 명이 도산해버렸대요. 이 돈은 우리 상조회의 대표가 반드시 배상해야 한다기에, 아천한테 저축한 돈이 충분한지 물었죠! 아천 말이 우리가 저축한 돈은 원래부터 하나도 없었다는 거예요. 상조회에 들고, 기름 값 하고, 또 차 정비하고 손질하고, 또…… 아! 어쨌든 일이 얽혀서 엉망진창이라고요. 나도 차 운전할 맘도 안 생기고, 또 어떤 놈들은 와서 돈 내놓으라고 아우성이지. 아천은 차를 팔아 배상을 하자는데, 이건, 이건 도대체 어디서부터 말해야……"

"그럼 차를 팔지 그러니!"

나는 완곡하게 의견을 내놓았다.

"팔아치워도 그래도 부족해요! ……생각할수록 진짜 억울해요. 내 시간 반년만 헛되이 낭비했으니까. 광고 회사에 그냥 엎드려 있었으면 여하튼 한 달에 칠천 위안은 벌었을 거고, 결혼하는데 문제는 없었을 텐데. 그게 나은 걸 진작 알았어야 했어요. 나는 세상에서 제일 바보예요! 무능한 놈! 미련퉁이!"

한성은 이튿날 아침에 갔다. 우리는 아무도 한성이 뭐 하러 바삐 가는지 알지 못했다. 나는 위더와 상의한 결과, 한성이 차를 팔고 나서도 돈이 부족하면 한성을 대신해서 돈을 갚아주고, 지금 살고 있는 이 이층집을 저당을 잡게 하여 아들을 위해 충샤오둥루(忠孝東路)에 서점을 열어 주기로 했다. 또 위층에는 커피숍을 내서 한성 뜻대로 가정집 스타일로 인테리어를 해주기로 했다. 문제는 한성이 원할 것인가이다. 우리 가운데 이를 속 시원히 아는 사람은 아무도 없다. 게다가 위더와 나는 둘 다 똑같이 모순된 마음을 갖고 있었다. 우리는 한성이 기꺼이 원해서, 순리대로 순조롭게 자기 사업을 일으켜 보기를 바라면서도, 또 한편으로는 한성이 그렇게 하겠다고 할까 봐 사실 두렵기도 했다! 이건 당초의 엄숙한 정의를 위해 분투하고, 혼자 힘으로 사회를 위해 모범이 되고자 했던 한성의 모습과는 판이하게 다른 듯했으니까.

(1978년 6월 27일 《롄푸〔聯副〕》)

혼사(婚事)

혼사

婚事

1

중산베이루(中山北路)는 타이베이(臺北)에서 가장 번화한 거리이다. 대로변에 즐비하게 늘어선 큰 빌딩과 줄줄이 이어진 가게들 말고도, 골목마다 온통 중국식 음식점과 양식 레스토랑, 일식 요리점들로 넘쳐난다. 날이 저물 때면 길게 늘어선 골목 전체는 한결같이 번쩍이는 네온사인으로 출렁인다. 사람들이 오가고 차량들로 분주한 화려한 세상의 떠들썩함 가운데, 유독 한 조각 불빛이 침침하게 드리워진 음산하고 적막한 성지에 붉은 벽돌과 나무로 만들어진 고딕식 건축물인 교회당 하나가 자리하고 있다.

"이 통로에 생화로 장식한 웨딩 아치를 최소한 여섯 개는 세워야 하지 않을까요?"

"생화가 보기 좋지요. 단상 중앙에도 붉은 장미 수반 하나쯤은 놓아야 할 텐데, 이 정도 크기로 말이에요."

샤오탕(小唐)은 큰 사발 정도 크기를 두 손으로 견주어 보이며 말했다.

"그걸 요즘 유행하는 작은 원목 바구니에 담고, 거기다 축하 메시지에 보낸 이로 내 이름을 달아 써 붙이면 돼요. 이렇게 해서 모두 얼마나 들까요?"

애경사를 전문적으로 취급하는 꽃가게 뚱보 주인이 한참을 웅얼거리며 뜸을 들였다. 그이가 셈을 얼른 못해서가 아니라, 샤오탕한테 도대체 얼마를 달라고 해야 할지 꼼꼼히 주판알을 튕겨보고 있었던 것이다. 샤오탕에게 이곳을 소개해 준 사람은 홍타이(宏泰) 사진 회사의 왕(王) 사장이다. 이 회사와 꽃가게 주인과는 아주 오랫동안 거래를 해온 터라, 그 사람 체면 때문에라도 마음에 들어야 했기 때문이다.

"이렇게 합시다. 기왕에 왕 사장 친구시라면 뭐 자연스레 내 친구이기도 하니, 모두 합해서 4천 위안에 해드리죠! 이 정도면 본전밖에 안 됩니다."

"4천 위안이라……"

샤오탕은 두 손을 비비적거리며 얼굴에 약간 난색을 띠었다.

"좀 깎아주실 수 없을까요? 아시잖아요! 이게 제 결혼식이 아니라는 걸. 그렇지만 않으면 달라는 대로 당연히 다 드리죠. 그런데 이건 제 친구 결혼식이거든요. 제가 친구한테 선물로 주는 셈이니, 돈은 제가 내야 하거든요! 휴! 4천 위안이라? 좀 깎아 주시면 안 될까요?"

"생화잖아요? 다른 사람한테 가격 흥정 한번 해보세요. 최소 6천 위안은 달라고 할 걸요……."

자상하고도 엄숙한 모습으로 두 손을 내밀어 세상 사람들을 어여삐 어루만지는 성모마리아 상 아래에 서서, 두 사람은 발을 동동 구르는가 하면, 또 연신 상스러운 말을 섞어 가며 쉴 새 없이 흥정을 했다. 마침내 3천5백 위안으로 계약이 성사되었다. 뚱보 주인은 수첩을 꺼내 들어 재차 고개를 가로저으며 탄식을 쏟아냈다.

"젠장! 돈 벌기 참 어렵수! 이러면 손해라구요! 휴! 신랑, 신부 이름은요?"

"사오융롄(邵詠廉), 뤄후이전(羅惠楨)."

샤오탕은 꽃가게 주인한테 이름을 써보여 주고서 이내 자기 명함을 꺼냈다.

"자요! 장미꽃 수반에 돈 낸 사람 이름 쓰는 걸 잊지 마세요!"

2

이튿날 댓바람부터 샤오탕은 출근하기 전 사오(邵)네 집에 먼저 들러 예식 당일에 친지들에게 나누어 줄 성시책(聖詩冊)을 건네주러 갔다. 융롄이 분명 아직 일어나지 않았을 것이라고 생각했는데, 의외로 그는 벌써 말끔하게 차려입고서 외출할 준비를 하고 있었다.

"신랑 노릇하기 정말 쉽지 않구나. 이렇게 댓바람부터 일을 봐야 하니? 물건 사러 가는 거야?"

"아니야! 후이전이 의치를 한다고 해서 의사랑 9시에 약속을 했거든."

융롄은 샤오탕 손에서 사륙배판 크기의 붉은 표지에 비단으로 꽃을 수놓은 소책자를 건네받았다. 안쪽을 펼쳐보니 얇고 부드러운 속지에는 다음과 같은 글이 적혀 있었다.

'부디 오셔서 주 앞에 함께 한 샤오융롄과 뤄후이전 신랑 신부를 위해 기도해 주세요.'

뒤이어 혼례 순서와 찬송의 성시(聖詩)가 들어 있었다.

"어때? 괜찮지?"

"야! 좋은데! 정말 좋아!"

사실 융롄 집안은 하나같이 신앙을 갖지 않은 사람들로, 이번 혼례의 종교 의식은 그저 여자 쪽 요청에 따른 것이었다. 그러기에 성시책이 괜찮은지 어떤지는 그에게 하등에 문제될 게 없었다.

"아주 좋아! 적잖이 돈 좀 들었겠는데?"

"뭐 돈을 따지냐! 우리가 보통 친구 사이냐! 고등학교 3년에 대학 4년인데, 이 정도 우정도 없겠냐?"

샤오탕은 대단한 의리의 사나이처럼 맞장구를 쳤다.

"그래! 예배당 장식도 다 이야기해 놨다. 웨딩 꽃 장식은 전부 생화로 하기로 했고. 잘 아는 사람이라 특별히 싸게 5천 위안에 했다."

"고맙다! 샤오탕! 너도 알다시피 우린 결혼하자마자 바로 미국으로 가야 해서 뭐든 몰아치기로 서둘러 해야 하잖냐. 정말이지 바빠 죽을 지경이라 너한테 그저 폐만 끼치는구나! 돈이야 분명히 셈을 하겠지만 바쁜 일이 좀 끝나면 한꺼번에 하자!"

"너 편할 대로 해라! 일 보고! 그럼 나 먼저 가마, 출근해야 하거든!"

3

후이전은 벌써 2년 전에 충치가 생겨 송곳니 하나에 큰 어금니 하나를 뽑았다. 아프기도 하고 성가시기도 해서 이제껏 주저하고 있던 참이었다. 보통 의치로 몇백 위안짜리를 박아 넣을까, 아니면 가장 좋은 세라믹보철로 해 넣을까를 고민하다 지금까지 질질 끌어온 것이다. 그래도 어금니 하나쯤 부족한 것은 남들에게 잘 보이지 않지만, 오른쪽 송곳니는 크게 웃을 때면 여지없이 빠진 이가 훤히 드러나 보였다. 하지만 후이전은 그다지 신경 쓰지 않았다. 그런데 이번에 시어머니 될 어르신인 사오 부인이 '치아란 빠진 채로 그대로 두면 돈이 새나가는 법이다'라고 하신 말씀 한 마디 때문에 이런 결정을 내리게 된 것이다. 기왕지사 사오 부인이 의치를 하라고 하는 데다, 장차 그녀는 사오 집안사람이 될 것이기에 비용 부담도 자연히 사오 집안에서 할 것이었다. 그래서 후이전은 난징둥루(南京東路)에 있는 가장 비싼 치과를 찾아갔다. 원래 치아 하나가 부족하면 치아는 세 개를 만들어야 하는데, 이것은 양쪽의 온전한 치아 2개로 기둥을 삼아야 하기 때문이다. 그렇다면 후이전은 치아 두 개가 빠졌으니 자연스레 치아 여섯 개가 필요한 셈이다. 후이전은 가장 고급인 세라믹으로 된 치아를 박아 넣기로 했는데, 치아 하나에 4천 위안이니 도합 2만 4천 위안이 드는 것이다. 여기에 치료비는 포함되지도 않았다.

"융렌! 이 색깔이 내 원래 치아 색깔과 비슷한지 봐줘. 진짜 같아?"

후이전은 일찌감치 일주일여 전에 이미 양쪽 치아를 가늘고 날카롭게 갈아 놓고, 값비싼 세라믹 치아를 박아 넣으려고 기다리고 있었다. 햇빛을 마주한 채 후이전은 융렌에게 잘 보이도록 했다.

"어때?"

"음! 잘 되었네!"

"다시 봐봐! 바깥쪽 것만 보기 좋으면, 안쪽 것이야 상관없어."

"괜찮다니까! 그렇게 큰돈을 들이는데, 잘못되겠어?"

"뭐라고?"

후이전은 거칠게 입을 다물더니 아래턱을 당기고 몹시 화난 눈초리로 융렌을 노려보았다.

"그래서 마음이 아프다는 거야? 당신 어머니가 돈이 샌다고 하셨지, 나는 이 박아 넣겠다고 말한 적 없어."

"누가 마음이 아프대?"

융렌은 세가 불리해지자 얼른 웃는 낯으로 말했다.

"얼른 해 넣자, 아직도 해야 할 일들이 너무 많잖아!"

"지금 하는 게 아닙니다! 일주일여 정도 시험 삼아 해보고 나서, 그때 가서 고정할 수 있어요."

의사가 서둘러 다가와 친절하게 설명해 주었다.

"일주일요? 다음 주면 우린 결혼해야 하는데요!"

"그럼 하루 앞당겨 오시면 되죠."

4

"인쇄한 청첩장을 보내왔네요."

사오 부인이 빨강 바탕에 글자 전체를 금색으로 도금한 접이식 청첩장을 남편 앞으로 내밀며 말했다.

"어떻게 부모님 이름도 없어요?"

"흠! 요즘 젊은애들은 이렇게 하는 걸 좋아하나 보지! 아이들이 자기들 이름 넣으려고 하는데, 별 수 있나?"

"그쪽에서 하라 하면 당신은 그냥 따라만 갈 거예요? 부모님이 모두 계시는데 청첩장에 달랑 신랑, 신부 이름만 있는 경우는 내 처음이네요. 이건 우리가 손님들을 청하는 거라는 걸 알아야지! 결혼식 당일에 사람들은 아버지, 어머니를 봐서 온단 말이에요! 흥! 이런 식으로 찍어 놓은 청첩장을 가지고, 그날 사람들이 어찌 된 일이냐고 할지 모르겠네요!"

"아! 아! 알고 있겠지."

사오 선생은 손을 내저으며 돋보기 안경을 걸친 채, 청첩장을 꼼꼼하게 한번 쭉 훑어보았다. 그러더니 몹시 흡족스러운 듯 고개를 끄덕였다.

"잘했네! 인쇄도 시원스럽고, 비서가 그래도 일을 잘한단 말이야."

"봐요!"

사오 부인은 지금까지 남편을 이렇게 불러왔다.

"당신 양복 입어 봤어요?"

"입어봤지! 입어봤어!"

"음! 내 것 긴 치파오는 내일 보내 온다는데, 당신 보기에 교회당에 미색 치파오가 어울리겠수? 녹색 실크가 어울리겠수?"

"아무렇게나 해요!"

"그럼 미색을 입었다가, 밤에 손님 접대할 때에는 녹색 실크로 바꿔 입어야겠네. 사실, 우리야 예수를 믿지 않는데 교회로 달려가 예식을 한들 뭘 알겠수, 나 원 참! 얘! 융전(詠珍)아!"

사오 부인이 막 눈을 드는데 때마침 딸아이가 주방에서 나오는 게 보였다.

"너 또 뭘 먹었니? 뚱보 되는 게 겁도 안 나니!"

"소고기 좀 먹었다고 뭐 살이 찐다고?"

융전은 얼굴에 금세 못마땅한 기색을 띠고서 건들거리며 들어왔다. 사실 융전은 정말로 살이 좀 쪘는데, 다만 현실을 인정할 용기가 없을 따름이었다. 이번 결혼식에 후이전이 융전을 자기 여동생 대신 들러리로 삼은 것도 융전의 몸매가 둔해 보여, 오히려 신부의 아름다운 자태를 돋보이기 위한 작전이었다. 그저 맹한 융전만 그 사실을 알아차리지 못한 채, 자기가 시누이이니까 당연히 이런 중책을 맡는 것이라고만 생각했다.

"새언니가 뚱뚱한 나를 싫다 안 하고, 그래도 들러리 삼으려고 하잖아! 그런데 엄마는 종일토록 나보고 뚱뚱하다고만 하고!"
"널 위해서지! 옳고 그른 것도 분간 못하냐."
사오 부인이 그다지 밉지 않게 딸아이를 한번 흘겨보았다!
"네 예복은 어떻게 하기로 했니?"
"후이전이랑 오후에 가서 입어보기로 했어요."
"후이전이 정말로 5천 위안짜리 예복을 빌리기로 했니?"
"몇 번을 말씀드려요. 이건 특별히 주문 제작한 것이라고. 새언니가 한 번 입고서 드레스숍에 준다니까요."
"그게 빌리는 것과 뭐가 다른데? 한 번 입는 데 5천 위안이나 해? 그게 뭐냐? 돈 쓸 데가 그리 없다더냐? 남들이 5백 위안 주고 빌려 입는 거랑 뭐가 다르다고?"
"다르지! 옷감 재질도 다르고! 스타일도 다르고! 후이전이 말했잖아, 자기는 남들이 입은 옷은 안 입는다고!"
"남들이 입은 옷을 왜 못 입어? 내 돈 쓰는 건 어쨌든 그저 물 쓰듯 한다니깐. 또 이빨도 일찌감치 해 넣었어야지. 뭣 때문에 이제야 융롄을 붙들고서 해달라고 하는 거라니? 그 집 사람들은 그저 실속 챙길 줄만 알아가지고, 이거 해주라 저거 해주라 하지! 선물 상자 하나도 안 들고 오면서, 뭐 이제 와선 모든 게 간단할수록 좋다고? 생각하면 화가 치민다니까."
"새언니 집이 돈이 좀 있는 편은 아니잖아요?"
"돈은 무슨? 빈껍데기지!"
"음! 그쪽 뤄(羅)씨네 집안도 셈이 빠르단 말야!"
융전도 흥미진진해져 가지고, 자기도 모르게 엄마의 잔소리에 맞장구를 쳤다.

"둘째 오빠더러 군대 갔다 와서 결혼하라고 해요. 뭐 말이야 바른 말이지 함께 미국 가서 공부한답시고, 사실 비행기 표 값이나 좀 절약해 볼 속셈인 게지."

"맞아! 그럴 셈이었네! 후이전의 비행기 표 삯을 자연스럽게 우리가 물게 되는 거잖아."

사오 부인과 융전은 공동의 적을 앞에 놓고 적개심에 불타 동시에 사오 선생을 바라보았다. 마치 아버지 된 사람이 무슨 방법이라도 동원해서 이런 속임수를 막아야만 할 것 같았다. 하지만 사오 선생은 그녀들의 분노에 깊이 동의만 할 뿐, 뭐 별 뾰족한 해결 방법을 내놓지는 못했다.

5

시닝난루(西寧南路)에는 예복 대여점들이 줄줄이 늘어서 있었다. 새하얀 색깔로 풍성하게 휘늘어진 긴 웨딩드레스가 마네킹 모델에 걸쳐져 있는데, 그 자체로 탐스럽고 호화로운 예물 같았다. 이런 외부 장식들은 얼핏 보기에는 비슷비슷해 보이지만, 조잡함과 세밀함의 차이는 확연히 천양지차였다. 그중에서도 어떤 한 가게의 쇼윈도는 특별히 신경을 썼는데, 그 윗층은 한층 더 널찍하고 호화로웠다. 바닥엔 진홍색 카펫을 깔았고, 간이 탈의실을 제외하고는 사방 벽을 온통 금빛으로 장식해 놓았다. 후이전처럼 큰돈을 써대는 손님들에게는 또 각별히 큰 탈의실을 마련해

두었고, 그 장식과 인테리어는 우아하기 그지없었다. 사방의 벽과 위아래는 온통 수정처럼 빛나는 전면 대형 거울로 둘러싸여, 신부는 다양한 각도에서 꼼꼼하게 자신을 비춰볼 수 있었다.

후이전의 예복은 섬세한 프랑스 면사와 최상의 공단으로 지어졌으며, 스타일은 프랑스에서 가장 모던한 신부 잡지에서 따온 것이었다. 그중에서도 가장 특별하게 설계된 머리 장식은 화관에 면사포로 얼굴을 가린 일반적인 스타일과는 품격이 달랐다. 게다가 하얀 실크의 테두리에 레이스를 달아 큰 두건으로 얼굴을 가리면서도 신부의 아름다운 계란형 얼굴이 가려지지 않게끔 했다. 원래 후이전은 이런 예복을 영원히 갖고 싶었고, 두고두고 이를 기념하고 싶었다. 하지만 가격이 만오천 위안이나 되는지라, 시어머니가 싫어하실까 봐 억울하지만 아쉬운 대로 한 번 입는 것에 5천 위안을 쓰기로 한 것이었다!

"융롄! 이 목둘레가 좀 높지 않아?"

"아닌데!"

"아이! 자기는 뭘 몰라! 융전, 아가씨가 보기에는 어때요?"

융전은 마침 자기 것 들러리 예복으로 갈아입고서, 거울에 비춰보고 미소를 지어가며 마치 선녀 같은 자태를 취하고 있었다. 후이전이 자기를 불러대자 정신은 딴 데 두고서 그저 되는 대로 대답만 했다.

"좋은데!"

"그래요! 딱 좋아요! 너무 낮아도 안 좋죠."

도우미 아가씨가 맞장구를 쳤다.

"우린 신부 드레스를 단정하고 우아하면서도 사랑스럽게 만들려고 하죠."

"음?"

후이전은 목둘레를 다시 좀 낮춰 보더니 가슴 사이 선을 약간 노출시키면서 말했다.

"나는 이게 더 시원스러워 보이는데. 내가 맞춘 이브닝드레스도 너무 보수적인 영국 궁정식 스타일이거든요. 그래서 이건 목둘레를 좀 낮췄으면 좋겠어요. 융롄! 당신은 어때요?"

"음!"

온통 여자들과 여성용 장식들 사이에서 몹시 불편한 기색이던 융롄은 그저 잠시라도 빨리 이곳을 빠져나가고 싶어 했다.

"당신 맘대로 해!"

"그럼 이렇게 해요, 목둘레를 조금 더 낮추는 것으로."

후이전이 사뿐하게 휙 돌아서니 사면 거울에 눈부신 화사함이 반짝거렸다. 그녀는 자신의 아름다움과 성결한 느낌에 그만 도취되어 버렸다. 드레스숍을 나와 융전이 청첩장을 후이전에게 건넸다.

"아빠 말씀이 부족하면 더 가져오면 된대."

후이전은 한 장을 꺼내 살펴보더니 아무 말도 하지 않았다. 융전이 가고 나자 그녀는 기다렸다는 듯이 청첩장을 융롄의 가슴팍에 쑤셔 넣으면서 입을 열었다.

"촌스러워 죽겠어! 온통 빨간색이네. 유백색으로 금박을 하라고 말 안 했어요?"

"인쇄도 다 잘 되었구먼……, 노인 양반들은 흰색은 어쨌든 별로라고 생각하시거든!"

"흥!"

후이전은 내내 심술이 나서 융렌과 말도 하지 않았다. 그러더니 집에 돌아와서는 청첩장을 자기 엄마한테 늘어 놓고서 보라고 했다.

"봐요! 촌스러워 죽겠어."

"뭐 괜찮네!"

뤄 씨 부인이 앞뒤로 훑어보니 그렇게 만족할 정도는 아니지만 그래도 그다지 촌스럽지도 않았다!

"아가씨! 그냥 아쉬운 대로 하세요!"

"흥!"

"드레스는 어떻든?"

"고쳐야 해요!"

"융렌의 예복은?"

"예! 제건 괜찮습니다."

장모님이 될 어른을 바라보는 융렌은 어쨌든 상당히 부자연스런 느낌이 들었고, 말도 반드시 깍듯하게 해야 할 것만 같았다.

"신랑 들러리 예복 색깔은 어울리던가?"

"네, 제가 유백색으로 입으니까, 융난(勇男)에게도 그날 옅은 색으로 입으라고 했습니다."

"그래, 그럼 됐네!"

"되긴 뭐가 돼요?"

후이전이 끼어들더니 자기 엄마한테 원망을 늘어 놓기 시작했다.

"융난 때문에 촌스러워 죽겠다니까!"

곧 결혼할 딸아이는 시종일관 오만방자하게 굴었다. 하지만 엄마 된 입장에서는 이런 행동이 전혀 이상하게 여겨지지 않았고, 오히려 그것조차 안쓰럽고 가여웠다. 엄마는 웃으며 고개를 가로젓더니 장래의 사위에게 이렇게 말했다.

"후이전, 저 성질하고는! 하지만 저 아이가 심성은 좋은 아일세. 자네가 앞으로도 좀 많이 이해해 주게나."

"알겠습니다."

융롄이 더듬더듬 대답했다.

"융난은 우리 큰형수 동생이거든요. 친척이 도와줘야 어쨌든 편하니까요."

"샤오탕도 마찬가지 아니야?"

후이전은 너무나도 잘 알고 있다. 샤오탕은 융롄 키보다 머리 반만큼이나 크니, 신랑 들러리를 하기에는 적절치 않다는 것을. 하지만 그녀는 굳이 입으로 위세를 부리려고 했다.

"자기는 하필 융난을 들러리로 쓰려고 해, 정말이지 촌스러워 죽겠어."

융롄은 더 이상 앉아 있지 못하고 일찌감치 자리를 떴다. 후이전 모녀는 다정하게 소파에 기대 앉아 이번 혼사의 미진한 일들을 어찌해야 할지 의논했다.

"반지랑 패물은 어째 아직까지 안 준다니?"

"내일은 가서 고르겠다고 해야겠어요."

후이전은 말하면서 희고 긴 손가락을 내밀어 세심하게 살펴보았다. 보아 하니 벌써 결혼반지를 끼고 있는 모양새였다.

"다이아몬드 반지는 그이 어머니가 벌써 사 놓으셨으니까, 아마 내일이면 함께 주실 것 같아요."

"얼마나 큰 건데?"

"1.2캐럿짜리."

"좀 작지 않니?"

"맞아! 그래도 시어머니가 내일 뭐 다른 거랑 좀 더해서 보내실지도 모르죠!"

"음! 너무 빈약하면 우리가 받을 수 없지. 우리가 세상 물정 모르는 촌뜨기들도 아니고 말이다. 아니? 너 이제껏 옥팔찌 받고 싶어 하지 않았니?"

"휴!"

후이전은 길게 한숨을 내쉬었다.

"시어머니가 그렇게 인색하게 굴 줄이야 누가 알았겠어요?"

"금은 싫다고 해라! 백금이 시원스레 좋지."

"저도 알아요. 백금이 비싸다는 것쯤은. 그런데 그이 어머니가 황금이 뭐 보관할 가치가 있다나 어쩐다나."

"무슨 보관 가치가 있다고? 며느리 들이면서 이렇게 째째하게 구는 걸 난 본 적이 없다. 그래, 너한테 뭘 해줬다고? 그래도 우린 그쪽 집안 하고는 다르다. 우린 그쪽에 결혼 지참금도 요구한 적 없고, 피로연도 그쪽 테이블은 하나도 안 썼잖니. 그런데도 이렇게 야박하게 굴다니, 나 원 참! 영락없이 졸부처럼 구는구나."

"엄마……"

"기왕에 이렇게 됐으니 우리 축의금도 각자 받도록 하자. 계산할 때 서로 복잡하게 얽히지 말게 말이야."

"그래요!"

"그리고 후이췐(惠荃)이 너한테 섭섭해 하더라! 너도 참! 자기 여동생을 마다하고, 굳이 그 집 여동생을 들러리 삼니! 그렇게 뚱뚱하기까지 한데."

"아이 참! 좀 미안하잖아!"

후이전은 어리광을 피우듯 천진하게 엄마에게 비벼댔다. 아무리 기억을 더듬어 봐도 아주 오래전 유년 시절을 제외하고는, 모녀가 지금 이 순간처럼 사이좋게 서로를 이해하며 화목했던 적은 없었던 것 같다.

6

신부에게 시가 십일이만 위안에 상당하는 다이아몬드 반지를 주는 것만으로도 이미 대단하게 쓴 거라고 사오 부인은 줄곧 생각해왔다. 게다가 그쪽 뤄(羅)씨 집안에서는 혼수품 하나 준비하지 않았기에 애시당초 신부에게 패물 같은 걸 더 해주지 않을 작정이었다. 이번에 아들과 후이전을 데리고 금은방에 가서 그저 아들 며느리에게 금반지나 하나씩 해주고, 신부한테는 금팔찌와 금목걸이만 더 해주면 그걸로 충분하다고 생각하고 있었다.

"봐라, 이 팔찌 어떠니? 세공이 아주 정교하구나!"

후이전은 입가에 억지 미소를 지으며 전혀 아무렇지도 않은 척 팔찌를 보고 있었다.

"전 이런 디자인은 별로인데요."

금은방을 나와 사오 부인이 앞쪽으로 걸어간 틈에 후이전이 융렌을 잡아끌며 말했다.

"난 금으로 하는 거 싫어. 너무 촌스럽단 말이야! 당신 어머닌 나한테 가늘고 무게 안 나가는 것만 좋다고 보여 주시니, 뭐 하자는 거야! 사지 않으면 되지 뭐! 난 그렇게 볼품없는 물건 하고 다니다 사람들한테 체면 구기기 싫다고!"

"아이 참! 아무거나 사서 그냥 하고 다녀! 당신 하고 싶은 건, 내가 돈 벌면 또 사줄 테니까."

"흥!"

후이전은 손을 뿌리치더니 입을 삐죽거리며 한쪽으로 가버렸다.

결국엔 사오 부인이 나서서 신랑, 신부에게 금반지 하나씩을 사주고, 신부에게는 또 다이아반지에 맞춰 끼라고 백금 반지 하나와 여덟 돈짜리 금팔찌 한 쌍, 그리고 여섯 돈짜리 금목걸이 하나를 사 주었다.

후이전은 심사가 몹시 뒤틀렸지만, 뭐라 분명히 말도 못한 채 그저 융렌만 힐끗힐끗 흘겨볼 따름이었다.

점심때에는 세 사람이 찻집을 찾아가 되는 대로 대충 한 끼를 때웠다. 후이전은 더 이상 참지 못하고 사오 부인 앞에서 일부러 융렌에게 이렇게 말했다.

"샤오팡(小芳) 결혼할 때 안 가봤어? 정말 재미있었잖아! 여섯 돈짜리 금목걸이에 팔찌 세 세트를 차고서, 샤오팡이 피곤해 죽겠다고 했었지! 내가 하나쯤 안 차면 안 되냐고 했더니, 샤오팡이 안 된다고 하더라고! 자기 시어머니는 체면을 차리는 분이시라면서."

"음……!"

융렌은 그저 새우 만두를 입속으로 구겨 넣으면서 마치 대답할 겨를이 없는 것처럼 행동했다.

"흥!"

오히려 사오 부인이 차를 한 모금 마시더니 침착하고 천천히 결론을 내려 주었다.

"시골 촌뜨기들이지?"

오후에 융렌은 후이전과 드레스를 찾으러 가야 했다. 사오 부인은 애들이 사는 물건이 마음에 놓이지 않아 굳이 따라가 보려고 했다. 물건을 보자마자 사오 부인은 아니나 다를까 몹시 불편한 기색을 띠면서 말했다.

"왜 또 흰색이냐? 손님을 배웅할 때 입는 치파오도 벌써 옅은 색으로 해놓고선, 왜 또 이런 색을 골랐는지 모르겠구나!"

"엄마! 치파오는 옅은 청색이에요. 이건 유백색이구요."

융렌이 엄마한테 사실을 알려드렸다.

"이렇게 더운 날씨엔 짙은 빨강이나 진한 녹색보다 이게 좀 산뜻해 보이지 않나요?"

"안 되지, 안 돼! 어디 신부가 그렇게 수수하게 입는단 말이냐? 다시 골라봐라, 이건 안 되겠다!"

"하지만 벌써 예약금을 줘버렸는걸요."

후이전은 이미 끝났다는 식으로 의기양양하게 한쪽에 서 있었다.

"얼마나 줬는데?"

"모두 해서 6천5백인데, 아가씨께서 이미 3천을 주셨어요."

가게 점원 아가씨가 서둘러 설명했다.

"뭐라고? 이렇게 조잡하고 형편없는 옷감을 6천5백이나 주라고? 너희들 정말이지 물건 살 줄 모르구나."

벌써 예약금을 치렀으니 무를 수도 없었다. 사오 부인은 그저 나머지 3천5백을 치를 수밖에 없었다. 하지만 생각할수록 마땅치가 않았다. 사오 부인은 속이 좀 쓰렸지만 결국 후이전에게 피로연 때 입을 붉은색 드레스 한 벌을 더 사주기로 했다.

후이전 입장에서는 자기에게 새 옷 한 벌이 더 생기니 전혀 반대할 이유가 없었다. 그래도 옷감과 스타일은 반드시 자기 눈에 들어야 했다. 하지만 사오 부인은 당연히 나일론 같은 화학섬유로 된 잠옷 스타일의 붉은색 드레스를 권했고, 후이전은 죽어도 홍콩제 붉은 자수 비단 신부 드레스로 하겠다고 우겼다.

결국 사오 부인은 다리랑 허리가 저리고 쑤시는 데다, 온몸이 노곤해져 장래 며느릿감에게 지는 수밖에 없었다. 돈을 치르고 그 자수 드레스를 사긴 샀지만, 입으론 투덜거리는 걸 잊지 않았다.

"홍콩에서 들여온 것이라 이렇게 비싼 물건인 걸 벌써부터 알고 있었구먼!"

7

저녁에 융렌은 후이전을 데리고 부케를 사러 갔다. 가는 내내 그녀는 신랑 될 사오 집안이 인색하고 소심하다고 쉴 새 없이 흉을 봤다. 융렌은 하루 종일 후이전의 눈치만 보다가 자신도 너무 억울하다는 생각에 더는 참을 수가 없었다!

"어쩌자고! 후이전! 지겹지도 않아?"

"내가 이러는 게 싫다는 거지? 그래! 아직 자기랑 결혼도 안 했는데, 내 투정이 벌써부터 지겨운가 보네."

후이전은 토라져서 멈춰서더니 더 이상 가려고 하지 않았다.

"그럼 도대체 어쩌자는 건데?"

"내가 뭘? 난 아무것도 요구한 적 없어. 우린 당신네 사오 집안에 결혼 지참금 한 푼도 달라 한 적 없고, 연회석 한 자리도 당신네 것 거저 먹어본 적 없어. 당신 어머니도 이런 규칙을 이해 못하시는 건 아니겠지? 신부 쪽 연회석은 신랑 쪽에서 부담하는 것 정도는 세상 천지에 불변의 진리라고. 우리 뤄씨 집안에서 그런 것도 됐다고 했는데, 당신은 내가 당신한테 뭘 요구했다고 그래?"

"좋아! 우리가 연회석 비용 부담하는 게 규정이랬지. 좋아, 내 지금 당장 전화해 보지."

융렌도 화가 머리끝까지 치밀어 공중전화를 붙들고 전화를 걸더니 한바탕 쏟아부었다. 후이전은 창피하기도 하고 다급하기도 해 죽어라 수화기를 빼앗고서, 몇 마디 변명을 할 생각이었다. 그런데 수화기 저쪽에서 사오 부인의 음성이 들려왔다.

"뭐라고? 우리가 연회석 비용을 부담해야 했다고? 사람들이 여자 쪽 연회 비용을 부담하는 건 아주 가까운 친지와 친구들 정도지. 그 사람들처럼 개나 소나 죄다 불러 가지고 수십 테이블을 차려 놓고서, 무슨 근거로 우리더러 부담을 하라는 거야? 생각도 안 해봤나, 그쪽 후이전 치아를 해 넣느라고 우리가 들인 돈이 얼만데? 결혼하고서 미국 가는 비행기 표도 우리가 내잖니? 게다가……"

후이전은 눈물이 샘솟듯 펑펑 쏟아졌다. 뭔가를 말하려 해도 목구멍이 꽉 막혀 분노로 소리조차 낼 수 없었다. 그녀는 수화기를 내팽개치고 몸을 홱 돌려 택시 한 대를 가로막았다. 융롄은 뭔 일이 벌어졌나 어리둥절하기만 했다. 두어 발 좇아가다 택시 한 대가 바람처럼 쌩 하니 중산베이루(中山北路)의 네온사인 사이로 미끄러져 들어가는 게 보일 따름이었다.

후이전은 바로 집으로 돌아가지 않고 골목길 어귀에서 내려 사오 부인에게 전화를 걸었다.

"어머니! 전 이번 혼사를 취소하기로 이미 맘먹었어요. 전 받아들일 수가 없네요. 모든 걸 더 이상 참을 수가 없다고요."

"여보세요? 여보세요? 왜 그러니?"

사오 부인은 방금 전화로 했던 이야기를 후이전이 들은 게 아닌가 싶어 마음이 켕기던 참이었다.

"청첩장도 다 인쇄했고, 연회석도 다 예약해 놨는데, 이게 뭔 일이니? 너 융렌더러 전화 좀 하라고 해라."

"저 그 사람이랑 같이 안 있어요. 전 이미 결정했고, 내일 사람 시켜서 그 패물들 다 돌려 보낼게요."

"너희들 1, 2년도 아니고, 도대체 왜 그러는데?"

"어쨌든 전 이미 결정했어요."

"그래라! 네 맘대로 해라!"

사오 부인도 결국엔 더는 참지 못하고 '탕' 하고 전화를 끊어버렸다. 후이전은 더 억울하고 견딜 수 없어 연신 눈물을 쏟았다. 그런데 뒤로 돌아서는 순간, 융렌의 손이 그녀를 단단히 붙들어 세웠다.

"후이전! 이게 무슨 짓이야?"

"나 아무 짓도 안 했어."

후이전은 결연하게 융렌의 손을 뿌리치더니 말했다. "나 당신 어머니한테 벌써 전화 드렸어! 우리 혼사는 없던 걸로 하자고."

"후이전!"

융렌은 눈이 충혈되어 후이전에게 금방이라도 달려들 것 같았다.

"당신 그게 무슨 뜻인지 알아? 이렇게 여러 해 동안, 설마 모든 게 거짓이었어?"

"뭐가 진짜고 뭐가 가짠데? 나 지금까지 살아오면서 거짓을 행해 본 적 없어."

"그럼 지금 이건 뭔 뜻이야?"

"난 참을 수가 없어. 내가 치아 해 넣은 게 당신네 집 돈 쓴 거라거나, 미국 가는 게 당신네 돈 축낸다는데, 내가 당신 따라 사오 씨 성으로 바꾸고, 당신과 미국 같이 가면서 당신네가 나한테 비행기 표 정도는 사줘야 되는 거 아냐? 됐어! 됐다고! 이제 다 소용없어! 난 더 이상 못 참겠어!"

"당신이 이것도 못 참겠다, 저것도 못 참겠다면, 그럼 난 어떡해? 우린 어떻게 하냐고?"

"난 상관 안 해!"

"어린애처럼 굴지 좀 마라!"

융렌은 후이전의 그 가늘고 부드러운 손을 붙들고, 가볍게 한 차례 또 한 차례 어루만졌다.

"우리 미래는 아직도 창창해. 요 며칠만 좀 참자, 응? 좀 멀리 생각하고, 시야를 좀 넓게 보자고! 우리 몇십 년 뒤에도 여전히 알콩달콩 함께 살아야지. 이런 자질구레한 일들 때문에 소중한 걸 망가뜨려서야 되겠어, 응? 어때? 내 사랑스런 신부."

후이전은 자신도 모르게 자기에게 익숙한 융렌의 체취어린 팔에 안겼다. 그들이 서로 사랑한 게 몇 년이란 말인가, 서로 다투고 했던 것은 하나같이 거짓이고, 그들의 사랑만은 만고에 틀림없는 진실인 것이다.

8

"흥! 난 아직도 그 아이가 우리 융렌에게 시집오지 않을 거라 생각하는데? 우리 융렌 정도면 좋은 처자 하나 못 찾을까 봐? 융렌이 외국 나가 공부하지만 않아도, 난 우리 융렌이 이렇게 일찍 결혼하는 걸 절대 허락하지 않았을 거야. 사내아이가 뭐가 급하다고?"

사오 부인은 이렇게 괜찮은 아들을 그저 헐값에 다른 여자에게 내주는 것 같아 내내 못마땅해 했다. 사오 선생은 이게 자기 부인의 좁아터진 편협한 생각이라는 걸 알면서도, 그저 입으로 내뱉지는 않았다. 하지만 한편으로는 어느 정도 동감하는 부분도 있었다.

"됐어! 다 결정된 일 가지고. 얼른 넥타이나 하나 찾아줘."

"당신 이번에 왕(王) 사장님 오시라고 했죠. 그런데 그분이 과연 오실까요?"

"오시겠지! 다만 결혼 주례로 모시는 것도 아니어서, 진짜 좀 그러네."

"그러게 말이에요! 굳이 무슨 교회식 결혼을 한다고 해갖고. 우리가 믿는 것도 아닌데 말이죠. 참나, 모든 게 당신이 허락해서예요."

"여자 쪽에서 한사코 그러겠다는데, 당신 같으면 허락 안 하고 배기겠소?"

사오 부인이 남편 옷을 챙겨주다가 문득 생각나는 일이 있어 남편에게 말했다.

"진(金)씨네서 선물을 보내 왔는데, 당신이 내일 그 사람들 자리 배치를 어디로 하면 좋을지 좀 살펴보시구려."

"당신이 알아서 해요! 당신은 허구한 날 큰아이 타이산(泰山), 타이수이(泰水)뿐이지, 그쪽도 너무 찬밥 취급하지 말아요."

"누가 푸대접했다고 그래요? 그저 진씨네가 너무 촌스러워 그러지. 큰며느리야 매달 미국에서 달러도 부쳐 주는데, 진씨는 번듯한 양장 한 벌 없으니, 정말이지! 큰애가 어떻게 우리한테 그런 친척을 찾아줬는지 모르겠다니까."

"잔소리 그만하고, 내 넥타이 바르게 됐는지나 좀 봐주오."

9

결혼식 당일, 날씨는 너무 좋았다. 하지만 우왕좌왕하는 가운데 그다지 썩 유쾌하지 못한 일이 발생했다. 그건 바로 진융난(金勇男)이 격자무늬 양복을 입고 나타난 것이었다. 그 사람이 신랑과 함께 서 있으니 정말이지 황당하고 우스꽝스럽기 짝이 없었다.

"어쩔 수 없잖아! 그냥 놔둬! 놔두자고!"

사오 부인과 융렌도 몹시 마땅찮은 기색이었다. 하지만 기왕지사 일이 이 지경인 마당에 달리 뾰족한 수도 없었다.

오후에 진융난이 융렌을 대동하여 신부네인 뤄씨 집에 신부를 맞으러 가는데, 샤오탕도 사진을 찍어야 해서 함께 갔다. 그런데 한 시간 반을 앉아 있어도 신부는 여전히 돌아올 기미를 보이지 않았다.

"화장하는 데 이렇게 오래 걸리나?"

신랑 들러리는 몹시 불안해서 너무도 긴장한 나머지, 뤄씨 집 거실에서 앉지도 서지도 못한 채 초조하게 기다리고 있었다.

"분명히 사진관에 가야 하는 것도 알고 있을 텐데, 이러면 어떻게 하라고?"

화사하게 화장한 얼굴에 뺨을 붉게 물들이고, 눈 언저리엔 파란 아이섀도를 바르고서 융전에 이끌려 신부가 들어오는 순간, 융렌은 하마터면 그게 정말로 후이전인지 믿겨지지 않을 뻔했다.

"어때?"

후이전이 물었다.

"예뻐."

융렌 말고도 모두들 이렇게 말했지만, 그 누구도 진심으로 관심을 갖고서 말한 사람은 없었다. 뤄씨 부인과 후이췐(惠荃)은 신부가 입을 드레스 때문에 바빴고, 뤄 선생은 신랑과 인사말을 주고받느라 경황이 없었다. 샤오탕은 탁자와 의자를 옮겨 사진 찍을 준비를 하느라 정신이 없었고, 진융난은 앞뒤로 따라다니며 몹시도 분주한 모습이었다. 마침내 신랑과 신부는 길다란 폭죽다발 소리를 뚫고서 문을 나섰다.

사진관은 일찌감치 예약을 해 놨지만, 융렌 일행이 늦게 도착하는 바람에 다른 한 쌍의 신혼부부가 먼저 사진을 찍고 있었다. 후이전은 입을 삐죽거렸고, 융렌은 다급해서 주위를 맴돌며 서성이다 나비 넥타이를 풀고서 신부를 향해 원망을 터뜨렸다.

"모든 게 당신 때문이야! 시간도 안 지키고! 잘했다, 최소한 한 시간은 늦겠다."

신랑, 신부가 서둘러 예배당에 도착했을 땐, 예정했던 시간보다 45분이나 늦어져 있었다. 융렌은 한눈에 부모님이 기분 상한 얼굴을 하고 있음을 알아차렸다. 한편 후이전은 그저 자기 엄마가 딸아이를 시집보내는 일로 양쪽 눈자위가 약간 붉어진 사실만 눈에 들어왔다. 주악이 울리고 사회자가 예식 시작을 선포했다. 융렌은 종교 예식을 전혀 몰라 그저 누군가에 이끌려 예배를 올리는 제단 앞에 세워졌다. 후이전은 부모님을 따라 어쩌다 예배당에 나오긴 했어도, 자기가 장엄한 종교 의식 가운데 목사의 결혼 의식에 따라 혼례를 마칠 수 있다는 사실에 대단히 만족스러워했다. 모두가 신랑, 신부를 위해 성시(聖詩)와 예배소서 5장 22절부터 33절까지를 낭독했다.

너희 아내 된 자는 주 앞에서 순종하듯 자기 남편에게 순종하여야 하며…… 너희 남편 된 자는 그리스도께서 교회를 사랑하여 교회를 위해 자신을 버리신 것 같이 너희 아내를 사랑해야 하느니…… 후이전은 샤오탕이 쉴 새 없이 플래시를 터뜨리며 사진을 찍는 모습을 마주하면서, 감동한 나머지 눈물을 흘렸다.

10

저녁 연회는 텐푸러우(天富樓)에 차려졌다. 신랑, 신부는 하객들이 도착하기 전에 서둘러 왔다. 여자 쪽 선물을 받는 후이췐이 온몸을 붉은 비단과 자수로 휘감은 후이전을 바라보며 비아냥거렸다.

"뭐 이렇게 빨리 오는데?"

신부가 볼멘 얼굴로 아무 말 없이 여동생을 휴게실로 끌고 들어가 손으로 재차 문을 걸어 잠궜다. 신랑 들러리를 밖에다 둔 채로 말이다.

"저 집 사람들 얼마나 밉상인지 넌 모르지, 에어컨도 켜지 않으려고 한다니까. 내가 이렇게 공기도 안 통하는 옷을 입고서 비 오듯 땀을 줄줄 흘리고 있는데 말이야. 이렇게 좀 더 있다가는 얼굴 화장이 온통 얼룩덜룩해지겠어."

얼마 지나지 않아 사오 선생과 부인도 텐푸러우에 도착했다. 사오 부인은 며느리가 문에 들어서자마자 또 다급하게 나가는 것이 상당히 못마땅한지, 뒤에서 남편한테 뭐라고 수군거렸다. 그때 우연히 큰아이네 사돈어른과 맞닥뜨리게 되자, 평소 왕래가 드문 편이었지만 그래도 원망을 들어줄 좋은 원군을 만난 셈이었다.

"문에 들어서자마자 그새 급하게 나가니, 이게 어디 우리 사오 집안 며느릿감이라 할 수 있겠어요? 뭐 신혼여행 다녀와서는 미국으로 가야 하니 신방 같은 건 준비할 필요도 없고, 여관에서 묵으면 그만이래네요. 그것도 그렇다 쳐요! 자기들 하고 싶은 대로 다 하면서, 지금 혼례를 치르고서 집에 좀 와 있으라는데도 있지 않겠다네요. 굳이 호텔 가서 묵겠다고 하니, 말이 됩니까?"

사돈 진(金) 씨는 무던한 사람으로, 말이 번드르르한 사돈을 만나 그저 고개를 끄덕일 뿐이었다. 그러면서 자기 딸아이가 그 당시에 이런 실수를 저지른 적이 없었다는 사실에 그저 다행스러워 했다.

6시를 넘기자 손님들이 부쩍 많아졌다. 사오 부인도 쉴 새 없이 손님에게 인사를 드리고 접대를 하다가, 마지막엔 아들 융롄을 불렀다.

"너희 친구들은 우리가 하나도 모르겠으니 네가 알아서 인사해라!"

신부는 혼자 휴게실에 앉아 있었다. 그러자니 자연히 울적해져 마주치는 사람에게 이렇게 말했다.

"신랑이 밖에 서서 손님 접대하는 모습이 도통 보이질 않네."

사오네와 뤄씨네가 예약한 연회석은 쭉 줄을 지어 중앙 홀을 차지하고 있었다. 그리고 다른 집 연회석은 가장자리 쪽으로 주연을 베풀어 손님을 맞고 있었다. 그러다 보니 연회장 입구에는 다른 쪽 집의 축의금 접수대와 사오네, 뤄씨네 접수대가 함께 놓여 있었다. 물론 자기 쪽 성씨를 분명하게 써 놓았지만, 가끔씩 분간을 잘 못하는 하객들 중엔 축의금을 다른 쪽에 잘못 내기도 했다. 물론 전혀 상관없는 다른 집에 내놓지는 않았지만, 여자 쪽 하객이 축의금을 남자 쪽 장부에 올리기도 하고, 또 남자 쪽 하객이 여자 쪽 명부에 이름을 올리기도 했다. 어쨌든 몹시도 어수선하고 소란스러워 사오 부인과 뤄씨 부인은 마주치기만 하면 원망을 쏟아냈고, 자리에 앉아서까지 두 눈을 노려보며, 마치 불구대천의 원수나 되는 것처럼 서로 말도 섞지 않았다.

처음 음식은 4가지 차가운 요리로, 대단히 요란한 가운데 식탁에 올려졌다. 술에 거나하게 취한 사람은 술에 취한 채로, 음식을 먹는 사람은 음식을 먹는 채로, 그 사이에 그다지 기를 펴지 못한 친지들은 먹지도 마시지도 못하면서 그저 사람을 붙들고 냅다 고충을 쏟아낼 뿐이었다.

연회석상에서 특별 손님으로 초청되어 온 왕 사장이 일어나 연설을 했다. 하지만 사오 선생과 사오 부인 외에는 아무도 귀 기울여 듣지 않았고, 신랑과 신부조차도 그저 휴게실을 드나들면서 이브닝드레스와 긴 치파오로 갈아입고서 포즈를 취하느라 경황이 없었다.

11

마지막으로 남아 있던 친지들까지 모두 흩어졌다. 연회장 홀은 마치 깡그리 약탈을 당한 것처럼, 식탁과 의자는 어지럽게 흩어져 있었고, 어질러진 술잔과 접시에는 남은 안주와 부스러기 음식 들이 널려 있었다. 제복을 입은 몇몇 사람들이 뻰질나게 들락거리며 청소를 하며 치우고 있었다. 믿을 수 없을 정도로 더럽고 기름투성이인 것들이 맑고 깨끗하게 바뀌었다.

큰 홀에 유일하게 남겨진 손님은 바로 사오 씨네 집안 식구들이었다. 사오 부인은 융롄과 함께 카운터 가에 서서 장부를 맞춰가며 대금을 지불했다. 후이전은 비췻빛 긴 치파오를 입고 있어서 편히 앉을 수조차 없는지라, 그저 앞뒤로 오락가락하면서 어쩌다 융전과 우스갯소리 몇 마디를 주고받을 따름이었다.

융롄이 사오 부인과 어쩌다 말싸움을 하게 되었는지 모르겠지만, 사오 부인이 목청을 높여 아들을 나무라는 소리가 들려왔다.

"내가 어디 돈이 있겠냐? 축의금으로 들어온 돈을 몽땅 피로연 대금으로 지불하는 걸 너도 보았잖니?"

사오 부인은 뱃속 가득 화를 품고 있다가, 이 차제에 풀어낼 참이었다. 이번 결혼식 축의금이 방금 지불한 연회비만은 아니라는 사실을 누가 모르겠는가. 사오 부인은 신부가 따로 주머니를 차고 있는 축의금도 적지 않다는 사실을 속속들이 알고 있었다. 그런데도 부모한테 자기들만의 신바람 나는 신혼여행비까지 달라고 해야 한단 말인가?

"엄마!"

융렌의 얼굴이 굳어졌다. 융렌은 줄곧 자신이 정말로 수난을 당하는 사람인 양 입을 열었다.

"그럼 우리더러 신혼여행을 가라는 거예요, 말라는 거예요?"

"그럼 넌 나더러 어쩌란 말이냐? 끈으로 날 졸라매 죽일 셈이냐?"

결국엔 사오 선생도 봐 넘겨주질 못하고, 꺼져라 탄식을 내뱉으며 손을 휘휘 내저었다.

"종일토록 야단법석을 치르고서도 아직 부족하단 말이오? 애들을 일찌감치 보내야 어서 조용해질 것 아니오."

"흥!"

사오 부인은 답답하다는 듯 '흥!' 소리를 내더니, 상자에서 시짱(喜帳, 결혼 등의 경사에 친지나 친구가 선물하는 비단이나 진홍색의 비단 천에 금 종이로 축하의 글귀를 오려 붙인 것)을 꺼내 아들에게 던져 주었다. 거기 위쪽에는 '희(囍)'라는 글자가 백 위안짜리 지폐로 만들어져 있었다.

“이게 전부다.”

시짱이 사오 부인에 의해 땅바닥에 내팽개쳐졌다. 융렌이 자기 엄마 얼굴을 마주대하고서 정말로 어찌해야 좋을지 난감해 했다. 결국엔 융전이 융렌을 잡아끌어 꿇어앉히고, 지폐를 한 장 한 장 줍도록 했다. 후이전은 원래 그 자리에 서서 계속 나몰라라 하고 있었는데, 사오 부인이 갑자기 눈을 들어 자기를 노려보고 있다는 걸 느끼고서야 아예 치파오를 걷어붙인 채 꿇어앉아 돈 줍는 일을 거들었다.

12

일주일 뒤, 타이베이 국제공항에는 한 폭의 감동적인 이별 장면이 연출되었다. 결혼식에서의 뒤틀린 어색함이 완전히 해소된 것은 아니지만, 사오 부인은 하나밖에 없는 아들이 자기를 떠나 먼 곳으로 간다고 생각하니, 그저 마음이 아파 눈물밖에 나오지 않았다! 뤄씨 부인은 친지 가운데 처음으로 가족이 외국으로 나가는 것이라 마치 대단한 생이별을 하는 것만 같았다. 부인은 딸아이를 껴안고 하염없이 통곡했으며, 양쪽 집 아버지들은 눈물, 콧물을 쏟아내진 않았지만, 그래도 매한가지로 슬픈 마음에 연신 고개를 숙인 채 한숨을 내쉬었다.

샤오탕은 여전히 사진 담당으로 여기서 한 장, 저기서 한 장 부지런히 바쁘게 움직였다. 융렌이 잠시 짬을 내어 친구를 한쪽으로 잡아끌더니, 뜨겁게 악수를 청하면서 감격한 듯 말했다.

"모든 게 네 덕분이다! 마음 써주고 수고를 아끼지 않은 데다 비용까지 선불로 대신 지불해 주고, 정말이지 고마워서 어쩌냐."

"무슨 말을! 친한 친구 사이에 뭘 그렇게 말하냐……."

"아니다! 아냐!"

융렌은 샤오탕이 말을 다 마치기도 전에 봉투 하나를 샤오탕의 호주머니에 쑤셔 넣으면서 말을 이었다.

"게다가 교회당 장식에 사진까지…… 자세히 셈해 보지는 않았다만, 대충 이렇게 하마!"

"이건……"

샤오탕이 이내 또 사양을 하려는데, 융렌이 객쩍은 얼굴로 이렇게 말했다.

"자꾸 이러면 친구도 아니지."

융렌과 후이전을 전송하는 행렬은 내내 관망대에 서서, 그들이 행복한 모습으로 비행기 기내로 걸어 들어가는 것까지 눈으로 보고서야 못내 아쉬운 듯 각자의 길로 흩어졌다.

맨 처음으로 샤오탕이 공항을 빠져나와 에어컨이 달린 택시를 탔다. 그는 어깨에 걸치고 있던 카메라를 내려 놓고, 근육을 느긋하게 쭉 폈다. 그제야 융렌이 억지로 자기한테 밀어 넣어준 봉투를 꺼내 보았다. 딱 만 위안이었다. 이번에 샤오탕은 배가 넘는 흡족한 장사를 한 셈이었다.

(1978년 8월 21일 《롄푸〔聯副〕》)

렌전 마마(廉楨媽媽)

렌전 마마

廉楨媽媽

난시(南茜)는 미국 국적을 지닌 나의 친구이다. 그녀는 8년 전에 일을 하면서 사회학을 공부해서 석사학위를 취득했고, 그때 당시 일리노이에서 전기공학 박사학위를 어렵사리 받은 푸청(傅成)과 알게 되었다. 그가 지금 그녀의 남편이다.

작년 말, 푸청은 중미 합작의 케이블 회사로부터 스카우트 제의를 받고 타이완으로 돌아왔고, 난시도 남편을 따라 타이완으로 왔다. 이때 그녀는 처음으로 그녀의 시어머니인 렌전 여사를 만나게 되었는데, 이후로 난시는 그다지 능숙하지 않은 타이완 발음으로 시어머니를 줄곧 '렌전 마마'라고 불렀다. 렌전 마마에 대한 이야기는 바로 난시가 내게 직접 들려 주었다.

1

렌전 마마는 민국 8년(1919년) 5월 4일생으로, 이날은 중화민국의 기념비적인 날이다. 그런지라 그녀가 철이 든 이후에는 더 이상 관례에 따른 음력 생일을 챙기지 않고, 굳이 양력 5월 4일로 생일을 지내고 싶어 했다. 보통의 결혼한 중국 여자들은, 특히 렌전 마마만큼 나이가 든 사람들은 자기 원래의 이름을 기억하는 사람이 거의 없었고, 그저 누구누구 부인 아니면 누구누구 마누라 정도로 불릴 따름이었다. 그런데 나는 언제인가 한번, 렌전 마마가 어떤 친척을 호되게 꾸짖는 소리를 들은 적이 있었다.

"날 푸(傅) 부인이라고 부르지 마세요. 내 성은 푸씨가 아니잖아요. 내가 자기 이름조차 없는 사람입니까? 날 렌전이라고 부르든지, 아니면 렌전 선생님이라고 부르면 좋겠어요."

렌전 마마는 이전에 베이징에서 대학을 다니던 시절에 서양화를 공부했다. 타이완으로 건너온 뒤로는 반을 꾸려, 돈 많고 한가한 부인네들에게 수묵화를 가르쳤으니, 그녀 스스로를 렌 선생님이라고 부르는 것도 결코 틀린 말은 아닐 것이다. 그런데 그녀는 왜 한사코 남편의 성을 따라 쓰는 것에 반대하는 것일까? 사실 렌전 마마는 우리 시아버지와 현재 별거 중이다!

남편 말에 따르면, 시아버지는 전에 정계와 교육계에서 아주 유명한 사람이었다고 한다. 이제는 나이가 들어 은퇴를 하고, 몇몇 국영 회사와 민영 회사의 이사 직함을 갖고는 있지만, 그저 하나같이 명목뿐인 것들이다. 하지만 시아버지는 상당히 혼자서 즐기는 스타일로, 평소 서첩(書帖)의 시를 베껴 쓰거나 연회에서 시를 짓는, 이른바 원망도 탄식거리도 없는 태평한 사람이다. 그러다 반년 전에 막 이혼한 어떤 여자를 알게 되었는데, 급기야 이 여자를 집으로 맞아들여야겠다고 진지하게 말했다는 것이다. 롄전 마마와 시아버지는 당시에도 전통에 반대하여 자유 연애로 결혼했으니, 감정이 서로 나쁘다고 말할 수는 없을 것이다. 그저 3, 40년간을 맞춰 살아오다 보니, 일찌감치 설렘도 사라지고 긴장감도 떨어지게 되었던 것이다. 평소에 덤덤하고 적적하게 지내오다 최근 들어 이 일이 터지고 나니, 롄전 마마가 제아무리 뛰어본다 한들 이미 때는 늦어버린 셈이었다. 롄전 마마는 단숨에 남편이 애지중지하는 골동품과 서화(書畵)들을 몽땅 끌어내어 둔화난루(敦化南路)에 있는 자기 화실로 옮겨다 놓고서, 울컥하는 맘에 앞으로 다시는 남편 성을 쓰지 않겠으며, 그 누구도 자기 앞에서 남편 이름을 끄집어내지 말라고 했다.

마침 그 무렵 푸청과 내가 타이완으로 돌아왔고, 롄전 마마는 정말로 내게 살갑게 대해 주었다. 그림을 가르치다 짬이 나면 늘 나를 데리고 와이솽시(外雙溪)의 고궁으로 가서 중국의 고대 문화를 설명해 주고, 북부의 명승고적을 두루 구경시켜 주었다. 우리는 서로 죽이 잘 맞아, 금세 고부 관계를 초월한 끈끈한 우의를 다지게 되었다.

그 뒤로 나는 바로 롄전 마마 화실의 단골 손님이 되었다. 화실은 섬세하고도 정교하게 잘 꾸며진 20평 남짓 되는 스위트룸으로, 앞쪽은 화실로 쓰고, 뒤쪽은 침실로 썼다. 그리고 문 입구에다 제법 고풍스런 청동 편액을 걸고서, 그 위에 '롄전 화실'이라고 크게 네 글자를 주조해 넣었다. 후에 내가 또 영어로 한 줄 덧붙이라고 의견을 내고 나서는, 외국 학생들까지 받아들이게 되었다.

나는 중국 문화에 대해 줄곧 동경하는 마음이 컸고 흥미도 동했던지라, 몇 차례인가 롄전 마마의 화실을 다녀온 뒤로, 더욱 그 흑백의 농담과 청아하고 격조 있는 산수에 매력을 느꼈다. 거기에다 고풍스런 색채의 화훼와 새, 벌레 등에 흠뻑 빠져들고 말았다. 물론 내가 수묵화에 조예가 깊었던 것은 아니었으니, 언감생심 감상은 생각할 수도 없는 일이었다. 하지만 나는 여전히 직감대로 즐겼고, 롄전 마마야말로 중국풍의 멋을 지닌 예술가라고 존경해마지 않았다.

"아이구! 예술가? 어쩔 땐 난 내가 그저 일개 그림쟁이라고 느껴질 뿐인 걸!"

롄전 마마는 스스로를 비웃듯 고개를 내저었다.

"아니에요! 제 생각에 어머니 그림은 정말 좋은 것 같아요. 저는 정말 좋은걸요."

나는 진심으로 롄전 마마를 좋아했다. 심지어 그녀를 중국 전체라고까지 생각할 정도였다. 나는 어머니가 남편의 외도 때문에 절망하고 의기소침하는 걸 보고 싶지 않았다. 또 푸칭이 어머니를 집으로 돌아가시도록 설득해서, 시아버지와 화해시키려고 하는 것도 결코 좋은 해결책이 아니라고 생각했다. 나는 롄전 마마에게 필요한 것은 생활에 대한 믿음이라고 여겼고, 그런 어머니를 돕고 싶었다. 게다가 그즈음 나는 임신한 상태여서 곧 태어날 생명이 어머니께도 고무적인 일이 될 것이라 확신했다.

렌전 마마는 그림을 가르치는 일 외에는, 바깥세상의 어떤 일에도 관심이 없는 듯했다. 나는 어머니에게 타이베이의 예술 활동에도 좀 참여하시라고 권했다. 이를테면 중국 현대무용을 감상하시거나, 중국 현대음악 발표 및 민요 연창(演唱)을 들으시도록 했고, 화랑에 가서 신세대 화가도 사귀고 작품도 보시도록 했다. 나는 이런 게 어머니에게 생활의 정취를 더해줄 수 있다고 여겼다.

이런 활동을 하는 가운데, 생각지도 않게 렌전 마마는 나이 지긋한 친구분들을 만나게 되었다. 시어머니는 그분들께 아주 자랑스럽게 나를 소개하셨다. 대부분의 친구분들은 이미 이름을 날린 유명한 예술가들로, 이상도 있고 포부도 지닌 사람들이었으며, 이국 친구에 대해 특별한 열정과 존중하는 마음도 지니고 있었다. 이후로 나와 렌전 마마는 지속적으로 그들의 초청을 받았고, 이들의 문화 모임에도 참석하여 더 많은 친구들을 알게 되었다.

우리는 중서 문화를 서로 교환하고 의견을 나누었고, 전통과 미래에 대해 이야기했으며, 현대 예술 형태의 변천에 대해서도 토론을 벌였다. 그 가운데 렌전 마마는 가장 연장자인 데다 대단히 존중받는 분이었기에, 그녀의 의견과 그림 역시 모든 친구분들의 존경과 찬미를 받았다. 우의 넘치는 아름다운 생활은 렌전 마마를 적극적이고 생동감 넘치게 변화시켰으며, 그녀를 반짝반짝 빛이 나는 아주 딴 사람으로 바꿔 놓았다. 늙은 기운을 말끔히 털어버리자, 그녀의 달라진 모습에 나는 무척 즐거웠다.

하지만 나와 롄전 마마의 이 같은 끈끈한 관계에 대해 대단히 이상하게 반응했던 건 바로 나의 남편이었다. 그이는 타이완을 떠난 지 10여 년 만에 돌아왔다. 그동안 타이베이의 눈이 부시도록 번쩍이는 발전과 변화는 그이에게 자기 어머니의 변화만큼 깜짝 놀랄 만한 것은 아니었다. 그이는 우리가 유일하게 함께하는 아침 식탁 자리에서 이렇게 말했다.

"어머니가 최근에 많이 변했어."

"그래요?"

"어제 내가 화실에 갔는데, 어머니가 담배를 피우시는 것 같더라고. 어머니는 이제껏 담배라곤 피워본 적이 없었거든."

"아니지! 어머니는 담배를 피우시는 게 아니라, 말씀을 나누실 때 담배에 불을 붙여 모락모락 피어오르는 연기를 보는 게 즐거우신 게지. 얼마나 재미있는 일이야?"

"난 바로 그 점이 이상하다는 거야. 담배도 안 피우면서 손에다 끼고만 있다니?"

"그게 뭐가 이상해?"

"난 아버지 일로 어머니가 너무 충격받으실까 봐 그게 걱정이야. 어머니가 지금 즐기시는 취미는 비정상적이라고. 게다가 난 시, 당신 앞으론 어머니한테 내키는 대로 의견 좀 내지 말아줘, 알겠어?"

"뭘?"

"어머니가 치장하시는 것 뭐 그런 것 말이야! 난 도통 적응이 안 된다고."

2

사실 롄전 마마의 치장은 뭐 유별나게 놀랄 만한 일도 아니었다. 나는 그저 시어머니께 색감이 선명하고 고운 것으로 입어보시라고 권해드렸고, 좀 모던한 스타일의 옷을 입어보셨으면 했을 뿐이다. 얼굴 화장이야 당연히 눈 화장에 비중을 두는 것인데, 어머니의 은갈색 아이섀도가 그 정도 연세나 분위기에 어울린다고 생각했다. 그것 말고도 나는 시어머니께 마사 그레이엄(Martha Graham)의 전지 포스터 사진을 두 장 드렸고, 롄전 마마는 그것을 자기 침실에 붙여 놓았다. 이후로 어머니는 여든 살을 훌쩍 넘긴 그 노부인을 모델로 삼아, 사람들 앞에서 허리를 꼿꼿하게 쭉 세운 채 당당하게 걸었으며, 정신은 또렷하고 맑았다. 다만 어머니의 피부에 피어난 검버섯만큼은 지워버릴 수 없었는데, 그것조차 자신감으로 충만한 수묵처럼 보였다.

다이이(戴沂)에 관한 일은 사실 이렇게 발생했다.

그날 오후, 우리들은 화랑을 운영하는 팡(方) 여사의 초청을 받아 그녀의 큰아들이 주최하는 사진 전람회를 참관하러 갔다. 롄전 마마는 특별히 자금색 비로드로 넓게 허리를 두르고, 땅바닥을 끄는 긴 드레스를 입었다. 드레스 위로는 금실로 짜 넣은 모란꽃이 만발했는데, 날아오르듯 송이 송이마다 제각각 한껏 멋을 부린 자태였다. 활짝 피어 아름다움을 서로 다투는 모양새가 은

갈색 눈 화장과 금귀고리, 팔찌랑 어우러져 그녀가 출현한 것만으로도 이목을 집중시키기에 충분했다.

이때 팡 여사가 먼저 달려 나와 우리를 맞이하면서 감격적인 말들을 쉼없이 쏟아냈고, 또 렌전 마마의 옷차림이 예쁘다고 찬사를 보냈다.

"제가 사진에는 문외한이지만," 렌전 마마가 겸손하게 입을 열었다.

"그래도 보기에 이런 식의 빛과 그림자의 사용과 구도는 이미 국제적 수준이라 생각되네요. 난시, 그렇지 않니?"

나는 고개를 끄덕이며 미소를 지었다. 그 사진 작품들은 뭐 꼭 국제적 수준이라고 단정 지을 수는 없었다. 하지만 오히려 농후한 향토적 분위기와 주제 모두 구식의 농촌 생활에 집중한 것들로 보기에 상당히 감동적이었고, 향수를 불러일으켜 옛날을 추억하기에 충분했다.

사진 전시관을 한 바퀴 휘 둘러본 뒤, 렌전 마마는 가봐야겠다고 했다. 누구네 집에서 마작을 두기로 약속을 해두었기 때문이다. 팡 여사가 우리를 막 배웅하는데, 우리 뒤쪽에서 파팍 하며 사진 찍는 소리가 들려왔다. 고개를 돌려 보니 흰 옷 차림의 미소년이 눈에 띄었다. 까맣게 윤기가 흐르는 소년의 긴 머리카락은 귓가 너머로 넘겨져 있었다. 피부는 희고 맑았으며, 오관(五官)은 더욱 깔끔하여 더할 나위 없는 군계일학이었다. 유독 반짝반짝 빛나는 눈은, 한 쌍의 또렷한 눈동자와 소년이 손에 들고 있던 멋진 검은색 니콘 카메라의 수정 같은 렌즈와 한데 어우러져 있었다.

소년은 감정이라곤 조금도 섞이지 않은 냉정함을 느끼게 해주었지만, 사람을 미칠 듯 기쁨에 떨게 하는 상상력을 지니고 있었다.

"다이이, 이분이 롄 선생님이시다, 너……"

그 핸섬한 소년은 웃을 듯 말 듯 고개를 끄덕이더니 가까이 다가오리라고 생각한 것과는 달리, 갑자기 몸을 돌려 바람처럼 휙 사라져 버렸다.

팡 여사는 몹시 난처해 하며 거듭 미안하다고 했다.

"애가 성격상 너무 숫기가 없어요."

"몇 살인가요?"

롄전 마마가 물었다.

"스무 살이 다 되었어요. 다이이라고."

"생긴 게 참…… 정말 반듯하네요."

"공부하는 데는 관심이 없고, 그저 사진 찍는 것만 좋아한답니다. 그런데 뜻밖에도 잘 찍는다고들 하더라고요! 반신반의하면서도 애를 위해 이 전람회를 열어줬습니다만, 정작 애는 몹시 못마땅해 하네요!"

"아직 어리잖아요!"

집으로 돌아오는 길에 롄전 마마는 몇 차례나 다이이 이야기를 꺼냈다. 나도 애가 잘생겼다며 어디선가 본 것 같다고 말했다.

"어디서?"

롄전 마마는 상당히 관심 있게 물었다.

"어! 아, 생각났어요! 진짜 닮았어요! 제가 유럽에서 한 소년의 나체 조각상을 본 적이 있는데, 눈매도 영락없고, 순수한 모습도 꼭 닮은 것 같아요. 다만 다이이의 아름다움은 순수한 동양식이라고 해야 할까."

렌전 마마는 무슨 생각에 잠긴 듯 '오' 하는 소리를 길게 내더니, 갑자기 말을 꺼냈다.

"그 아이가 왜 줄곧 나한테 카메라를 들이대고 찍은 걸까?"

나는 잠시 멍해졌다. 좀 전에 그 소년이 렌전 마마만을 위해 사진기를 들어올렸는지 어땠는지 갑자기 생각이 나지 않았다. 다만 그 소년의 카메라 렌즈 방향이 분명 우리들 쪽을 향했다는 것은 분명했다.

그 뒤로 시간이 꽤나 흘렀다. 나는 임신한 배가 상당히 불러와서 바깥 출입이 수월치 않았다. 그래서 중국 예술에 대한 열정을 중국 마작 쪽으로 돌렸다. 그러다 보니 그 다이이라는 미소년에 대한 기억도 일찌감치 뇌리에서 사라지고 없었다.

어느 날, 렌전 마마가 마작 테이블에서 이야기를 꺼냈다.

"난시! 다이이 기억하니? 그 반듯하게 생겼던 아이 말이야."

"음! 생각나요."

"내가 어제 또 그 아이를 봤단다."

"어디서요?"

"메이신(美欣) 호텔에서."

"누군데?"

내 다음 순서에 앉아 있던 뚱뚱한 부인이 호기심이 나서 물었다. 렌전 마마는 자세하게 설명하고 싶지 않은 듯 건성건성 말했다.

"어떤 친구 아이야."

나는 어제 시아버지의 비서가 롄전 마마에게 전화를 걸어와, 시아버지가 애지중지하는 서화 두 점을 가져가고 싶다고 했던 일이 생각났다. 롄전 마마는 그 비서더러 메이신 호텔에서 만나 이야기하자고 약속했는데, 결과가 어찌되었는지는 나도 모르겠다. 마작 테이블에서는 나도 여쭙기 뭐해 남은 두 판이 다 끝나고 마작하던 친구들도 모두 흩어진 뒤 막 물어보려는 찰나에, 롄전 마마가 갑자기 의견을 꺼냈다.

"글피쯤 우리 베이 강(北港)에 놀러 가지 않을래? 거기서 바이바이(拜拜, 신전 앞에서 절을 하며 복을 비는 행위)도 하고, 마주(媽祖, 중국 남방 연해 및 남양 일대의 뱃사람들이 수호신으로 떠받드는 여신)도 보러 가자. 떠들썩해서 한번 가볼 만하단다."

롄전 마마는 나를 설득하기 위해 상당히 애를 쓰는 것 같았다. 중영(中英) 잡지 몇 권을 꺼내와 음력 3월 4일부터 12일까지 다쟈(大甲, 타이완 지명 이름. '마주'를 모시는 대표적인 곳)의 마주가 베이 강으로 돌아가는 일련의 보도를 펼쳐 보여 주었다. 그 그림들은 상당히 사람을 끌어들이는 황홀함이 있었다. 수천수만의 인파와 겸허하게 절을 하는 민중들, 그리고 대오를 이루어 치르는 민속 공연과 종교 의식 등……. 하지만 나는 베이 강이 하루 만에 다녀올 수 없는 곳이라는 사실을 알고서, 나도 모르게 난감하지 않을 수 없었다.

"너무 피곤하지 않을까요? 롄전 마마."

"쥐광하오(莒光號) 열차를 타면 정말 편안하단다. 최대한 덜 걷고, 쟈이(嘉義)에서 하룻밤 묵었다가, 이튿날 차 한 대를 세내서 돌아오자꾸나. 문제될 게 없을 거고, 의사 선생님도 임산부는 많이 움직여야 한다고 하지 않았니?"

"그래도……"

나는 나날이 불러오는 배를 가볍게 어루만졌다. 사실 몸을 움직이기엔 너무 나른하고 노곤했다.

"기회가 자주 오는 게 아니다. 안 가면 정말 후회할 거야. 너 지난주에 우리랑 마작을 함께 둔 황(黃) 선생님 기억나니? 그 양반이 C대학의 예술과 교수이신데, 그날 학생들을 데리고 베이 강에 간다고 하지 않든?"

마침내 나는 시어머니께 설득을 당했고, 그저 아직 태어나지 않은 내 아이가 중국 신령의 보호를 받기만을 기원했다.

막 가려는데 롄전 마마가 어제의 담판을 어떻게 끝냈는지 궁금해졌다.

"자화(字畫)를 아버님께 돌려드리기로 하셨어요?"

"아니!"

롄전 마마는 단호하게 잘라 말했다.

"뭣 때문에 내가 돌려줘야 하니?"

"하지만 아버님이 끝끝내 돌려달라고 한다면요?"

"신경 안 쓰면 되지! 난시! 내 너에게 한 가지 일러주마."

롄전 마마는 아주 신비로운 이야기를 꺼내려는 듯, 그러면서도 눈빛 속엔 언뜻언뜻 기쁨이 반짝였다.

"내가 다이이 그 아이를 또 봤잖니."

"좀 전에 어머니가 벌써 말씀하셨잖아요."

"그랬니!"

"거기 호텔 오른쪽에 바로 온수 수영장이 있는데, 그 아이가 거기로 수영하러 왔더구나."

"다이이가요?"

"그래!"

나는 롄전 마마가 그것 때문에 몹시 즐거워하는 모습을 보면서 좀 의아한 생각이 들었다. 게다가 롄전 마마가 뭣 때문에 나한테 수영하러 간 다이이를 보았다고 알려주려 하는지는 더더욱 알 수 없었다.

3

푸칭은 우리가 베이 강에 가는 것을 반대했다. 그이는 내가 임신한 몸인 데다가 롄전 마마는 연세도 높으시고, 차오톈 궁(朝天宮)은 관광 명소여서 여관은 부족하고 시설도 형편없다는 것이었다. 원래 사람들은 참배를 하러 갈 때, 걸어가다가 노천에서 자는 것이 보통인데, 우리가 뭐 하러 그 대열에 끼어 드냐는 것이었다. 게다가 성수기에는 묵을 곳도 없고, 먹을 것을 구하는 것이나 차 타는 것도 쉽지 않을 거라 했다.

"당신도 가봤어요?"

"나……" 그는 잠시 머뭇거리더니, "나도 아직 안 가봤지."

"당신도 불교 신도 아니에요?"

"그건…… 꼭 그렇게 말하긴 뭐하고, 다음에 다시 알려줄게. 어쨌든 나는 당신이 가지 않았으면 좋겠어. 사람들은 온 정성을 다해 참배하러 가는 것이지, 뭐 대단한 놀이를 구경하러 가는 게 아니거든."

"나도 내 남편 나라의 문화와 풍속을 성심성의껏 이해하러 간다구요. 거기다 내 아이도 중국 신령의 보호하심을 받았으면 해요. 우리 아이도 중국 사람이잖아요."

푸청은 나를 말로 당해낼 수 없자, 그저 손을 휘저으며 말했다.

"당신 맘대로 해요! 그때 가서 먹을 것도 묵을 곳도 없고, 차가 붐벼서 차 타기도 힘들 때, 내가 알려주지 않았다고 탓하지나 말아요."

푸청이 이렇게 말하는 걸 들으니 나는 은근히 걱정이 되었다. 그래서 롄전 마마와 상의를 했다. 롄전 마마는 오히려 그렇지 않다고 하면서, 푸청의 쓸데없는 소리에 신경 쓰지 말라고만 하셨다.

"하지만 그이가 정말로 먹을 것도, 묵을 곳도, 탈 차도 없을 수 있다고 했어요."

"음…… 그땐 확실히 사람이 굉장히 많을 가능성도 있다. 그러면 아예 우리가 차를 운전하고 가자꾸나."

"제가요?"

"당연히 기사를 데리고 가야지. 길도 봐줘야 하니까."

푸청은 우리를 말려봐야 소용없다는 걸 알고, 하는 수 없이 기사 린(林) 씨에게 최근에 뽑은 벤츠 자가용으로 나와 롄전 마마를 태우고 가도록 했다.

가는 길 내내 피곤하고 힘이 들었다. 그날 밤 우리는 자이에 묵었는데, 여관은 구식 층집으로, 목판으로 방을 막아 놓았다. 채광도 별로였고, 모든 게 지저분하고 불편했으며 어수선했다. 린 기사에게 왜 이런 집을 골랐냐고 물었더니, 그 사람은 이 집밖에 아는 집이 없었다고 했다.

밤에 침대에서 자는데, 벽을 사이에 두고 저쪽의 미세한 동정까지 죄다 빠짐없이 들려왔다. 남자와 여자가 히히덕거리는데 그러기를 늦은 밤까지 계속했다. 가까스로 비몽사몽 잠이 들었는데 모기 때문에 또 잠을 깼다. 짜증이 치밀어 오르자 그제야 푸청의 말을 듣지 않은 게 후회가 됐다. 다시 등을 끄고 막 잠을 자려는데 누군가 문을 두드리는 소리가 들렸다. 바로 롄전 마마였다!

"난시! 아직 안 자니?"

나는 문을 열어드리며 이곳의 모기를 원망했다. 롄전 마마가 백화유(白花油, 박하를 주성분으로 만든 약품의 일종으로, 타이완과 홍콩에서는 감기나 두통, 벌레 물린 경우에 주로 사용한다.)를 가져와 내게 발라 주더니 아예 갈 생각을 안 했다. 그녀는 벽 모퉁이에 달랑 하나 놓인 작은 소파에 앉더니 입을 열었다.

"너도 잠이 안 오니? 우리 얘기나 하자!"

사실 이렇게 깊은 밤에, 시설도 형편없는 이곳 여관을 원망하는 것 말고는, 달리 얘기할 만한 것이 떠오르지 않았다. 두 사람은 한참이나 입을 다물고 침묵했다. 밤중이라 유독 불안했다. 나는 뭔가 이야깃거리를 찾으려고 애썼다. 결국 롄전 마마가 먼저 입을 뗐다.

"그 아이가 정말로 네가 유럽에서 봤던 그 조각상과 많이 닮았니?"

"어머니 말씀은……"

"다이이 말이다! 그 훤칠하게 잘생긴 남자 아이."

"아! 많이 닮았어요."

"네가 보기에 그 석상이 보기 좋더냐? 아님 그래도 사람이 더 잘생겼냐?"

"그건 비교가 안 되죠. 다이이는 진짜 생명을 지니고 있잖아요."

"맞다! 그 아이는 진짜로 생명력 있고, 생기도 있지. 그런데 참 이상하지. 나는 다른 사람을 보면서 한 번도 이런 느낌을 갖지 못했거든. 그런데 그 아이를 보고서야 비로소 그 소년이야말로 진정한 생명력과 생동감을 갖고 있다고 느꼈단다. 그날 그 소년이 수영하는 것을 봤잖니! 마치 한 마리의 생생한 물고기가 팔딱거리는 것 같더라니까. 내 이리 오래 살았다만, 그렇게 멋진 남자 아이는 본 적이 없구나. 눈은 마치 할 말이 너무나도 많은 것 같은데, 말로 표현할 수 없는 그런 아름다움을 지니고 있어. 중국 사람들은 남자 아이에게 예쁘다고 말하면 좋아하지 않는다만, 그 아이의 그런 가늘고도 기다란 눈은 예쁘다는 말을 쓰지 않고서는 도무지 어떻게 표현할 말이 없구나."

롄전 마마의 푹 빠진 그 표정을 보고 있노라니, 내가 여태껏 어머니를 제대로 이해한 게 아니라는 생각이 들었다. 어머니는 도대체 무슨 의도를 갖고 계시는 걸까? 그 멋진 미소년은 어머니에게 어떤 의미인 걸까? 60년을 살아온 사람에게 그 세월은 결코 짧은 삶의 여정이 아니었을 텐데, 도대체 무엇이 그녀를 미혹에 빠뜨렸을까? 뭘 생각하는 걸까?

이튿날 이른 아침, 날이 아직 훤히 밝아오기도 전에 린 기사가 우리를 차에 태우고서 베이 강으로 갔다. 쟈이를 출발한 뒤 얼마간은 아스팔트 길이었고, 또 어느 구간은 돌길이어서 덜컹덜컹 흔들거리면서 갔다. 게다가 두어 걸음 가서 멈추고 세 걸음 가서 잠시 서기를 반복했다. 길에는 크고 작은 각양각색의 차량들로 대행렬을 이루고 있었다. 이는 천천히 이동하는 행인 대열이 끊임없이 이어지고 있었기 때문이다. 모두들 맑고 서늘한 아침 햇살을 받으며, 하나같이 가지런히 한 방향을 향해 그렇게 나아가고 있었다.

차량은 이렇게 한 시간 이상을 간 뒤 린 기사가 길가에 정차한 차량의 긴 행렬을 가리키며 말했다.

"제가 보기에는 여기서 내려가시는 게 낫겠어요. 더 갔다 가는 차를 댈 곳도 없을 것 같네요."

우리 세 사람은 인파에 떠밀려 사람들이 밀려 가는 대로 갔다. 그러니 아예 길을 잃을까 봐 염려할 필요도 없었다. 나는 내 주변의 순박하고도 촌스러운 얼굴들, 그리고 그들의 옷치장과 손에 들고 있던 종이 깃발과 제사용품 등을 대하면서, 이것들 모두가 하나같이 재미있고 흥미롭게 느껴졌다. 반면 그 사람들은 나처럼 갈색 머리에 파란 눈을 한, 키가 큰 외국 임산부를 자못 신기해하는 듯했다. 그래서 나는 가는 내내 전혀 적막하지 않았다. 여기저기를 두리번거리며 갔고, 사람들은 날 제멋대로 추측해 보기도 했다. 그런데 이렇게 먼 길을 가는 동안 나를 가장 불만스럽게 한 사람은 린 기사였다. 기사는 몇 차례나 이렇게 말했다.

"이렇게 왁자지껄한 게 뭐가 보기 좋아요? 이해를 못하겠네."

롄전 마마는 내내 말수가 적었다. 보기에도 이런 장소가 그녀에겐 나보다 더 힘든 곳임을 알아차릴 수 있었다.

붉은 벽돌에 조각한 들보, 고풍스럽고 장엄하기 그지없는 차오톈 궁에 다가가기란 그야말로 불가능한 일이었다. 사람들이 겹겹으로 빽빽이 붙어 선 채 밀치락거리면서 발걸음을 옮기고 있었다. 사람들은 흥분해 있었지만, 모두 평화롭고 경건한 분위기였다. 분명 종교 의식 집회는 일반적으로 붐비는 모임과는 확연한 차이가 있는 것 같다. 10시를 넘기자 광장에 모인 만 명 이상의 관중들은 마침내 그들이 오래도록 기다려 왔던 마주(媽祖) 가마를 바라보며 마치 약속이나 한 듯 손으로 부적 깃발을 흔들다가, 앞부터 뒤까지 한 줄 한 줄 모두가 땅에 무릎을 꿇고 엎드렸다.

절 안에서는 북소리가 끊이지 않았고, 거의 수만 명에 이르는 신도들은 태양이 내리쬐는 가운데 절을 하며 기도를 올렸다. 나는 이제껏 보지 못했던 이 장면에 크게 감동하여 눈시울이 젖어들 뻔했다. 동시에 이 순간, 나는 내 마음이 동양의 신비로운 문화를 향해 한층 더 깊숙하게 나아가고 있음을 느꼈다. 나는 이런 느낌을 롄전 마마에게 알려드리려고 서둘러 고개를 돌렸다. 그런데 뜻밖에 그녀가 보이지 않았다.

롄전 마마가 그저 우리와 떨어져 헤어진 것이라면 뭐 그다지 다급할 일도 아니었다. 왜냐하면 장소가 그리 넓지 않아서 사람들이 다 흩어진 뒤에는 아주 쉽게 찾을 수 있기 때문이다. 하지만 렌전 마마는 굳이 린 기사에게 차 키를 달라고 해서, 푸청의 최신 벤츠와 함께 사라진 것이었다.

"렌전 마마는 운전을 할 줄도 모르는데, 차 키를 왜 달라고 했을까?"

"노부인께서 우연히 친구분을 만나셨다면서, 차를 빌려 타고서 뭘 좀 먹으러 가신다고 했어요."

린 기사가 말했다.

"친구 누구? 얼굴은 봤어요?"

"멀리서 노부인과 젊은 남자 아이가 이야기하는 걸 봤는데, 그 사람인지는 모르겠어요."

"어떻게 생긴 남자 아이인데요?"

"확실치는 않아요. 어쨌든 젊은이였는데 스무 살 남짓 되어 보였어요."

"언제쯤 돌아온다고 했나요?"

"아니요."

나와 린 기사는 이렇게 차오톈 궁 밖에서 오후 3시까지 계속 기다렸다. 이제 어떤 왁자지껄함도 눈에 들어오지 않았다. 나는 두 다리로 서 있다 결국 힘이 풀려, 린 기사더러 쟈이 여관에 가서 좀 살펴보라고 했다.

"그럴 리가요. 떠나올 때 이미 계산도 마쳤는걸요. 노부인께서 그곳으로 돌아가셨을 리 없어요."

"확실치 않잖아요. 혹 어머니는 우리가 거기서 당신을 기다리리라 생각할 수도 있잖아요."

"제 생각에는 노부인과 젊은이가 가다가 도중에 차 고장이 난 것 같아요."

린 기사는 이렇게 말하면서 또 고개를 가로저었다.

"그럴 리가 없지! 얼마나 성능 좋은 신차인데. 아니면 차 사고가 났나. 아무래도 우리가 가면서 살펴보는 게 좋겠어요."

린 기사가 어렵사리 택시 한 대를 빌렸고, 우리는 함께 쟈이로 되짚어 갔다. 하지만 짙은 남색 벤츠 자가용은 그림자조차 보이지 않았다.

또 쟈이에서 하룻밤을 지내고, 이튿날 여관을 통해 쥐광하오 열차표 두 장을 사서 나와 린 기사는 기진맥진한 채 타이베이로 올라오는 기차를 탔다. 돌아오는 내내 나는 그 남자 아이가 누굴까 생각했다. 다이이일까? 그제 저녁에 롄전 마마가 문득 그 아이 이야기를 꺼냈는데, 설마 그들이 서로 약속을 한 것일까? 그렇지 않다면 롄전 마마는 그 소년이 오는 걸 알고 있었을까?

기차가 타이중(臺中)을 지나자 어느덧 오후였다. 따사로운 햇빛에 비치는 눈부신 파란 바다는 마치 수정처럼 반짝였다. 황홀한 가운데 나는 그 아름다운 미소년 다이이를 본 것만 같았다. 소년은 발가벗은 채 그 황금빛 모래사장 위로 달려왔다. 그 아이의 피부는 희고 맑았는데, 마치 투명한 낮빛으로 잔잔하고도 희미하게 미소 짓고 있는 것만 같았다. 바로 내가 유럽에서 보았던 소년 조각상의 모양과 꼭 같았다. 갑자기 조각상이 살아나 다가오더니 바닷물로 뛰어들었다. 정말로 팔딱거리는 싱싱한 물고기 같았다.

4

남편은 자기 어머니를 전혀 걱정하는 것 같지 않았다. 다만 렌전 마마가 젊은 청년과 함께 자기가 애지중지하는 벤츠 자가용을 타고 갔다는 사실에 몹시 화를 냈다. 저녁 내내 남편은 애를 태우며 자기 수하의 사람들을 전화로 불러 모아 차를 찾아오게끔 했다. 그러면서도 렌전 마마에 대한 이야기는 한 마디도 꺼내지 않았다.

"괜찮을 거예요!"

나는 남편을 안심시키며 말했다.

"차는 별일 없을 거예요."

"차 때문이 아니야!"

푸청은 거의 울부짖듯 내게 말했다.

"엄마가 어떻게 젊은 놈 하고 같이 내 차를 몰고서 사라질 수 있냐고."

"친구 사이겠지, 뭐!"

"친구! 당신을 내팽개치고 둘이서 사라졌다고. 당신은 남들이 뭐라고 말할지 알기나 해?"

나는 이제껏 늘 냉정하고 차분한 모습이었던 남편이 무엇 때문에 이런 일상의 자잘한 일 때문에 그렇게 화를 내는지 이해할 수 없었다. 더군다나 렌전 마마와 다이이 사이에 무슨 석연치 않은 일이라도 생긴 것처럼 여기는 걸까? 내가 남편한테 이렇게 물어보자, 남편은 뜻밖에도 전보다 훨씬 더 펄쩍 뛰었다!

"내키는 대로 함부로 말하지 마! 난 그런 뜻은 아니야. 다만 남들한테 쓸데없는 소리 듣기 싫어서 하는 소리라고."

이튿날 오후, 차는 린 기사가 몰고서 돌아왔다. 누가 찾아낸 게 아니라 롄전 마마가 전화를 걸어와 차가 지하 주차장에 있다고 알려 주었던 것이다. 푸청은 그 소식을 접하자마자 당장 롄전 마마의 화실로 달려갔다. 나는 마침 푸청보다 한 걸음 늦게 갔는데, 문에 들어서자 이내 그들이 실랑이를 벌이는 소리가 들려왔다.

"이런 이야기가 새나가면 뭐가 되겠어요? 엄마도 나와 아버지의 체면을 좀 생각해 주셔야죠."

"내가 왜 너와 네 아버지를 생각해줘야 하는데? 너와 네 아버지는 날 위해 뭘 생각해 주었는데?"

"엄마! 이렇게 말씀하시면 이건 불공평한……"

"도대체 누가 불공평하다는 거냐?"

"엄마가 맨날 내 말을 중간에 끊는데, 내가 어떻게 말할 수 있겠어요?"

푸청의 얼굴은 온통 시뻘겋게 달아올랐고, 몹시 흥분이 된 상태였다. 담배를 물고 화실 안의 그림을 배우는 긴 탁자 주위를 빙빙 도는데, 내가 들어간 걸 아직 보지 못한 듯했다.

"됐다! 됐어! 가거라, 그렇게 어지럽게 돌지만 말고. 그렇게 움직이니 내 마음이 다 심란하다."

"엄마! 내 말 좀 들으세요, 괜히 사람들의 입질에 오르내리지 말고. 사람들 입이 얼마나 무서운지 아시잖아요!"

"내가 이 나이에 무서울 게 뭐 있냐?"

"엄마는 안 무섭죠! 난 무섭단 말이에요!"

푸청이 가고 롄전 마마는 길게 한숨을 내쉬었다. 그건 어쩔 수 없다는 탄식이었지, 슬픔이나 분노 섞인 탄식은 아니었다. 롄전 마마는 일어나 커튼을 당겨 닫았다. 화실 안은 순간 음울한 짙푸른 호수 같은 색깔로 변했다. 롄전 마마는 내 배를 관심어린 눈으로 바라보더니 이렇게 말했다.

"어제! 아니! 그제, 정말 미안했다. 네가 얼마나 다급했겠니."

"괜찮아요. 그런데 언제 타이베이로 돌아오셨어요?"

"어제 오후에 돌아왔다. 차를 타고 왔는데 정말 피곤하더구나. 한숨 잘 자고 일어났더니 그제야 너희한테 전화를 걸어 차를 가져가라고 해야겠다는 생각이 들었다."

나는 롄전 마마와 날 위해 찻잔에 차를 따르고 자리에 앉았다. 롄전 마마가 나에게 그제 도대체 무슨 일이 있었는지 설명해 주기를 바라면서. 하지만 그녀는 한참 동안 말이 없었다. 그래서 하는 수 없이 내가 먼저 말을 꺼냈다.

"롄전 마마! 그 다이이라는 소년이 어머니를 데려다 준 거예요?"

"응!"

"둘이서 어디를 가셨는데요?"

"아무 데도 안 갔다! 그 아이는 아무거나 먹는 데 익숙지 않더구나. 그때 밤에 베이 강에 갔을 때 내내 아무것도 안 먹는 거야. 우리는 쟈이로 돌아와서야 식사를 했지. 그러고서 그 아이가 타이베이로 돌아오고 싶다고 해서, 나도 좋다고 했다."

"그래서 바로 돌아오셨다는 거예요?"

"응! 밤에 너무 피곤하더라! 차를 마침 해안가 쪽에다 대고, 거기서 하룻밤을 쉬었다."

"밤에요? 저녁 해안의 경치는 정말 아름다웠겠네요."

나는 부딪혀 파도치는 바닷소리가 생생하게 들리는 것 같았고, 비단결처럼 부드러운 바닷물이 어둠 속에서 출렁이며 반짝이는 게 보이는 것만 같았다.

"맞다!"

렌전 마마는 자기도 모르게 나를 따라 밤바다를 예찬하며 한껏 흥이 났다.

"정말 아름답더라! 나는 이제껏 밤바다가 사람에게 그렇게 아름답게 느껴지는지 정말 몰랐다. 그저 내 그림 붓이 언제까지고 그걸 그려낼 수 없다는 게 아쉬울 따름이었지."

"왜요?"

"그건 일종의 정신상의 아름다움이기 때문이지. 누가 그렇게 감미롭고 상쾌한 바람을 그릴 수 있겠니? 밤중에 어부가 망망한 바다에서 등을 밝히는 걸 넌 아니? 등잔 하나하나에 수없이 많은 등이 켜져 있더라. 다이이는 고기잡이배들이 떼 지어 등을 밝히고 있는 것 같다고 했고, 나는 뱀장어잡이 어선들이라고 했지! 그런데 이상하지! 너 아니? 그 망망한 대해에 밝힌 등불을 보고 또 보고 있자니, 하늘의 별들이 마치 바닷속으로 쏟아져 들어가는 것 같다는 걸!"

"아! 바다로 쏟아져 내리는 별들이라구요?"

나는 렌전 마마의 묘사에 취할 뻔했다. 바닷물에 별들이 반짝이면, 그건 어떤 경치일까?

"하지만 나는 그 아이를 잘 모르겠다. 요즘 젊은이들은 도통 이해가 안 돼, 그렇지?"

렌전 마마는 잠시 쓸쓸한 표정을 지었다. "그래도 그 아이를 만난 건 정말 커다란 기쁨이었어. 잘생긴 그 아이가 사람을 흠뻑 취하게 하더구나. 그 아이를 보고 있으면, 너무도 아름다운 추억들이 되살아날 것만 같아. 넌 어떠니?"

"저요?"

나는 좀 생각하다 이렇게 말했다.

"아마 그럴지도 모르죠. 전 그 아이를 보면서 이내 그 조각상을 떠올렸으니까요. 그건 제가 봤던 가장 아름다운 소년 석상이었거든요."

렌전 마마는 미소를 지었다. 축 처진 얼굴 근육이 죄다 생기를 되찾은 모습으로, 그녀는 중얼거리듯이 말했다.

"정말 이상하지. 사실 그 사람과 다이이는 전혀 안 닮았거든. 그런데도 난 다이이에게서 그 사람의 그림자를 찾았다고 매번 느낀다니까."

"누구요? 렌전 마마."

"어떤 남자."

렌전 마마는 가볍게 소파 위로 몸을 기대더니, 두 눈을 지그시 감았다. 그녀는 추억에 잠겨 말을 이었다.

"아주 오래전, 나를 사랑한다고 말했던 어떤 남자가 있었다."

"나중에는요?"

"나중에는 뭘! 바보 같으니라고. 그때 푸청이 벌써 초등학교에 들어갔는걸. 난 그저 그 사람을 미치도록 했지. 아아! 이렇게 오랜 세월 동안 생각도 안 해봤는데, 지금 왜 갑자기 그 사람이 몹시도 생각나는걸까? 참!"

"후회되세요?"

렌전 마마는 미소만 지을 뿐 말이 없었다. 나는 미치도록 열정적인 사랑의 추억은 분명 너무나도 달콤하고 아름다울 것이라 생각했다.

그 뒤로 렌전 마마는 달라지기 시작했다. 마작 두는 것도 싫어하고, 별로 외출하지도 않았다. 내가 찾아가도 그저 나에게 다이이 이야기만 하셨다. 그 아이가 아름답게 생겼다는 말 말고도, 재주 있는 아이인데 부모님이 그 아이를 이해하지 못한다며 안타까워했다.

"어머니는 그 아이 부모님이 그 애를 이해하지 못한다는 걸 어떻게 아세요?"

"다이이가 말해줬지. 그 애 아버지는 다이이가 사진 찍는 걸 한사코 반대하신대. 그저 그 아이가 경영학이나 공부해서 가족의 사업이나 이었으면 하신단다. 또 그 아이 엄마는 공학이나 의학을 공부한 예술가가 되기를 바라신단다. 하지만 걔는 걔일 뿐이야. 다이이는 사진 찍는 게 그저 좋을 뿐이라고. 다이이가 나한테 그러더라. 자기한테는 사진기가 일여덟 대나 있고, 자기 암실이 있어 거기서 사진을 현상한다고. 그날 우리가 그 아이 사진 전람회를 보러 간 날, 다이이가 날 위해 사진 몇 장을 찍어서 그걸 확대했다잖니!"

"어? 서로 대화가 잘 통하는데요?"

"꼭 그렇지만은 않다. 그 아이가 나한테 이야기를 할 때, 어쩔 땐 답답해 죽겠다는 기색도 내비친다. 그러다가도 어쩔 땐 또 나한테 할 이야기가 그렇게 많은 것도 같고."

"서로 정말 좋은 친구가 될 수 있을 것 같아요!"

"아니야! 그 아인 너무 젊고 너무 다양한 색깔을 지니고 있어. 내가 어떻게 그 아일 다 이해하겠니. 인파 속을 헤집고 들어가 별별 사람을 다 찍더라. 구정물이 줄줄 흐르는 아이, 피가 낭자한 채점을 치는 아이, 얼굴에 온통 주름이 자글자글한 노부인까지."

이렇게 말하며 렌전 마마는 자기도 모르게 손을 내밀어 자기 뺨을 어루만지더니 이렇게 말했다.

"그 아인 시골스런 분위기를 좋아하지, 내 그림은 싫다더라."

"네?"

나는 어머니를 위로하고 싶었다. 하지만 어머니는 결국 당신 스스로 문제를 푼 셈이었다.

"그래도 난 그 아이 만나는 게 정말 좋다. 그 아이를 보면 네가 말하던 그 조각상을 감상하는……"

"그리고 또 그 남자도 있고요."

렌전 마마는 미소를 지었다. 내 생각에 그 남자는 필경 어머니의 기억 속에 대단한 명품 같은 존재일 것이다. 마치 내가 유럽에서 보았던 그 소년 조각상처럼.

5

마침내 나는 롄전 마마를 설득해서 함께 다이이를 보러 가기로 했다. 나는 다이이의 우정이 롄전 마마에게 필요하리라고 여겼다. 우리는 팡 여사의 화랑에서 소년이 사는 곳을 알아봤는데, 그는 부모님과 함께 살고 있지 않았다.

그곳은 외관상 낡디 낡은 일본식 목조 건물이었다. 손질한 흔적이 없는 작은 화원에는 잡초가 무성해서 황량하기 그지없었다. 작은 정원으로 통하는 문이 열려 있어서 우리는 그냥 들어갔다. 문어귀에서 몇 번인가 인기척을 내자, 한참 만에야 사람이 현관을 내려와 방충망 문을 열었다. 바로 다이이였다. 그는 온통 흰색으로, 흰색 티셔츠에 흰색 청바지를 입고 있었다. 마치 희기가 백옥 같아 맑고도 찬란한 빛이 났다.

"웬일이세요?"

그는 눈썹을 찌푸리며 전혀 환영하는 것 같지도 않았고, 그렇다고 우리가 들어가는 걸 거절하지도 않았다. 작은 응접실에는 탁자나 의자 따윈 없었고, 다다미 위에 색 바랜 면 방석 몇 개가 놓여 있었다. 나와 롄전 마마는 벽을 등지고 앉았고, 다이이도 책상다리를 하고 앉았다.

"그날 차 잘 탔어요."

나한테 하는 소린지 아니면, 롄전 마마한테 하는 말인지 알 수 없었다. 그의 눈은 그저 바닥만 뚫어져라 쳐다보고 있었다.

"뭘 그런 걸 가지고."

렌전 마마는 좀 긴장이 되는 듯 말도 평소처럼 민첩하지 않았다!

"우리가 온 건, 네가 찍어준 내 사진 좀 보고 싶어서다."

"아! 제가 말씀드렸을 텐데요, 전 제가 찍은 사진을 보내드리지 않습니다."

"우린 그저 좀 보고 싶어서."

"그러시죠!"

다이이는 어쩔 수 없다는 듯 어깨를 으쓱하며 일어나더니, 등 뒤쪽의 종이 문을 열었다. 그 순간, 나와 렌전 마마는 안쪽 모습을 보게 되었다. 다이이만한 나이에 그 정도 체격을 지닌 한 소년이 벌거벗은 몸으로 한가롭게 바닥에 엎드려 잡지를 뒤적이고 있었다.

문을 닫은 뒤, 다이이의 부드럽고 따스한 말소리가 들려왔다.

"옷 입어! 우리 좀 있다 사진 찍자."

종이 문이 다시 열리자, 그들은 앞서거니 뒤서거니 걸어 나오더니, 이내 나란히 앉았다. 그 낯선 소년은 한눈에 보기에도 상당히 부끄러워하는 것 같았다. 나이는 다이이보다 어려 보이는데, 얼굴에는 보기 싫은 여드름이 나 있었다.

다이이는 렌전 마마에게 20인치짜리 흑백 사진 묶음을 건네주었다. 나는 가까이 다가가 감상했다. 뭐 그다지 특별한 것은 없어 보였고, 그저 사진이 렌전 마마 실물보다 훨씬 늙어 보였다.

"난 이런 사진이 정말 좋아."

렌전 마마가 말했다.

"내가 찍고 싶은 걸 못 찍었어요."

다이이가 어깨를 으쓱거리며 말을 이었다.

"그날 차려입은 차림새가 특이하고도 재미있는 느낌을 주었어요. 저는 그 느낌을 잘 살리고 싶었는데."

다이이는 말을 하면서, 오른손으로는 계속 다이이 허벅지 위에 올려 놓은 소년의 왼손을 자연스럽게 만지작거렸다. 그것은 일종의 애정과 연민의 애무였고, 주변 사람을 전혀 신경쓰지 않는 행동이었다. 나는 몹시 어색하여 도무지 어떻게 해야 할지 알 수 없었다. 나는 나도 모르게 얼굴을 롄전 마마 쪽으로 돌렸다. 그제야 몹시 충격을 받은 듯 서로 애무하는 그들의 손 위에서 아예 눈길을 떼지 못하는 어머니의 모습이 보였다.

집으로 돌아오는 길 내내 롄전 마마는 말이 없었다. 나 역시 이런 일에 대해 어떻게 말해야 할지 알 수 없었다. 한참 동안 침묵이 흐르다, 갑자기 롄전 마마가 입을 열었다. 그녀의 말투는 곤혹스러움, 그리고 믿을 수 없다는 느낌으로 가득 차 있었다.

"어떻게 그럴 수 있니?"

"롄전 마마! 그것도 사랑의 일종일 거예요! 저도 그다지 이해되지는 않지만, 많은 사람들이 그렇게 서로 사랑한다는 건 알고 있어요. 모르긴 해도 그들이……"

"그들이 서로 사랑한다고……?"

그 일이 있은 뒤, 다이이에 대한 롄전 마마의 태도는 차갑고도 무정했다. 나 역시 더 이상 다이이와 오고가라고 권하지 않았다. 그런데 하루는 푸청이 집으로 돌아와 몹시 화를 내며 내게 말했다. 팡 여사가 회사로 자기를 찾아와, 최근에 롄전 마마가 허구한 날 자기 아들을 찾아가 귀찮게 한다고 투덜댔다는 것이다.

"그분이 어떻게 그런 말을?"

나는 롄전 마마를 변호하며 말했다.

"그럼 어떻게 말해야 하는데? 그 팡 여사란 사람이 나더러 어머니 관리 좀 잘하라며, 자기 아들이 그런 시달림을 도저히 견디지 못하겠다고 한다는데."

"너무 하시네요! 나는 그 팡 여사를 말하는 것이에요."

"나는 누가 너무한지 신경 안 써. 당신이 어머니한테 가서 말해. 나는 남들이 우리 푸씨네 집안을 심심풀이로 입질하는 게 싫다고. 아버지도 아마 용납하지 않으실 거야. 어쨌든 어머니한테 다시는 그 남자애를 찾아가시지 말라고 해."

"무슨 남자? 그 앤 그저 아이일 뿐이야."

내가 롄전 마마를 찾아갔을 때는 오전 10시가 좀 넘은 시각이었다. 햇살이 화실 전체를 환하게 비추고 있었다. 그런데 롄전 마마 말고는, 그림 교실의 아줌마들이 아무도 보이지 않았다.

"왜 수업하지 않으셨어요? 롄전 마마!"

롄전 마마는 고개를 가로저으며 말이 없었다. 그나마 유감스럽지 않았던 것은 어머니가 여전히 곱게 단장을 하고, 정신도 아주 맑아 보였다는 것이다.

"팡 여사가 어머니께 비방을 했다죠? 롄전 마마! 푸청이 하는 말 들었어요……."

"나도 안다!"

그녀는 날 제지하며 말을 이었다.

"좀 전에 푸청의 아버지가 왔었다. 나더러 집으로 돌아가자고 하더라. 나는 그 사람한테 자기 물건을 가지고 가라고 했다. 내 일에 간섭하지 말고."

"롄전 마마……"

"사실, 내가 다이이를 찾아갔었다. 그저 그 아이를 좀 더 보고 싶었을 뿐이다. 그 아이의 아름다움은 어쨌든 나의 아름다웠던 과거를 떠올리게 하니까. 내가 왜 그 아이를 보러 가면 안 되니? ……아!"

롄전 마마는 갑자기 길게 탄식을 내뱉었다.

"그렇게 아름다운 아이가. 남자끼리 그게 가당키나 하냐고 내가 그 아이를 설득했다만……"

"하지만 롄전 마마, 그건 어머니가 상관할 일이 아니에요."

"아니다! 내가 반드시 상관해야 할 일이다."

어머니는 그렇게도 고집스럽게, 그리고 확고하게 말씀하셨다. 하는 수 없이 나도 더 이상 말을 꺼내지 않았다.

이튿날 저녁, 봄 우레가 우르르 쾅쾅 울리더니 쉴 새 없이 큰 빗줄기를 퍼부었다. 푸청은 손님 접대가 있어 아직 집에 돌아오지 않아 나는 화실로 전화를 걸었다. 한참이 지나도 전화를 받지 않아 전화를 끊었다. 하지만 뭔가 이상하다 싶어 또다시 전화를 걸었다. 이번에는 반응은 있었지만 롄전 마마의 끊어질 듯한 희미한 소리에 나는 깜짝 놀랐다. 무슨 일이냐고 물었지만 대답도 흐릿한지라 서둘러 화실로 달려갔다.

어머니는 몸져 누워 있었다. 비에 흠뻑 젖었던 것이다. 내가 갔을 때 어머니의 몸은 여전히 흠뻑 젖은 자금색 비로드 드레스에 감싸인 채, 얼굴 화장은 엉망이 되어 있었다.

"렌전 마마! 어디를 가셨던 거예요?"

"그 아이…… 그 아이가 이사를 가버렸다, 그 남자 아이랑. 그 아이들이 정말 사랑하는 거니? ……젊음은 참으로 좋은 거야! 서로 사랑도 할 수 있잖니! 왜 나만 아무것도 없니……?"

렌전 마마는 뭐라고 또 한참을 중얼거렸다. 나는 그 말 전부를 알아들을 수는 없었다. 어머니는 시아버지 이름도 불렀다가, 많은 다른 사람들의 이름도 불렀다. 이 모두가 그녀의 과거인 것이다! 나는 어찌해야 할 바를 몰라 어머니와 함께 눈물을 흘렸다. 마치 어머니의 잃어버린 모든 것을 아파하듯이.

그날 밤의 어수선함을 겪으면서 나는 조산을 했다. 갈색 눈에 투명한 흰 피부를 가진 6파운드 반 되는 사내아이를 낳았다. 참으로 사랑스러웠다.

렌전 마마가 임종하기 전, 나와 푸청은 아이를 안고 어머니를 찾아갔다. 병실에는 시아버지도 있었다. 시아버지는 아이를 안아 들고서 렌전 마마에게 다가가 이렇게 말했다.

"푸청을 낳았을 때, 우리 손자가 푸청을 꼭 빼닮을 줄은 생각지도 못했소."

렌전 마마는 포대기 속의 작은 요에 싸인 아이를 놓으려 하지 않으셨다. 한참 만에야 갑자기 얼굴을 갖다 대고 날 부르더니 물었다.

"난시, 나더러 후회하느냐고 물은 적이 있었지? ……지금 나는 전혀 후회하지 않을 것 같구나."

(1978년 12월 6일 《롄푸〔聯副〕》)

홍콩 친척(香港親戚)

홍콩 친척

香港親戚

1

아버지께서 내게 돈을 빌려 달라고 하셨다. 이런 일은 이제껏 한 번도 없었던 일인 데다 액수도 적잖이 30만 위안이나 되었다. 그날 정오, 아버지는 꽤 멀리 떨어져 있는 타오웬(桃園) 집에서 시외버스를 타시고 내가 있는 회사까지 찾아오셨다.

"너희 회사 크구나!"

아버지는 내 사무 탁자 앞에 앉아 사무실을 휘 둘러보면서 말을 이었다.

"수백 명이나 되겠다?"

난 어깨를 좀 으쓱했다.

"일본인이 세 번째로 쳐주는 큰 상사(商社)예요. 타이완, 홍콩, 싱가포르를 제외하곤…… 모두 지사가 있어요."

"음!"

아버지는 고개를 끄덕이시며 옷감, 식품, 화학 약제 등 팀별 책상마다 각기 다른 샘플들이 쌓여 있는 걸 훑어보시더니 이렇게 말씀하셨다.

"뭐든 다 취급하는 모양이지?"

"뭐든 다 취급해요."

내가 대답했다.

"섬유 방직, 식품, 화학, 강철, 선박…… 장사가 될 만한 것은 뭐든 다 해요."

회사 건물을 걸어 나오자 아버지는 여전히 고개를 절레절레 흔들면서 말했다.

"이 회사 정말 크구나. 네가 일본인을 위해 일할 줄은 꿈에도 생각 못했다!"

아버지는 작년에 중풍에 걸려 현(縣) 정부에서 은퇴를 하셨다가, 후에 겨우겨우 회복하셨다. 하지만 오른쪽 반절은 아직도 거동하기 불편하시다. 그래서 집을 나설 때면 지팡이를 짚는다. 그래서인지 몇 년 전과 비교해 보면 늙은 티가 확 난다. 아버지는 내가 일본 회사에 다니는 것에 냉담한 입장이라, 나도 그저 쓴웃음을 지을 수밖에 없었다.

회사 근처에는 온통 일본 요리점들이라, 나는 아버지께 회를 드시러 가자고 제안했다. 아버지는 어머니랑 일본 음식을 드실 줄 아셨기 때문이다.

"너무 비싸다!"

아버지는 고개를 가로저었다.

"절약해야지!"

"괜찮아요, 사인만 하면 되는데요."

사인이란 회사로 계산을 돌린다는 뜻이다. 최근 2년 사이에 회계실의 정산이 갈수록 분명해지는 분위기라, 때가 되어 계산을 돌릴 수 있을지 여부는 알 수 없는 일이었다. 그저 돈 쓰는 걸 마음 아파하시는 아버지께 드리는 위로의 말일 따름이었다.

나는 고급 회와 갈치, 튀김 그리고 마끼 등을 주문했다. 아버지는 연신 이렇게 말씀하셨다.

"충분하다! 충분해!"

한 끼 식사를 하시면서 나한테 결국 돈을 빌려다 어디에 쓰시려는지 설명할 생각이셨다. 그런데 뜻밖에 시종 한 마디도 꺼내지 못하고, 재차 이렇게만 말씀하셨다.

"내가 예금한 정기예금이 만기가 되면 바로 돈을 갚으마."

2

후이메이(惠美)는 중학교 교사이다. 제일 별 볼 일 없는 가사 과목을 가르치고는 있지만, 매일같이 쉴 여유는 있는 셈이다. 아침에 출근해서 오후에 수업이 끝나면, 곧바로 유치원으로 가서 아들을 데리고 학교 근방의 친정으로 갔다. 그랬다가 내가 퇴근하면 할부로 새로 산 레이놀즈 소형차를 몰고 가, 애 엄마와 아들을 데리고 함께 집으로 돌아갔다. 만약 내가 접대가 있는 날이면, 아이 엄마와 아들은 친정에서 저녁까지 먹은 뒤 버스를 타고 돌아가곤 했다.

오늘은 특별히 퇴근을 하자마자 곧바로 사무실에서 나왔다. 평소 같으면 어쨌든 시간을 좀 더 지체했을 것이다. 이렇게 하는 것이 피차간에 불문율처럼 되어 있었으니까. 위로는 지점장과 과장들로부터, 아래로 우리 과원(課員)에 이르기까지 모두들 회사를 위해 최선을 다하고, 죽을 때까지 그리하겠다는 태도로 임하였기에, 그 누구도 정확한 시간에 서랍을 잠그고 칼퇴근을 하는 사람은 없었다.

"오늘은 좀 빠르네?"

장모님이 그다지 표준적이지 않은 중국어로 내게 어색하게 말을 건넸다. 장모님은 우리 어머니와 상당히 비슷하시다. 큰 손과 큰 발이 매우 투박했다. 다만 우리 어머니는 다른 지방 출신의 아버지에게 시집을 가신 터라, 한 마디만 하셔도 바로 북방 말투의 표준 중국어를 쓰셨다.

"오늘은 좀 일찍 왔습니다!"

내가 말했다.

처갓집에 와서 그다지 격식을 따지지 않은 지 꽤 오래되었다. 매번 경황없이 왔다가 아내와 아들을 훌쩍 데리고 가면서 다음에 또 뵙겠다고 했다. 다행히 우리 장인어른과 장모님 모두 따뜻하고 후덕한 분들이라, 이런 사위를 대하면서도 별다른 말씀이 없으셨다.

차에서 후이메이도 이렇게 물었다.

"오늘 어쩐 일로 이렇게 일찍 왔어?"

"일찍 오니까 왜 안 좋아?"

아내가 웃었다. 아들이 엄마 손을 잡아끌면서 외할머니가 준 사탕을 달라고 떼를 쓰자, 아내는 안 된다면서 이렇게 말했다.

"금방 밥 먹어야 해."

나는 아버지가 회사로 날 찾아오신 일을 이야기했다. 후이메이도 의외라는 듯 물었다.

"무슨 일인데?"

"나한테 30만 위안을 빌려 달라는데."

아내의 반응은 의외로 직접적이었다.

"당신한테 그런 돈이 어디 있어?"

우리는 석 달 전에 티엔무(天母)에 집을 계약했는데, 총액이 270만 위안이나 되었고, 1년 안에 120만 위안을 마련해야 했다. 물론 최근 두 해 동안 적금을 들어둔 게 있어서 저축한 돈이 좀 있다지만, 1년 내에 120만 위안을 지불해야 하는 일은 몹시 버거운 일이었다. 더군다나 분기마다 지출을 재촉하는 통지를 매번 받아서, 여기저기서 돈을 만들어야만 했다.

"첫 마디에 어떻게 그렇게 말할 수 있어, 당신?"

"그렇게 많은 돈을, 어디에다 쓰신다는 거야?"

"말씀 안 하셨어."

"당신 어머니도 아시는 일이야?"

"안 물어봤어."

돌아오는 길에 절인 야채를 사서 대충 한 끼를 때웠다.

후이메이는 설거지를 한 다음 서둘러 아들을 목욕시켰다. 아들이 9시 정각에 잠자리에 들도록 준비해 주려는 것이었다. 30만 위안에 대한 일은 누구도 더 이상 꺼내지 않았다. 다만 후이메이가 그다지 유쾌하지 않은 것을 금방 알아차릴 수 있었다.

후이메이가 아들을 얼러 잠을 재울 때 나는 샤워를 했다. 반쯤 했을까, 전화벨 소리가 요란하게 울렸다. 마침 욕실에 전화기가 있고, 후이메이는 아이를 재우느라 자리를 뜰 수 없으리라 여겨 비누칠을 한 몸으로 얼른 수화기를 들었다. 내 여동생 비전(碧珍)이었다. 상당히 삐딱한 말투로 바로 이렇게 말했다.

"엄마가 오빠, 언니 바로 들어오래!"

"뭔 일인데?"

나는 몸에서 물을 뚝뚝 흘리며, 속으로 화가 치밀었다.

"목욕 중이야. 어떻게 가냐?"

"엄마가 나가 죽으시겠대! 빨리 오라셔! 지금 당장."

"누가 죽는다는 거야?"

나는 분명히 못 들은 게 아니었다. 여동생이 이렇게 고집스런 말투로 말을 전하면서 불난 집에 기름통을 끼얹는 게 더욱 화가 났다.

"오빠 어머니! 아니면 누구겠어?"

비전은 계속해서 들이받듯 하더니, 팍 하고 전화를 끊었다. 나 역시 덩달아 화를 내는 게 싫어서 계속 목욕을 했다.

후이메이가 아이를 얼러 재우고서, 욕실로 와 고개를 내밀고 물었다.

"누구 전화야?"

"비전. 우리더러 지금 오래."

후이메이는 눈썹을 찌푸리며 물었다.

"타오웬으로? 이렇게 늦었는데?"

내가 아내에게 물었다.

"몇 시야?"

"아홉시 반."

속옷을 입고 나는 서재로 가서 전화를 걸었다. 전화를 받은 사람은 엄마였다. 엄마는 과연 흑흑 흐느끼면서 말했다.

"나 그만 살란다. 일마다 죄다 자기 맘대로만 하니. 이런 일은 내 절대로 인정 못한다."

"무슨 일인데? 엄마!"

"너 들어와라! 지금 당장!"

어머니도 내 전화를 끊었다. 나는 화가 나 속이 부글부글 끓어올랐다. 하지만 어떻게 해볼 도리가 없어, 할 수 없이 후이메이한테 아들을 깨워 타오웬으로 갈 준비를 하라고 했다.

"이렇게 늦은 시각에!"

후이메이는 투덜거리며 아들한테 옷을 갈아입으라고 했다. 나는 짜증이 나서 이렇게 소리를 질렀다.

"갈아입히지 마. 그냥 잠옷 입힌 채로 가자고. 당신도 대충 입어!"

우리 일가족은 이렇게 허둥지둥 차에 올라 서둘러 타오웬으로 향했다.

3

아버지는 타오웬의 이층 집에서 벌써 10여 년째 살고 계신다. 좀 낡기는 했지만 잘 보수해온 데다 부근 동네 사람들도 깔끔해 아버지와 어머니는 이제껏 이사가는 걸 달가워하지 않으셨다. 나랑 후이메이가 세들어 사는 아파트는 열 가구 가운데 절반이 세를 들어 살았고, 주거 환경도 상당히 뒤처진 편이었다. 대문 안쪽은 매일 밤마다 오토바이로 붐볐고, 이층으로 올라가는 층계 벽은 칠이 떨어져 얼룩덜룩했다. 거기다 공용으로 쓰는 전등조차 망가졌지만 아무도 나서서 갈아 끼우려는 사람이 없었다. 이렇게 형편없는 주거 환경 때문에 나와 후이메이는 서둘러 집을 사서 이사할 작정이었던 것이다.

"왜 자는데 또 할머니 댁 가야 해?"

차에서 벌써 얼마쯤 자고 일어난 아들이 이제는 정신이 초롱초롱해져서 내릴 때까지 계속 물었다.

"왜 가는데?"

"몰라."

후이메이가 무표정한 얼굴로 아이한테 대꾸도 제대로 해주지 않아 내가 이렇게 말했다.

"할머니랑 할아버지랑 싸우셨대."

"그런데 왜 우리한테 오라고 하셔?"

나는 어깨를 으쓱이며 대꾸했다.

"모르지, 뭐!"

아들은 크게 한숨을 내쉬더니 이렇게 결론을 내렸다.

"어른들은 걸핏하면 싸운단 말이야."

비전이 나와 문을 열었다. 얼굴을 대하고서도 한 마디 아는 척도 안 했다.

응접실의 분위기는 예상했던 대로 침울했다. 아버지는 흔들의자에 눈을 감은 채 말씀이 없으셨고, 어머니는 눈과 코가 빨개진 것이 좀 전에 필경 한바탕 눈물, 콧물을 쏟아내셨을 것이다.

"왜 그러세요?"

나는 앉으면서 아들에게 말했다.

"할머니, 할아버지께 인사 올려야지?"

아들은 할머니, 할아버지께 인사를 하더니 곧바로 말했다.

"나 잘래요."

어머니가 아이한테 이층의 비전 방에 가서 자라고 하면서, 후이메이더러 데리고 올라가라고 했다.

이제 응접실에 남겨진 사람은 우리 부자와 모녀 이렇게 네 사람이었다. 하지만 한참 동안 여전히 한 마디도 뻥긋하지 않았다. 나는 참을 수 없어 또 이렇게 물었다.

"왜 그러시냐고요? 이렇게 늦은 시간에 뭣 때문에 싸우셨는데요?"

"네 아버지한테 물어봐라!"

어머니는 그제야 화를 내며 손으로 아버지를 가리켰다.

"네 아버지한테 물어보라고!"

아버지는 여전히 눈꺼풀을 감은 채 아무 말도 꺼내지 않으셨다.

내가 비전을 쳐다보니 비전은 되려 나를 뚱하니 쳐다봤다. 그 애는 나보다 겨우 한 살 아래로 올해 서른두 살인데, 아직 짝이 없다. 사실 나는 타이베이에서 이 정도 나이의 미혼 여성들을 너무나도 많이 봐왔지만, 비전의 최근 몇 년처럼 원망으로 가득 차 보이는 사람은 없었다. 그러기에 이 애가 도대체 무엇 때문에 매일같이 이렇게 저기압인지 도무지 알 수가 없었다.

"비전! 네가 말해봐."

나는 여동생한테 화살을 돌렸다. 비전은 그제야 마지못해 입을 열었다.

"아버지가 홍콩의 친지를 방문하시겠대."

아버지의 누이, 말하자면 나의 고모께서는 홍콩에 살고 계신다. 아버지가 홍콩으로 누이를 찾아가시겠다는데 그거야 뭐 이상한 일도 아니었다. 그래서 나는 어머니께 물었다.

"고모님 댁에 가시는데……"

"대륙에서 오실…… 친척."

비전이 그제야 이렇게 말하자, 어머니는 펄쩍 뛰었다.

"친척은 무슨 친척? 그 사람들이 무슨 친척이야? 나는 인정 못해! 절대 인정 못한다고!"

"엄마도 진정 좀 하세요!"

비전이 참지 못하고 어머니를 흘겨보았다. 비전은 달래듯 말을 이었다.

"아버지가 대륙에 부인과 딸을 두었는데, 벌써 홍콩으로 왔다나 봐."

"나왔대?"

나도 깜짝 놀랐다. 보아하니 아버지가 내게 돈을 빌려달라고 운을 떼셨던 것도, 이 일 때문인 것 같았다.

결국 아버지가 나지막한 소리로 입을 여셨다.

"그저 나와 보았는데, …… 다시 돌아가야 한다더라."

사실 대륙에 아버지의 부인과 딸이 또 있다는 사실은 어려서부터 우리도 암암리에 알고 있었다. 어머니도 전혀 상관치 않으셨고, 때론 우리 앞에서 아버지랑 농담 삼아 이야기하시기도 했다. 그런데 지금은 오히려 솔직하게 이 사실을 부인하셨다.

"난 인정 못한다. 당초 결혼을 할 때, 나한테 아내가 없다고 거짓말을 했다. 그렇지 않았으면 내가 시집을 가려고 했겠니? 난 인정 못한다. 그 여자를 만나러 홍콩에 간다면, 나는 뭐냐? 나는 누구 첩이 아니라고, 난 인정 못한다!"

"엄마, 진정하세요!"

나는 어머니를 달랬다.

"홍콩에 가시는 것도 그렇게 금방 되지는 않을 텐데, 뭘 그렇게 조급해 하세요?"

"금방 되지 않는다고?"

어머니는 또 소리를 지르며 길길이 날뛰기 시작했다.

"네가 물어봐라! 나를 속이고서 홍콩 친지 방문 수속까지 다 마쳤다. 곧 가려면서 나한테 이야기를 한 거라고…… 저 사람이! 저 사람이! 저 사람이랑 30여 년을 함께 했는데, 네가 좀 물어봐라.

도대체 나는 뭐냐고? 하녀인 셈 치고 30년을 부려먹었어도, 이렇게 박절하게 대하지는 않을 게다…….”

내가 아버지를 쳐다보자, 아버지는 그냥 아무 말씀이 없으셨다. 아버지의 눈은 마치 응접실의 모든 사람과 물건들마저 초월하여 다른 세계에 이르신 것 같았다.

비전이 엄마를 달랬다.

“아버지는 그냥 며칠 가셨다가 바로 돌아오시는 거야. 엄마한테 그렇게 이야기하셨잖아?”

“며칠? 그냥 며칠 가는 것도 난 싫다!”

어머니는 단호하게 딱 잘라 말했다.

“난 인정 못한다! 네 아버지가 간다면, 바로 이혼이다. 나랑 이혼한 후에 맘대로 하라고 해라!”

“그렇게 말씀하시면 어쩌자고요?”

내가 말했다.

“그럼 내가 어떻게 말해야 하는데? 매달 돈 부쳐주고, 텔레비전이랑 자전거까지 부쳐줘도…… 나 아무 말도 안 했다. 그런데 이제, 가서 만나겠다고까지 하니…… 내가 어떻게 말해야 하니?”

“됐어요!”

비전이 어머니를 붙들면서 “그쪽도 어쨌든 부부이고, 하늘이 내린 부녀지간이잖아요! 엄마, 됐어요…….”

“부부는 무슨 부부? 그럼 난 부부 아니냐? 나는 인정 못해! 절대 인정 못한다!”

“당신! 뭘 인정 못하겠다는 거요? 당신이!”

아버지는 참지 못하고 투덜대셨다.

"당신한테 마누라가 또 있다는 사실을 인정 못하겠다고요. 그럼 나는 뭐예요? 첩이에요? 나는 인정 못해요!"

나는 말했다.

"싸워봤자 뾰쪽한 수가 있는 게 아니잖아요."

"오빤 방법이 있어?"

비전이 나를 힐끗 쳐다봤다.

"아버지가 가시겠다면, 그럼 가시게 하면 되잖아! 어쨌든 며칠 있으면 돌아오실 텐데!"

"넌 내 아들이면서 되려 남을 도와주냐."

어머니는 몹시 화가 났다.

"네 아버지더러 가라고 할 수 있어! 네 아버지 쩔룩쩔룩 하는 걸 보면서도 가란 말이냐!"

"당신…… 지금 당신은 까닭 없이 소란을 피우는 거요!"

아버지는 몸을 떨면서 불편한 오른손으로 연신 소파 팔걸이를 두들기셨다. 어머니도 뒤질세라 손가락을 거의 아버지 코에 들이대며 말했다.

"그래서 나보고 어쩌라고요? 평생을 당신 떠받들기를…… 수십 년이에요. 이제 딴 여자를 보러 가겠다는데, 당신한테 나는 뭐예요? 난 허락 못해요, 절대 허락 못한다고요!"

"허락 못한다고! ……허락 못해도 갈 거요!"

아버지는 부르르 떨면서 반드시 가겠다는 의지를 나타냈다.

"좋아요! 좋습니다! 싸우지 마세요! 싸워봤자 무슨 소용이 있어요……?"

내 말이 아직 끝나지도 않았는데, 뭐가 비전을 그렇게 화나게 했는지 알 수 없지만, 비전이 갑자기 고개를 돌려 나를 향해 소리를 질러댔다.

"무슨 소용 있냐고? 소용없단 말이지! 큰아들이 되어 가지고 뭔가 방법을 내놔야 할 것 아니야!"

"너 나한테 무슨 방법을 내놓으라는 거야? 아버지를 가시게 하면 어머니가 기분 나쁠 것이고, 아버지를 못 가시게 하면 아버지가 기분 상하실텐데…… 내가 무슨 말을 할 수 있겠냐?"

"오빤 아무것도 말할 수 없다지, 오빠란 사람이 도대체 이 집안에 무슨 책임을 다한 게 있는데?"

나는 그제야 알게 되었다. 비전은 오래전부터 쌓여 왔던 화를 터뜨린 것이었다.

"싸워보자 그거냐?"

"그래, 나랑 한번 싸워 봐!"

비전은 이내 얼굴을 쳐들고 화를 냈다.

"진즉부터 말하고 싶었지만, 오랫동안 꾹 눌러 참아 왔어. 오빠랑 새언니, 당신들이 도대체 무슨 책임을 다했는데? 타이베이 살면서 이 집에는…… 휴가나 짬이 나야 겨우 왔잖아. ……엄마가 죽겠다고 해도…… 그래도 안 왔잖아……."

"나더러 뭘 어쩌라고? 타이베이의 일을 그만두기라도 하라는 거냐?"

"그럼, 난 어쩌라고? 이 집 안에 아버지, 어머니만 계시고, 나는 집에도 없는데, 아버지랑 어머니 안위는 누가 챙기냐고?"

"그래! 좋아! 나보고 불효자라 이거지, 그렇지! 네가 제일 효녀다……. 그래서 그렇게 원망을 품고 있었구나. 내가 널 붙들고 있어서? 너 시집가고 싶으면 아무 때라도 가. 괜히 나한테 죄 뒤집어씌우지 말고."

"내가 어떻게 시집을 가? 오빠가 아무 일에도 신경쓰지 않는데, 내가 마음이 놓이겠어?"

"비전! 너 이제 보니 사람을 물고 늘어지는데…… 너 오늘 분명히 이야기하자. 너 당장 내일 시집 갈 거냐? 네가 만약 내일 당장 시집가겠다면, 내가 타이베이 일 집어치우마…… 이렇게 하면 되겠지?"

"내가 내일 시집가겠다는 말이 아니잖아. 오빤 그렇게 해서 일을 피해갈 수 있다고 보는 거야?"

"누가 피한다고?"

"오빠!"

"너도 모르지는 않잖아, 내가 일을 해야……"

"됐다!"

아버지가 큰소리로 말했다.

"됐어!"

아버지는 부르르 떨며 일어나시더니 두 손을 휘저으시며 말하셨다.

"싸우지 마라! 싸우지 말라고!"

4

이유도 없이 비전한테 한바탕 면박을 당하자, 내가 화가 나는 것은 말할 것도 없고, 후이메이도 참을 수 없어 붉으락푸르락했다. 이튿날 아내와 아들을 학교에 데려다줄 때에도 아내는 한 마디도 하지 않았다.

오전에 내가 사무실에서 손님과 중요한 전화를 하고 있는데, 비전이 또 전화를 걸어왔다. 나는 비서인 미스 왕에게 말했다.

"좀 기다리라고 해요, 일이 있으니까!"

미스 왕이 시키는 대로 전하더니, 다시 내게 말했다.

"동생 분이 중요한 일이라며 꼭 지금 받으시라는데요."

나는 할 수 없이 전화를 받았다. 비전이 냉랭한 말투로 말했다.

"아! 굉장히 바쁘시군요! 오빠 일은 진짜 중요하니까! 나더러 기다리라 하고! 흥!"

나는 상대하고 싶지 않아서 물었다.

"무슨 일인데?"

"나 일 없어, 내 일 같은 것으로 감히 오빠를 귀찮게 할 수나 있나! 엄마 일이야! 엄마가 집을 나가셨어! 아버지가 오빠더러 찾아보라셔, 잘 찾아보라고……."

비전은 '탁' 하고 전화를 끊어버렸다. 나는 비전이 분명 굉장히 통쾌해 할 것이라고 생각했다. 나를 화나게 했으니까. 그런데 나는? 나는 어쩔 수 없이 손님의 전화를 계속 받으면서 좋은 말로 사업에 대해 설명해 주었다.

회사 일을 다 처리하고서 나는 일일이 전화를 걸어 어머니를 찾기 시작했다.

어머니는 타이완 분이라 이런저런 친척들이 많으신 편이다. 이 점에 있어서는 아버지와 정반대인 셈이다. 아버지는 홀몸으로 타이완에 오셔서 친구 분들도 많지 않다.

두 분은 중매로 결혼을 하셨지만 이제껏 잘 지내오셨다. 어머니는 시원시원한 성격을 좀 죽이면서 매사에 아버지의 기분을 잘 맞춰드렸고, 그런대로 아버지와 사이좋게 지내오셨다. 그런데 이번에 홍콩에 가시는 일이 터지자, 여자 특유의 불타는 질투심을 건드린 탓인지 어머니도 이렇게 앞뒤 가리지 않고 길길이 날뛰시는 것 같았다.

물론 두 분이 결혼해서 30여 년을 살면서 작은 마찰도 있었다. 예를 들면, 어머니는 날이면 날마다 각지의 사당을 쫓아다니며 바이바이(拜拜)를 하셨지만, 아버지는 전혀 그러지 않으셨다. 성격도 아버지는 보수적인 데다 융통성이 없으셨고, 어머니는 오히려 상당히 쾌활하시고 활동적이셨다. 그래서 어머니는 언니나 친척들 집을 여기저기 다니시곤 했는데, 아버지는 이것도 못마땅해 하셨다. 후이메이는 걸핏하면 이렇게 말했다. 자기는 어머니가 더 좋다고. 일반적으로 말하자면 그럴 것이다. 활동적이고 잘 즐기는 노인을 모시는 것이, 취미 하나 없이 종일토록 무표정한 얼굴로 원망어린 노인을 모시는 것보다는 훨씬 나을 테니까.

모두 8번의 전화 통화를 하고서야, 비로소 신이루(信義路)의 여섯째 이모님 댁에 계시는 어머니를 찾았다.

"아예(阿業)야! 너 빨리 와봐라!"

여섯째 이모는 표준어를 모르셨고, 타이완 본토 말만 할 줄 아셨다.

"네 엄마가 지금 울고 있다!"

난 어머니께 전화를 받으시라고 했다. 아니나 다를까 어머니는 울며 하소연을 하셨다. 어머니는 코를 흥 풀더니 이렇게 말했다.

"날 뭐 하러 찾냐? 너희들, 그 여자를 엄마라고 부를 일이지, 날 뭐 하러 찾냐고?"

"엄마, 이모님 댁에 그대로 계세요. 제가 점심때 가서 집으로 모셔다 드릴 테니까요."

"난 집에 안 돌아간다!"

어머니가 큰소리를 내셨다.

내가 이모님 댁에 갔을 때, 응접실에는 이미 사람들로 한 가득이었다. 큰이모, 큰처남댁, 셋째 이종사촌누이…… 인사를 다 드리지 못할 정도였다.

그분들은 처음부터 내게 말할 여지를 아예 주지도 않고, 제각기 야단법석을 떨면서 어머니를 위한 방법들을 쏟아냈다. 결론지어 말하자면, 어머니를 집으로 돌아가게 해야 한다는 것이었다. 고생 고생해 가며 일으킨 집안을 뭣 때문에 포기하느냐는 것이었다. 이혼을 하려면 남자더러 떠나라고 해야지, 왜 여자가 집을 나가야 하냐고.

이 말을 듣고 있던 어머니가 오히려 아버지를 변호하며 말했다.

"그 사람도 이혼하겠다는 건 아니고, 가서 좀 돌아보고 온다는 거지."

"그래서야 되나, 그게 그렇게 쉬운 일인가? 가려면 아예 가버리고, 오려면 아예 와야지! 이봐, 정말로 첩이 되려고 그래?"

큰처남댁은 어머니를 대신해서 몹시 불만스러워했다.

"그러니…… 그걸 어떡하우? 그 사람은 꼭 가야겠다고 하고! 나는 안 된다고 하고! 그 사람은 가야겠다고, 벌써 수속까지 다 마쳤는데 말이야. 난 지금 정말로 걱정이 태산이야. 그이가 돌아오지 않을까 봐, 그게……"

어머니는 말씀하시다가 또 울기 시작하셨다.

여섯째 이모는 그래도 부부간의 화합을 중히 여기는 쪽이라, 마침내 어머니께 이런 의견을 냈다.

"여기서 며칠 더 머무시는 게 좋겠어요. 아무 말도 하시지 말고, 그쪽에서 어떻게 결정하는지 보고 나서 이야기하면 좋겠어요. 아예를 돌려보내서 좀 설득해 보라 하고!"

5

밤에 장모님 댁에 전화를 걸어 후이메이더러 타오웬에 가서 아버지께 다시 한 번 잘 말씀드려 보라고 했다.

"음!"

후이메이는 여전히 답답한 태도를 취했다.

"왜 그래? 당신!"

"아니야."

"정말로 아니야?"

"음!"

"뭔가 할 말이 있으면 바로 하든가, 벌써 목소리가 아니잖아! 당신!"

"아니라니까."

나는 분명 뭔가가 있다는 걸 눈치 챘다. 다만 성가신 일들이 이 걸로도 차고 넘치기에 그저 신경 쓰지 않고, 후이메이가 하는 대로 내버려 두었다.

내가 타오웬 집으로 갔을 때는 이미 8시가 다 된 시각이었다. 비전이 아버지를 모시고 식사를 하고 있었다. 식탁에 푸성귀 한 접시와 삭인 두부, 그리고 초절임 오이만 놓고서 둘은 마침 라면을 먹고 있었다.

"왜 밥을 안 드시고?"

내가 되는 대로 한 마디 불쑥 한 것이 또 비전의 원망을 샀다.

"엄마가 집에 안 계시는데 누가 밥을 해? 나도 매일 출근해야 하는데, 어디 짬이 나겠어?"

"넌 그저 말만 할 줄 알지, 할 줄 아는 게 아무것도 없구나. 말은 누구보다 많이 하는 게."

"어쨌든 오빠처럼 아무 일에도 신경 안 쓰는 것보다는 낫지!"

말을 마친 비전은 탁자 위의 그릇과 젓가락을 정리하여 주방으로 들어가더니, 다시는 나와 보지도 않았다.

아버지가 한숨을 쉬시더니 나를 달래면서 입을 열었다.

"저 녀석은 아직도 어린애 같구나!"

"뭐가 어리다고요."

기억하기로 이전에 비전은 내게 그래도 이렇게까지 적의를 품지는 않았다. 말하자면 최근 2년 사이에 이렇게 바뀐 것이다. 비전은 내가 부모님과 함께 살지 않는 것에 대해 정말로 원망을 품고 있었다. 하지만 이것도 어쩔 수 없는 일이었다!

"어머니는 여섯째 이모 댁에 계세요."

나는 아버지께 이렇게 말씀드렸다.

아버지는 고개를 끄덕였다.

"비전이 전화를 걸어 봤다더라."

"홍콩 일 말이에요……, 아버지, 정말로 가실 건가요? 꼭 가셔야 하나요?"

아버지는 나를 한참 바라보시더니 입을 열었다.

"꼭 가야 한다. ……나도 사람인데, 사람이라면 사람으로서의 품성이 있어야 하지 않겠냐. 반드시 가서 한 번은 만나봐야겠다."

사실 나는 아버지가 홍콩에 가시는 일에 그다지 반대하지 않는다. 연세도 높으신데, 정말로 간절히 원하시는 일이라면 마땅히 하시도록 해드려야 옳을 것이다.

"음……!"

나는 고개를 끄덕이면서 말했다.

"그럼 가시도록 하세요. 어머니 쪽은 제가 다시 가서 설득해 볼게요. 어쨌든 며칠이면 돌아오시잖아요, 그렇죠? 어머니도 아버지가 안 돌아오실까 봐…… 그걸 걱정하시는 거잖아요."

"내가 미치지 않고서야 돌아오지 않고, 설마 그곳에 가 있겠냐?"

"그쪽 사람은 벌써 홍콩에 와 있어요?"

"네 고모 집에 있단다. 어제야 전화 통화를 했다."

"아……"

"그래서 내 생각에는 최대한 빨리!"

"아…… 그 돈…… 며칠만요! 어머니 말씀도 옳아요. 아버지 발도 불편하시잖아요. 제 생각엔 제가 아버지를 모시고 가는 게 낫겠어요."

"아!"

아버지는 고개를 들어 나를 바라보셨다. 의외로 아버지는 무척 기뻐하시는 것 같았다.

"홍콩출입국증, 너도 있지?"

"사실은 지난달에 홍콩에 사업차 가려고 마련해 두었다가 안 갔잖아요. 요즘에는 홍콩출입국증을 늘 준비해 놓고 있어요. 닥쳐서 신청하면 한 달은 걸리니까, 기다릴 수 없잖아요."

"그러면…… 제일 좋지."

아버지는 재차 고개를 끄덕이시면서 말을 이었다.

"한 식구인데, 어쨌든 한 식구인데. 가서 만나면, 그게 제일 좋지."

6

아침에 나는 후이메이한테 이렇게 말했다. 동료한테 30만 위안만 빌려 보라고. 이자도 쳐 주겠다고. 나는 집을 마련할 돈을 모으느라 벌써 회사에서 융통할 대로 융통한 상태였다. 그래서 이번에는 하는 수 없이 후이메이한테 어떻게 해보라고 한 것이다.

사무실로 가자마자 여행사에 전화를 걸어 비행기 표를 예약한 뒤, 거래처 몇 군데에 들러 오며가며 일을 보았다. 점심때에는 여섯째 이모님 댁으로 달려가 어머니를 들여다보았다.

마침 여섯째 이모가 일이 있어 외출을 한 상태라, 어머니와 나만 남게 되자 얼른 이렇게 말씀드렸다.

"아버지를 그냥 가시게 하죠. 뭣 때문에 그렇게 걱정을 하세요?"

"난 불쾌하다!"

어머니가 말했다.

나는 웃으며 말했다.

"어머니가 뭘 또 기분 나쁘실 게 있다고? 혹시 그 양반들이 한 침대 쓰실까 봐 그래요? 나 참."

어머니도 나 때문에 피식 웃으시며 날 나무라셨다.

"너야말로 참."

"됐어요! 복잡하게 생각하시지 말고, 어머니가 타이베이에 계시려면 며칠 묵으세요. 그러면서 여섯째 이모랑 여기저기 즐겁게 놀러도 다니시고, 정말 좋겠네. 아버지가 가시겠다고 하면, 그냥 보내드리세요. 어쨌든 며칠 있으면 바로 돌아오실 텐데."

어머니는 내 말에 마음이 잠시 흔들린 듯 했지만, 말로는 여전히 역정을 내셨다.

"너 가서 아버지한테 말씀드려라! 나는 인정 안 했다고. 가려거든, 다시는 돌아와서 날 찾을 생각 하지 말라고."

밤에 좀 일찍 돌아와 쉬려고 했는데, 일본 손님이 왔다. 지난번에 내가 오사카에 갔을 때, 그쪽에서 지극정성으로 접대를 해주었기에, 하는 수 없이 완시러우(萬禧樓)에 가서 식사를 했다. 그런 뒤 리우탸오퉁(六條通)의 주점에 가서 새벽 한 시 반까지 술을 마시다 돌아왔다. 이후 일본 손님의 접대는 바로 샤오저우(小周)한테 알아서 하라고 넘겨버렸다.

집으로 돌아오니, 후이메이는 아직 안 자고 있었다. 소파에 웅크린 채 문을 열어 주려고 기다리고 있었다. 아마도 멀리서부터 술 냄새를 맡았는지 차가운 얼굴로 말했다.

"또 엄청 마셨구먼."

"일본 손님이 왔거든!"

"일본 손님이 오면 왜 꼭 술을 마셔야 하는데?"

여자와는 이런 말이 통하지 않기에 나는 샤워를 하러 갔다. 후이메이가 옷을 넣어 주더니, 화장실 변기 뚜껑 위에 앉아 아무 소리도 내지 않은 채 한참을 앉아 있었다.

"왜 자러 안 가?"

후이메이는 잠시 생각하더니 이렇게 말했다.

"당신한테 할 말이 있어."

나는 후이메이를 힐끗 보면서 그녀의 다음 말을 기다렸다.

"수표는 식탁 위에 놔두었어. 엄마한테 빌린 거야. 이제껏 친정집에 손 벌리는 거 싫어하는 건 당신도 알지? 오빠 새언니들이 그렇게 많아도……"

후이메이가 이렇게 말하는데, 내가 무슨 말을 하겠는가? 그저 아무 소리도 하지 않았다.

후이메이는 고개를 늘어뜨리고, 손가락을 위로 젖히기 시작했다. 이건 후이메이가 초조하고 심란할 때면 반드시 하는 소소한 동작이다. 아내는 한 글자 한 글자 또박또박 말을 이었다.

"엄마한테 이야기했어. 내일부터 난 엄마한테 가서 좀 있겠다고."

"왜?"

"난 기분 나빠!"

아내의 목소리가 갑자기 격앙되었다.

"난 정말로 기분 나쁘다고!"

후이메이는 나한테 이렇게 말한 적이 거의 없었다. 2년간 연애를 했고, 결혼한 지 4년이 되었다. 나는 후이메이의 성격을 너무나도 잘 안다. 무슨 일이든 참을 만하면 참는 아내는 지극히 온화한 여자라는 것을.

"당신, 뭐가 그리 불쾌한데?"

"당신, 아버님께 사실대로 이야기했어야죠. 집에 돈이 없는데도, 이자까지 걸머져 가면서 아버님께 돈을 드려야…… 이건 능력도 없으면서 허세를 부리는 거나 마찬가지예요."

"난 당신이 무슨 말을 하는 건지 모르겠네."

나는 몸의 물기를 닦고서 문고리를 비틀어 열고 나왔다. 후이메이 혼자서 욕실에 오래도록 앉아 있었다. 내가 침대에 들어가고서야 아내도 조용히 거실의 불을 끄고 베란다의 문을 잠근 뒤, 침실로 들어왔다.

"나 할 말 아직 안 끝났어."

아내는 손을 뻗어 침대 등을 밝혔다.

"일이 하나 생기면, 나는 오래도록 참지. 참을 수 없어도 그냥 그렇게 지내왔어. 당신 회사의 끝없는 접대, 일주일이면 닷새나 되는 접대를…… 난, 더 이상 참을 수 없어. 학교 안에 선생님들 가운데…… 이렇게 사는 사람은 아무도 없어……"

말을 마치더니 후이메이는 급기야 흑흑 흐느끼기 시작했다. 나도 화가 나서 큰소리로 대꾸했다.

"그럼 당신은 왜 교사한테 시집가지 않았어? 당신 하고 매일 함께 퇴근하면 좋잖아."

나는 몸을 위로 뻗어 등을 꺼버렸다. 어둠 속에서, 아내의 울음소리는 여전히 계속되었다. 물론 나도 알고 있다. 아내가 지금 가장 필요로 하는 것은 내가 아내를 위로하고 달래주는 것이라는 걸. 하지만 매일 같이 틀에 박힌 생활과 일에서 오는 스트레스를 받아내야 하는, 그런 나는 누가 달래주고 위로해 준단 말인가? 생각하다 보니 나는 더욱 화가 치밀어 올랐다.

7

사흘 뒤, 나는 아버지를 모시고 홍콩으로 날아갔다. 아무도 우리를 전송해 주지 않았다. 어머니는 여섯째 이모가 모시고서 타이난(臺南)에 있는 둘째 이모 댁에 다니러 가셨다. 후이메이는 아들을 데리고 정말로 친정집으로 돌아가 버렸다.

어제야 이발을 하신 아버지를 보고 있자니, 비록 지팡이는 짚고 계시지만 그래도 위아래로 쭉 빼입으셨다. 설 때 새로 맞춘 양장에 산뜻한 넥타이를 매시고 계시니, 아버지가 중풍을 맞은 이후로 이제껏 이렇게 정신 들어 보인 적이 없었던 것 같다. 아버지의 이런 모습과는 달리, 나는 오히려 맥이 쭉 빠지고 기운이 없어 보이는 게 금방이라도 쓰러져 잠이 들 것만 같았다. 어제 일본 손님을 접대한 것 말고도, 여러 가지 공무를 맡겨야 했고, 또 외화 결제에다 달러로 환전도 해야 했다. 비행장에 와서까지도 또 몇 가지 일이 생각나, 타이베이 사무실로 전화를 걸었다.

나는 출국할 때면 짐을 간단하게 꾸린다. 큰 손가방 하나에 양복 한 벌이면 되어 이제껏 탁송할 필요가 없었다. 그런데 아버지는 엄청나게 큰 가죽 가방을 들고 계셨다. 세관에서 검사할 때 열어보니, 안에는 온통 야채와 과일로 가득했다.

"모과, 바러(芭樂), 오이를 뭐하러 가지고 가시는데요?"

아버지는 오히려 당연하다는 듯 이렇게 말씀하셨다.

"매번 이랬다. 너희 고모는 이런 것만 가져오란다. 홍콩에는 없다고."

홍콩 시장에 채소와 과일이 없으리란 생각은 전혀 들지 않았다. 1시간 10분이라는 비행 시간은 타이베이에서 신주쿠까지 가는 것보다도 더 빠른 시간이다. 우리가 치더(啓德) 공항을 걸어 나오자 오후 3시를 약간 넘었다.

나는 아버지께 여쭈었다.

"누가 마중 나오시나요?"

"모두 나올 게다!"

입국장 바깥쪽에는 사람들로 가득했다. 아버지는 조금 떠시는 것 같더니, 입으로 뭐라 중얼거리셨다.

"온 거야? 온 거야, 안 온 거야?"

"왔어요!"

나는 우리를 향해 곧장 손을 흔드시는 고모부와 고모를 가리키며 말했다. 고모부는 전에 비해 더 마르셔서 마치 사람이 점점 쪼그라드는 것 같은 착각을 일으키게 했다. 거기에 비해 고모는 한 2년 못 본 사이에 살이 더 쪘다. 고모는 얼굴이 땀투성이가 된 채로 작은 손수건을 힘차게 흔들며 아버지를 불러댔다.

"큰오빠! 큰오빠! 여기예요."

고모 곁에 꼭 붙어 있던 중년 여자는 단발머리를 파마하긴 했지만, 입고 있는 것만 봐도 일반 홍콩 사람과는 다른 티가 났다. 꽤나 낡은 구식 양장 상의에 회청색의 긴 바지를 입고 있었다. 그 여자가 한 노부인을 부축하고 있었다. 노부인은 둥글고 평평하게 빗어올린 머리에 아직도 전족을 하고 있었으며, 흑회색의 블라우스를 입고 있었다. 나이로 볼 때 이 노부인이 분명 큰어머니일 것이고, 중년의 여자는 큰누님 슈전(秀珍)일 것이다. 그런데 순간 나는 이 사실을 받아들이기가 참으로 쉽지 않았다. 내 어머니는 곧 예순이 되시는데, 얼핏 마흔 살 남짓 된 슈전 누님과 비슷해 보였기 때문이다. 또 예순 정도밖에 되지 않는다고 전해 들었던 큰어머니는 우리 어머니와 비교해 볼 때 열 살 아니면 스무 살 정도는 더 나이 든 진짜 노인네 같은 모습이었다.

아버지는 모녀 둘을 보더니, 조금은 흥분되고, 조금은 멋쩍은 듯했다. 동시에 아버지 역시 내가 느낀 것처럼 모녀 둘의 부쩍 늙어버린 모습에 속으로 무척 놀라고 마음 아파하신다는 걸 나는 분명히 느낄 수 있었다. 나는 내내 아버지를 도와 큰 짐을 밀었고, 아버지는 짐짓 순간의 어색함을 감추려고 여기저기서 자기 짐을 찾으셨다.

"내가 하마! 내가 해!"

고모부가 얼른 내 손의 카트를 건네받았다.

고모부가 몰고 온 푸조 차에 올라탈 때까지, 아버지와 큰어머니는 한 마디 말씀도 나누지 않으셨다. 심지어 두 분은 일부러 서로의 눈빛을 피하는 것도 같았다. 거기에 비하면 오히려 큰누님 슈전은 성격이 활달하고 명랑해서, 말마다 아버지를 '아빠'라고 불렀고, 나한테도 '동생'이라고 불렀다.

고모부, 고모, 큰어머니, 그리고 큰누님이 한 차에 탔다. 나는 고모부 조카인 다우(大武)가 빌려온 차에 탔다. 나는 그에게 고모의, 고등학교에 다니는 큰 딸과 초등학교에 다니는 작은 아들의 안부를 물었다.

"쥔(娟)과 둥둥(冬冬)은요?"

"학교에 갔지!"

"쥔은 대학시험을 봐야 하죠?"

"그럼! 쥔은 그래도 괜찮아. 둥둥 그 녀석은 정말이지 큰일이야. 홍콩 아이들은…… 왜 그 모양인지? 사고 싶은 건 뭐든 꼭 사야 하고, 머릿속엔 온통 노는 것밖에 없어. 대륙의 아이들은 어디 그런가요? 같은 나이라도 일찌감치 밭으로 나가서……"

다우는 고모부 큰형님의 아들로 나보다 두 살 위다. 몇 년 전에 부인과 두 딸을 데리고 베이징을 나왔고, 이후론 줄곧 황금 선물(先物) 매매 일을 하는 고모부의 사무실 일을 도왔다고 한다. 듣자니 일을 아주 잘해서 이삼 년 만에 일가족이 고모부네서 이사해 나왔고, 고모부의 출자(出資)로 건물도 사게 되었다고 한다. 홍콩은 이렇게 친척들을 데려오는 게 비일비재한 일이었다.

오는 내내 우리는 고모부의 사업과 1997년(홍콩 반환의 해)에 대해 이야기를 나누었다. 나는 그에게 어떻게 집을 살 결심을 하게 되었냐고 물었다.

그는 어깨를 으쓱이며 어쩔 수 없었다는 얼굴로 대답했다.

"그때는 집값이 곤두박질칠 때였지. 뭔가 저질러 놓고 보자는 생각이 문득 들더라고. 뭐 복잡하게 생각할 게 뭐 있나? 모든 걸 1997년에 맞추어 남은 십여 년 동안 어른이고 아이고 멍하니 지낼 수야 없잖아."

"생각이 트였었네요."

"내가 생각이 트인 게 아니야. 지금 홍콩 사람들은 대부분 비슷해. 돈 있는 사람들은 도망갈 궁리만 하지. 캐나다로, 미국으로, 오스트레일리아로…… 돈 없는 사람들이나 그저 하루하루를 살아가는 거야."

"고모부네는 어떻게 할 거래요?"

"췐이 만약 대학에 못 들어가면 바로 캐나다로 가려나 봐."

나는 고모부네 친척이 캐나다에서 식당을 하고 있다는 말을 들은 적이 있다.

"형네는요?"

"천천히 생각하지, 뭐."

그는 씁쓸한 웃음을 지었다.

"방법을 생각해야지! 어렵사리 도망쳐 나왔는데. 어쨌든 여기서 또 공산당을 기다릴 순 없잖아."

고모네가 베이쟈오(北角)에 산 지 어느덧 십여 년이 되었다. 그곳은 20여 층 높이의 꼭대기 층으로, 건물 지하에는 술집이 있었다. 홍콩으로 치자면 그곳은 뭐 그다지 좋은 구역은 아니었다. 집도 작은 편이었는데, 가늠해 보건대 고작해야 30여 평 정도이리라. 고모부가 직접 사업을 하니 우리 아버지보다는 돈이 있으신 편이었다. 그러나 이렇게 사는 걸 보면, 고모네의 절약하는 생활을 훤히 엿볼 수 있었다.

우리 차가 먼저 도착했다. 사촌형 다우는 차에서 짐 내리는 걸 도와준 뒤 빌딩 어귀에 서서 아버지 일행을 기다렸다. 얼마 지나지 않아 고모부네 차가 도착했다. 나는 아버지께 문을 열어 드렸다. 아버지 두 눈자위가 약간 붉어졌고, 눈물이 맺혀 있었다. 아버지와 나란히 앉은 큰어머니는 손수건으로 입을 막은 채 울고 계셨다. 슈전 누님은 말할 나위도 없었고, 앞좌석에 앉은 고모님도 울고 계셨다.

8

밤에 고모부와 고모가 퉁뤄완(銅鑼灣)의 퉁칭러우(同慶樓)에서 식사 초대를 하셨다. 중국 식당은 전 세계적으로 관리를 잘하는 식당과 관리를 잘 못하는 식당, 이 두 종류로 나뉘는 것 같다. 관리를 잘하는 식당은 비율적으로 상당히 소수였고, 주로 관광객이나 외국인을 상대로 장사를 하고 있었다. 반면 절대 다수의 중국 식당은 낡고 지저분했으며, 기름에 온통 절어 있는 데다, 흠집 난 그릇으로 가게의 전통을 대표하곤 했다.

이 퉁칭러우도 그 정도는 아니었지만 좁다란 계단을 밟고서 2층으로 올라가는데, 양쪽 벽에는 붉은 비로드에 금색으로 덧쓴 벽지가 붙어 있었다. 하나같이 상당히 더럽고 후줄근했는데, 여러 군데를 기운 데다 심지어 모퉁이가 떨어져 나간 것도 있었다. 게다가 발 아래로 밟히는 붉은 양탄자는 일찌감치 아예 보풀조차 닳아 없어진 지 오래였으며, 시커멓게 얼룩이 져 있고 곳곳에 구멍이 나 있었다. 홍콩에 대한 나의 느낌은, 마치 이 식당에 대한 인상처럼 대단히 좋지 않았다.

고모부는 그런데도 계속해서 칭찬을 늘어 놓으셨다.

"여기가 음식 맛이 좋아요. 겉보기는 그래도 음식 맛이 좋다니까요. 음식 맛 좋기로는 이런 곳이 좋고, 겉보기가 그럴 듯한 곳은 맛이 형편없어요."

아버지는 그 말이 옳다는 듯 고개를 끄덕이셨다.

"누가 겉모습으로 먹나요? 음식 맛이 좋아야 실속 있지."

아버지는 자연스레 큰어머니, 큰누님과 앉았고, 나는 마침 큰어머니, 큰누님 맞은편에 앉았다. 그들은 쉴 새 없이 옛날이야기를 하고 술을 권했다. 나는 큰어머니와 큰누님을 똑똑히 볼 수 있었다. 두 여자는 사실 전혀 닮지 않았다. 큰누님은 아버지를 쏙 빼닮아, 북방 사람 특유의 쟁반 같이 둥근 얼굴에 약간 세모진 눈, 얇은 입술을 갖고 있어 결코 예쁘지는 않았지만, 정갈하고 영리해 보였다.

큰누님은 문화대혁명 기간에 하방(하방 운동, 중국에서 당원이나 공무원의 관료화를 방지하기 위하여 일정한 기간 동안 이들을 농촌이나 공장에 보내서 노동에 종사하게 한 운동)을 당해 시골로 가서 적잖이 고생한 이야기를 해주었다. 누님의 행색으로 보아 정말이지 충분히 고생한 사람 같았다. 큰어머니는 북방 여자이긴 하지만 얼굴이 갸름한 편이고, 코도 오똑했다. 그중에서도 가장 흥미로웠던 점은 큰어머니와 우리 어머니가 약간 닮은 부분이 있다는 점이었다. 이를테면 눈썹이나 눈 모두 대단히 가늘고 길었다.

듣자 하니 아버지와 큰어머니도 부모님이 시키는 대로 중매결혼을 했다는데, 결혼한 뒤 얼마 지나지 않아 아버지가 남방으로 갔다는 것이다. 그러다가 전란 후로는 소식 한 자 없었다는 것이다. 어머니 말씀대로라면 이들 사이에는 감정 따위는 없을 터인데, 지금 보니 당시야 어쨌든 간에 40년이 흐른 뒤에도 골육의 사무친 정은 하늘이 내린 것이라, 부부 간의 감정 또한 좋으네 나쁘네 한마디로 단정할 수는 없는 것이었다.

큰어머니는 내내 말씀이 거의 없으셨다. 그저 고개를 끄덕이며 사람들의 말에 찬성을 표시했고, 누가 술을 권하면 잔을 들어 술을 한 모금 마셨다. 한번은 아버지가 큰어머니한테 생선 한 젓가락을 집어주자, 얼굴이 온통 붉어지셨다. 연세가 높으신 분이 얼굴을 붉히자 보는 이의 마음이 찡했다.

고모도 이를 보시고는 이내 웃으시며 말했다.

"언니 시집 왔을 때, 매번 식사를 할 때마다 나한테만 음식을 집어 줬었지. 자기는 먹는 것조차 부끄러워하면서! 그때 큰오빠는 도시에 있으면서 거의 집에 오질 않았어."

큰어머니가 더욱 어색한 웃음을 띤 채 고개를 가로저으며 아무 일도 아니라는 듯 말했다.

"지나간 일이지요! 먼 옛날 일!"

나는 큰어머니에게도 젊은 시절이 있었다는 사실을 도무지 상상할 수 없었다. 세월은 참으로 잔인하고, 피할 수도 없는 것인가 보다.

"동생도 고모부처럼 사업을 하는가?"

슈전 누님이 말마다 동생이라고 부르는데 다정하기 그지없었다. 그런데도 나는 시종 큰누님이라고 부르지도 못한 채, 그저 미소를 지으며 고개를 끄덕일 뿐이었다.

"네."

"사업에는 우린 문외한이야," 누님이 이어서 말했다.

"매형은 의사고, 나는 공장에서 일해. 언제쯤 돌아오면 같이 놀자고!"

누님의 베이징 말투는 투박하여 영 적응이 안 되었다. 하지만 큰누님이 진심으로 성의껏 하시는 말씀이란 걸 알 수 있었다.

"놀러 가기는 좀 그렇죠."

나는 말했다.

"그런가!"

슈전 누님이 한숨을 내쉬며, "사실, 뭐 재미있는 놀거리도 없어. 생활이야, 이곳하곤 비교가 안 되지! 타이완 쪽은 듣자 하니 홍콩하고 비슷하다던데."

"그렇지도 않아요."

내가 말했다.

고모부가 말을 받아서 고개를 끄덕이며 말했다.

"홍콩보다 낫지. 지금 홍콩은 갈수록 엉망이라니깐."

"아!"

슈전 큰누님은 이해가 된다는 듯 말했다.

"홍콩은 먹을거리도 풍족하고, 입을거리도 좋지. 새로운 디자인도 정말 많고…… 다만 좀 북적거리기는 해!"

이제껏 말씀이 없으시던 큰어머니가 슈전 누님이 나한테 돌아가 놀자는 말을 할 때에는, 다급해진 마음에 한참 동안이나 감정을 다독이시는 게 훤히 들여다보였다. 결국엔 정말로 조급한 나머지 딸의 팔을 잡아당기며, 작은 소리로 귓속말을 하셨다.

슈전 누님은 다 듣고 나더니 오히려 웃으면서 자기 엄마를 밀치며 이렇게 말했다.

"그런 일 없어요! 신경 쓰지 마세요! 엄만 그저 음식이나 많이 드세요."

고모가 누님께 물었다.

"슈전, 무슨 일이니?"

슈전 누님은 또 웃으며, "엄마 말씀이, 직장 기관을 떠나올 때 친척을 만나면 이쪽이 얼마나 좋은지 잘 말해서 함께 돌아와 살자고 권하도록 하랬대요. 모두들 이렇게 이야기하지만 누가 신경이나 쓰겠어요?"

큰어머니는 한쪽에서 손을 내저으시더니 아버지를 바라보고서 입을 여셨다.

"돌아가선 안 돼! 돌아가선 안 돼!"

슈전 누님은 또 웃으며 말했다.

"엄마, 누가 그렇게 바보인가! 더 말해 뭐 하겠수. 나는 그저 놀러 와도 좋다는 말이지, 살 수 있다고 한 말은 아니에요!"

9

저녁에 우리 모두는 고모님 댁에서 묵었다. 원래 고모 댁에는 작은 손님방이 있어서 큰어머니와 큰누님이 오신 뒤에는 여기에 묵었다. 그런데 지금 나와 아버지까지 합세하니 큰누님은 쥔 사촌누이한테 가서 자겠다고 하시며, 아버지와 자기 어머니더러 함께 주무시라고 했다. 큰어머니는 거푸 싫다고 하셨다.

"그게 어디 될 말이니? 어떻게?"

고모가 말씀하셨다.

"딸이 이렇게 자랐는데, 안 될 게 뭐가 있어요?"

아버지는 한쪽에 앉아 고모부와 이야기를 나누면서 못 들은 척하셨다.

결국엔 반 강제로 떠밀려 아버지와 큰어머니는 한 방에 들어가셨다. 큰누님은 쉔 사촌누이한테 가서 자겠다고 했다. 고모님은 1인 침대를 쓰던 둥둥더러 나에게 방을 내주라고 했다. 하지만 나는 굳이 싫다고 하고 거실에 자리를 깔려고 했다.

고모네 손님방 문은 거실을 향해 있었다. 방 안은 밤새도록 불이 꺼지지 않았다. 아버지가 비행기에서 내린 이후로 두 분은 줄곧 진지한 대화를 나누시지 못했다. 이제 사람들이 흩어지고 나니 도란도란 쉴 새 없이 이야기를 나누기 시작하셨다.

밤이 깊어 12시가 넘자 나는 타이베이로 전화를 걸었다. 집에는 여전히 사람이 없었다. 다시 장모님 댁으로 전화를 걸었다. 후이메이는 마침 깨어 있었다. 나는 아내에게 물었다.

"뭐 하고 있어?"

"아무것도 안 해!"

"애는 자고?"

"잠들었어."

하나같이 쓸데없는 말들이었다. 하지만 통화를 마치고 나니, 마음 저 깊은 곳에서는 안심이 되었던지 금세 잠이 들었다.

10

아침에 고모님이 가장 먼저 자리에서 일어나셨다. 내가 깨어 있는 것을 보시더니 나한테 와서 눈을 끔적거리며 말씀하셨다.

"두 양반 밤새 이야기하셨지, 그지?"

나는 웃음을 머금은 채 하품을 하고서 일어나 앉았다.

"넌 좀 더 자라. 아직 이르잖니!"

"안 자도 돼요!"

남의 집 거실에서 자는데 어떻게 더 잘 수 있겠는가?

고모님은 아침식사를 준비하시면서 면을 먹자고 하셨다. 마침 어제 식당에서 가져온 남은 음식에다 국수를 삶으셨다. 큰어머니는 소리를 들으셨는지 가지런히 챙겨 입으시고 나와 거드셨다. 내가 보기에 큰어머니는 내내 머리카락을 만지시는 게 몹시 겸연쩍은 모양이었다.

쉔과 둥둥이 서둘러 학교에 가면서 길에서 아침을 사 먹겠다고 했다. 고모부는 일어나자마자 신문을 보셨다. 아버지도 할 수 없이 고모부 맞은편에 앉으셔서 홍콩 신문을 보셨다. 거실의 텔레비전은 누가 켰는지 모르겠지만, 이른 아침부터 무슨 프로그램인지 웅웅꽈꽈 광둥(廣東) 말을 해대는데, 안 들을 수도 없고 해서 그저 말없이 텔레비전을 보고 있었다.

면이 다 되었다. 슈전 누님이 내게 면을 갖다 주면서 물었다.

"동생은 오늘 어디로 놀러갈 건데?"

"아!"

나는 말했다. "친구 좀 만나려고요, 누님은요?"

"모르지 뭐! 온 지 이틀째인데, 고모님이 아버지 오시면 함께 놀러 가자고 했거든."

"고모부 차가 있으시니, 마침……"

이 말을 들은 고모부가 입을 열었다.

"난 사무실에 가봐야 하는데. 네 고모가 모실 테고, 좀 있다가 다우가 차를 가지고 올게다."

면을 먹을 때가 돼서야 나는 큰누님이 오늘 작은 꽃무늬 긴소매 셔츠를 입은 걸 알아차렸다. 사람이 어제처럼 그렇게 늙어 보이지 않았다. 누님도 내가 보고 있는 걸 아시고는 웃으며 말했다.

"고모님이 주신 거야. 너무 알록달록하지. 입기가 좀 그러네."

"아주 보기 좋아요."

내가 말했다. 아버지도 거드셨다.

"보기 좋다! 좀 있다 두어 벌 더 사서 가져가거라."

아침식사를 마치고 나자 다우 사촌형이 와서 모두들 집을 나섰다. 막 출발하려던 참에 아버지가 사람들 눈을 피해 내게 말했다.

"네 어머니한테 전화 좀 해라, 걱정 마시라고. 휴! 밤새 한숨도 못 잤다. 습관이 안 돼서! 그렇게 오랜 세월 동안 못 봤던 사람이니, 적응이 안 되는 것도……"

아버지가 하시는 뒷부분 말씀은 마치 내게 무슨 설명이라도 덧붙이시려는 것 같았다.

아버지 일행이 가신 뒤 나는 타오웬과 타이베이의 여섯째 이모댁으로 전화를 걸어 보았다. 아무도 전화를 받지 않았다. 아마 친구랑 약속을 하고서, 바다 건너 리징(麗晶)에 가서 커피도 마시고 이야기라도 나누는 모양이었다.

나는 대충 저녁을 해결하고서야 고모님 댁 쪽으로 갔다. 아침에 나는 친구와 홍콩 시장의 가능성에 대해 사업 이야기를 나누었다. 낮에는 친구가 다른 일이 있어 그만 헤어졌고, 오후에는 나 혼자서 거리를 구경하면서 후이메이한테 줄 양장 한 벌과 아들에게 줄 일본제 병사 장난감, 그리고 내가 입을 바지도 하나 샀다. 그런 뒤 유태인이 경영하는 서양식 레스토랑에서 스테이크를 사 먹었는데 그런대로 괜찮았다.

내 하루의 활동 반경은 이곳 지우룽(九龍) 쪽 내에 있었다. 저녁에는 홍콩으로 가는데 지하철을 타고 싶지 않아, 배를 타고서 바다를 건넜다. 지하철이 상당히 편리하긴 하지만 나는 차라리 배를 타고 싶었다. 마치 홍콩에 와서 배를 타보지 못하면 참으로 유감스런 일일 것만 같았기 때문이다. 나는 그렇게 큰 배의 위층 객실에서 홍콩의 밤바다를 보는 게 좋았다. 양쪽 언덕에는 점점이 등불이 밝혀져 있었는데, 그게 실제의 홍콩 모습보다 훨씬 낭만적이고 아름다워 보였기 때문이다.

고모님 댁으로 돌아와 문에 들어서자마자 나는 깜짝 놀랐다. 온 집 안에는 방금 사 가지고 돌아온 포장된 물건들이 산더미를 이루고 있었다. 아버지와 큰어머니, 큰누님, 또 고모님과 고모부 모두가 나서서 물건을 하나씩 뜯어서 가지런히 정리를 하고 계셨다.

큰어머니가 계속 말씀하셨다.

"봉투 버리지 마세요! 버리면 안 돼요!"

큰어머니는 시장에서 과일을 담은 비닐봉지조차도 큰누님한테 잘 정리해서 모아 놓으라고 하셨다. 베이징에 가지고 돌아가서 이웃들에게 나눠주면 모두들 좋아할 거라고 하셨다.

구입한 물건 속에는 별 게 다 있었다. 먹을거리, 의류, 일용품 등. 큰누님은 옷을 한 벌 한 벌 잘 개켜 놓고, 사탕과 비스킷도 가장 작은 부피로 싸 놓았다. 일용품 가운데에는 사진기와 녹음기도 있었고, 라이터와 드라이기, 선풍기……

"가져가도 괜찮을까요?"

내가 말했다. 아버지가 서둘러 손을 내저으시면서 말했다.

"괜찮고말고! 괜찮아!"

고모님이 일어나시더니 자기 지갑을 찾아 영수증을 큰누님한테 건네주며 말했다.

"잘 간수해라, 잊어버리지 말고."

내가 다가가 들여다보자 고모님이 말씀하셨다.

"새로 산 세탁기와 냉장고다. 베이징에서 인도받을 수 있다는구나."

갑자기 공산당이 입만 열면 현대화를 하겠다고 했던 말이 생각났다. 큰어머니는 이렇게 바로 현대화가 되실 것 같았다. 나는 아버지께 다른 것도 말씀드렸다.

"텔레비전은 안 사세요?"

고모부가 서둘러 말했다.

"샀지! 네 아버지가 작년에 샀단다. 내가 사람을 찾아 인편에 보냈지."

내가 아버지를 쳐다보니, 아버지는 마침 웃으시면서 녹음기를 만지작거리다가 큰누님한테 입을 열었다.

"전지를 잊어버렸구나. 내일 사서 끼워야겠다."

이것이 바로 아버지가 내게 빌린 30만 위안의 사용처였다. 아버지는 오로지 큰어머니와 큰누님한테 이렇게 해서라도 3, 40년

간 당한 고통을 보상해 주시려는 듯했다. 물론 어떻게든 보상이 안 된다는 사실을 그 누가 모르겠냐만, 그래도 아버지는 최선을 다하시는 것이었다.

11

이틀째, 사흘째, 또 나흘째, 그들의 프로그램은 거의 비슷했다. 물건을 사고, 양식 식사와 해산물 요리, 중국 요리를 먹었으며, 해양 공원을 구경하고 배를 탔고, 경마도 하시고, 첸수이만(淺水灣)도 구경했다. 들어 보니 경마에서 돈을 잃었는데, 큰어머니는 내내 잃어버린 돈이 두 달치 생활비라고 아쉬워했다고 한다.

"네 큰어머니는 통이 적다!"

고모가 등 뒤에서 내내 이렇게 말했다.

"처음 나오면 다들 이렇게 촌스럽다. 할 수 없지, 뭐."

나는 혼자서 여기저기 구경을 다녔다. 홍콩이란 곳은 타이베이보다 가볼 만한 곳이 별로 없었다. 2, 3일이면 대충 돌아볼 수 있어서 남는 시간에는 하는 수 없이 시간이 흐르는 대로 그냥 보냈다. 타이베이에 있을 때에는 너무 바빠서 매일같이 일도 다 마치지 못했다. 이렇게 사는 자신이 일하는 기계 같다면서, 자신이 생존을 위해 살아가는 것인가 자문해 보기도 했다. 그런데 사람이 한순간에 여유를 갖게 되자 그것 또한 당혹스러워 어찌할 바를 모르기는 마찬가지였다.

닷새째 되는 날, 아버지는 일찍 나를 불렀다. 기념으로 큰어머니와 사진을 찍으러 가자고 하셨다. 나도 별일이 없어서 그러자고 했다. 일요일은 쥔과 둥둥도 학교에 가지 않는 날이라 고모는 다함께 가자고 하셨다. 쥔은 그다지 좋아하는 기색이 아니었다. 입을 삐죽이 내밀고서 입을 열었다.

"친구랑 영화 보러 가기로 약속했는데."

"영화는 다음 주에 다시 보면 안 되겠니? 삼촌이랑 외숙모도 곧 오실거야."

"영화도 마지막 날이란 말이에요!"

둥둥 역시 즐거운 것 같지 않았다. 사실은 스케이트를 타러 가겠다고 말할 참이었던 것이다.

그래도 결국엔 모두들 함께 가기로 했다. 사촌형인 다우 가족까지 함께 하니, 어른에다 아이까지 모두 12명이 줄을 서서 사진을 찍게 되었다.

"확대해 주세요."

아버지가 말씀하셨다.

"한 장 가지고 돌아가서 붙여 놓아야겠다."

나는 아버지가 참 어리석다고 생각했다. 어머니가 사진을 걸지 못하게 할 것이 뻔하고, 어쩌면 사진틀을 깨부수고 사진도 찢어 버릴지 모를 일이었다.

낮이 되어 자연스레 식사를 하게 되었다. 큰어머니는 계속해서 더는 못 먹겠다고 하시면서 벌써 탈이 났다고 하셨다. 아버지도 경미한 위통이 있다고 하셨다. 그런데도 고모부는, 식사를 사겠다고 한 왕 선생은 자기 사업상의 오랜 친구인 데다, 대단히 신중하게 고려해서 전바오(珍寶) 해산물 빌딩으로 자리를 잡았다며 기어이 가야 한다고 말했다. 그곳은 내가 이전에 몇 차례 왔을 때 가본 곳으로, 차로도 30분 이상을 가야 하는 길이었다. 굽이굽이 길을 돌아 산굽이 해변가에 이르니 큰 배가 바로 해산물 빌딩이었다. 배 위에 건물이 들어서 있는데 이는 관광용의 홍콩 해산물 빌딩이었다.

"정말 멋지구나. 시야가 탁 트이는데."

슈전 누님이 줄곧 감탄사를 연발했다. 손님을 초대한 왕 선생 부부도 꽤나 체면이 서는 것 같았다. 그런데 큰어머니는 오히려 이렇게 말씀하셨다.

"이렇게 매일 먹어대니! 너무 낭비다! 좋은 게 아니라고!"

고모님이 권하듯 대꾸했다.

"먹을 수 있을 때 좀 더 먹어두는 거죠. 돌아가시면 먹을 수도 없잖아요."

쥔과 둥둥도 별로인지 시큰둥했다. 둥둥은 세 차례나 이렇게 말했다.

"여기 음식은 금세 느끼해지는데."

내 옆에 쥔이 앉아 있었다. 다른 사람들끼리 서로 이야기를 나누고 있어 끼어들기도 뭐해서 나는 쥔과 이야기를 나누었다.

"공부하느라 많이 바쁘지?"

"많이 바쁘죠!"

쥔은 입을 열자마자 광둥어로 아주 유창하게 말했는데, 대신 중국어 표준어는 오히려 좀 서툴렀다.

"금방 대학 시험 치러야지?"

"합격할지 어떨지도 모르겠어요."

"타이완에 와서 대학 다닐 생각은 안 해봤니?"

쥔은 고개를 가로저었다.

"대학에 합격 못하면 전 바로 캐나다로 갈 거예요."

"요즘 홍콩 사람 가운데 상당수가 캐나다로 건너간다며?"

"음! 제 친구도 가려고 하는데, 요즘 그쪽에 중국인들이 갈수록 많아진대요."

"언제 타이완 한번 놀러 오렴!"

"좋아요! 제 친구도 갔다 왔는데 이것저것 재미있는 게 많다고 하던데요. 홍콩보다 문화도 있고, 공부하는 분위기도 홍콩보다 낫다고요. 그런데 애석하게도……"

"뭐가 애석한데?"

"똑같은 중국인인 게 좀 아쉽고, 그런데도 서로 다른 게 아쉽대요."

나는 쥔의 말뜻을 이해했다. 사실 똑같은 중국 사람인데도 이미 서로 다르지 않은가.

"요즘 홍콩 사람들은 정말 불쌍해요!"

쥔이 말했다.

"우리 친구들도 맨날 이야기해요. 영국 사람도 아니고, 공산당이 되기도 싫고, 그렇다고 타이완도 우리 땅이 아니잖아요…… 어디에도 우리 땅은 없어요."

"캐나다는?"

"모르겠어요! 어쨌든 우선 가고 보는 거죠. 1997년 이후에도 여기 눌러 있을 수는 없잖아요? 갈 수만 있다면 모두들 떠나니까요!"

커다란 원탁에 14명의 중국인이 앉아 있었다. 홍콩에서 나고 자란 홍콩 사람은 왕 선생 부부뿐이었다. 1949년부터 홍콩에서 생활을 꾸려온 고모와 고모부, 새로운 세대인 쉔과 둥둥 조카, 그리고 대륙에서 죽기 살기로 도망쳐 나온 사촌형 다우네 일가, 그들 모두는 지금 홍콩 사람인 셈이라 당장 홍콩 문제에 직면해 있었다. 그들 말고도 이제껏 대륙에서 고생하느라 생기라곤 찾아볼 수 없는 늙은 큰어머니와 슈전 누님이 있으며, 1949년 이후 타이완으로 건너가신 아버지와 타이완에서 나고 자란 내가 있다. 우린 모두가 중국 사람이지만 각자가 몹시 다른 미래를 마주하고 있다.

12

오후에 슈전 누님이 고모를 따라 머리를 파마하러 갔다. 나는 아버지를 따라 큰어머니를 모시고 먹을거리를 또 사러 갔다. 가지고 돌아가서 친척이나 친구들, 그리고 주변 이웃들에게 나눠줄 것이었다.

"우리가 홍콩에 와서 타이완 친척을 만나는 줄 알고 모두들 얼마나 부러워하는지! 사탕 같은 걸 좀 사야겠어! 땅콩도! 돌아가서 나눠 먹게."

아버지는 평소 타이완에 계실 때에는 어머니를 모시고 물건 사러 가는 것을 제일 싫어하셨다. 절약하시는 편이기도 하고, 비싼 걸 사느라 돈 쓰는 걸 아까워하셨기 때문이다. 그런데 이번 홍콩에서는 매일같이 물건을 사고, 쉴 새 없이 지폐가 나가는데도 눈썹 하나 찌푸리지 않으셨다.

저녁에는 고모부가 모두를 위해 송별연을 베푸셨다. 중환(中環)의 상하이(上海) 회관에서 치러졌는데, 비교적 깨끗하고 정갈한 곳이었다. 다만 요 며칠 계속 먹기만 했더니 모두들 소화가 안 되는지 그저 대충 젓가락질만 했다.

돌아오는 차 안에서 나는 슈전 누님과 나란히 앉게 되었다. 누님이 내게 물었다.

"내 머리 파마해 놓으니까 어떠니?"

"아주 좋아요!"

사실 난 잘 볼 줄도 몰랐다. 그저 좀 짧아지고, 좀 곱슬곱슬해 보였다.

"이상해, 너무 곱슬거리는 것 같아."

누님은 손으로 머리끝을 만져 보았다.

"그렇지 않아요."

"정말? 아! 아닌 것 같은데."

누님은 그래도 상당히 마음이 놓이는지 더 이상 머리카락을 만지작거리지 않았다. 그러더니 이내 자동 열기 버튼을 눌러 창문을 반쯤 열었다.

"가을이네! 북쪽에는 금세 눈이 오겠는걸."

나는 그제야 생각이 나서 물었다.
"두터운 옷도 사셨어요?"
"샀어. 아버지가 오리털 파카 세 벌을 사 주셨는데 정말 따뜻해. 베이징에서는 곧장 그런 걸 입어야 버틸 수 있거든…… 한 벌은 매형거구."
"조카와 조카딸 것은 안 샀어요?"
그건 중학교에 다니는 누님의 두 아이를 가리키는 것이었다.
누님은 웃으시며 몹시 기쁜 내색을 비추며 내 팔을 쳤다.
"용케 아이들을 기억하고 있네. 샀지! 아이들은 그렇게 따뜻한 옷은 별로여서 좀 두터운 재킷으로 했어."
운전을 하던 사촌 형 다우도 고개를 돌려 말했다.
"큰아버지께서 이번에 큰돈을 쓰셨네."
"뭘요."
나는 예의상 그렇게 대답했다.
"음!"
슈전 누님은 고개를 한쪽으로 틀면서 조금은 안타깝다는 듯이 말했다.
"아버지가 꼭 물건을 사서 가지고 가라고 하시네. 나도 싫다고 말씀 드리는 게 좀 뭐하고! 살 때마다 충분하다고 하는데도! 정말 됐거든! 그런데 아버지는 도통 듣질 않으시네! 동생, 타이완 생활은 살 만하지?"
"그런대로요!"
"틀림없이 잘 살 거야."

나는 누님을 안심시키려고 이렇게 말했다.

"이 정도 물건 살 돈이야 있어요."

"그렇다면 다행이고. 엄마도 아버지더러 돈을 막 쓰지 말라고 하시는데, 또 아버지가 불쾌해 하실까 봐. 아버지는 어쨌든 우리한테 좀 미안해 하시거든. 사실 어떻게 아버지 탓을 할 수 있겠어? 동생이 아버지께 말씀 좀 드려 봐."

"제가 아버지께 말씀 드려볼게요."

누님은 고개를 끄덕이더니 문득 손에 끼고 있던 반지 두 개를 빼내 나한테 주었다.

"돈은 안 되지만 하나는 은이고, 하나는 동인데, 그래도 내게 가장 좋은 것들이야. 내 동생 댁이랑 여동생이 가졌으면 해. 기념이잖아."

나는 차마 누님의 호의를 거절할 수 없어 받아서 양복 안주머니에 넣었다.

"아!"

누님은 또 한숨을 쉬셨다. 며칠 전만 해도 누님은 전혀 이런 모습이 아니었다. 필경 내일 돌아가야 하기 때문이리라. 누님이 말했다.

"엄마가 어젯밤에 동생한테 전하라고 한 말인데, 돌아가서 그쪽 어머니한테 아버지 때문에 속 끓이지 마시라고 하네. 자기는 이제 다시는 나오지 않을 것이고 나이도 많으시다고. 그러니 제발 화내지 마시라고."

나는 이 말을 듣고서 코가 찡해 왔다.

"그리고 아버지가 나한테 말씀하시던데, 방법을 생각해서 나랑 매형이 나올 수 있도록 해 보시겠다고. 난 그게 그리 쉽지 않을 거라 생각해. 매형과 나는 됐어, 우리 세대야 생각할 게 뭐 있겠어? 다만 두 조카 아이는 가능하다면 한번 해봐! 우리야 당연히 그 애들이 나올 수 있기를 바라지. 하지만 정말 어려운 일일거야, 그래서……"

슈전 누님은 말을 잇지 못하고 그저 콧물을 훌쩍이면서 난감해했다.

13

이튿날 아침 일찍 고모부와 사촌 형 다우가 차를 운전했다. 모두들 너나 할 것 없이 커다란 가죽 가방 두 개와 잘 묶은 커다란 종이 상자 세 개를 아래층으로 옮겨 차에 실었다.

차는 해저 터널을 따라 바다를 지나 지우롱(九龍) 역으로 갔다. 아버지는 눈이 붉어진 채 내내 아무 말씀이 없으셨고, 그새 차는 역에 도착했다. 아버지는 여전히 말씀을 하시지 않은 채, 지팡이를 짚고서 휴게 의자에 멀찌감치 앉으셨다. 이쪽에서 사람들이 떠나려는 것을 구경이나 하시겠다는 듯이 그렇게 앉아만 계셨다.

큰어머니, 슈전 누님, 고모, 이렇게 세 여자는 아침부터 연신 눈물 바람이었다.

큰어머니와 슈전 누님이 기차에 오르자 나는 그제야 처음으로 그들을 불렀다.

"큰누님! 큰어머니! …… 제가 가서 아버지 모셔올게요."

"됐다!"

슈전 누님이 나를 붙들었다.

"동생, 됐네! 이렇게 가는 게 나아. 와서 보시면 힘드실 거야. 출발하면 괜찮아지실 거야! 우리 갈게."

슈전 누님은 한편으로 가볍게 큰어머니를 토닥거리며 말했다.

"됐어요! 울지 말아요. 보고 싶은 사람 다 봤는데, 기뻐해야지!"

기차가 움직이기 시작하자 나는 그래도 뛰어가서 아버지를 불렀다.

"기차가 출발하려고 해요."

아버지는 그래도 고집스럽게 요지부동으로 기차를 보는 둥 마는 둥 했다.

고모가 한숨을 내쉬며 말했다.

"요 며칠 얼마나 좋았니? 어째서 오늘 또 변덕이시라니?"

기차는 마침내 '뚜' 하는 소리를 내며 출발했다. 나는 고모부, 고모, 사촌 형 다우와 함께 그들이 보이지 않을 때까지 내내 눈으로 전송했다. 그래도 아버지는 끝끝내 고개를 들어 눈길 한 번 주시지 않았다.

14

점심식사조차 제대로 못하고, 고모부는 나와 아버지를 공항으로 데려다 주셨다. 사촌 형 다우는 사무실에 일이 있다고 해서 나오지 말라고 했다.

"가네!"

아버지는 말씀을 마치시고 고개도 돌리지 않으신 채 출국장으로 들어가셨다.

고모는 내게 재차 당부하셨다.

"돌아가면 네 엄마한테 싸우시지 말라고 해라! 알았냐! 나도 또 전화해서 말해 보마……. 그리고 네 아버지 많이 위로해 드려라. 볼 사람도 봤겠다, 상심해 봐야 소용없는 일 아니겠냐고."

"그럴게요."

비행기에서 아버지는 아무 말씀도 하지 않으셨다. 스튜어디스가 가져다 준 점심조차도 드시지 않았다.

"좀 드세요!"

내가 말했다. "안 드시면 어떡해요?"

"안 먹을란다!"

아버지가 말씀하셨다.

나는 아버지가 아직도 큰어머니와 누님 때문에 힘들어하시는 것이라 생각하고 위로하며 말했다.

"그래도 만나봤고, 또 나오시라고 하면 되잖아요."

아버지는 고개를 가로저었다.

"벌써 말해 봤다. 그 사람은 다시는 못 나올거다. 나이가 많잖냐."

"누님은 그래도 뵐 수 있잖아요."

"음!"

아버지는 한참 동안 고개를 끄덕이시더니 갑자기 이런 말씀을 하셨다.

"네 어머니도 슈전을 좀 만나 봐야 하는데."

"아버지……"

나는 호기심이 발동해서 결국 한 마디 여쭤 보았다.

"아버지…… 전에는 큰어머니를 싫어하시더니, 어떻게……"

"음!"

아버지는 편안하게 눈을 감고 이렇게 대답하셨다.

"줄곧 그 사람한테 미안했다……. 그래서 꼭 만나 보고 싶었던 거지."

아버지는 말씀을 마치시고 다시 한참 동안 아무 말씀도 하지 않으셨다. 눈을 감고 계신 걸로 보아 좀 졸리신가 보다 하고 생각했다. 그런데 뜻밖에 아버지의 말씀이 이어졌다.

"모르겠다, 네 어머니가 우리를 마중 나오려나?"

사실, 나도 내내 이 점에 조바심을 냈다. 어머니가 마중 나오실 것인가? 또 후이메이는 아들을 데리고 공항으로 마중 나올 것인가? 매번 출국해서 돌아올 때마다 두 모자는 기쁜 표정으로 공항으로 왔었다. 후이메이는 늘 이렇게 말했다. 자기는 비행기를 보내는 건 싫지만 맞아들이는 것은 즐겁다고.

나는 고개를 가로저었다. 역시 어떤 확신도 들지 않았다.

"모르겠어요!"

15

비행기는 두시 반에 타오웬 국제 공항에 도착했다. 나와 아버지 모두 분주했고, 30분 후면 세관 검사가 끝날 것 같았다. 입국장 자동문이 열리자, 나는 아들이 깡총깡총 달려오는 모습을 보았다. 아들은 한달음에 내 품으로 파고들더니 소리 높여 말했다.

"아빠가 돌아오셨다! 아빠가!"

나는 아들의 볼에 뽀뽀를 해주고 입을 맞추면서 물었다.

"엄마는?"

"저쪽에!"

나는 후이메이를 보았다. 어머니에 비전까지, 세 여자가 나란히 서 있었다. 얼굴에는 원망이 서려 있었지만 그래도 기쁨을 감추지는 못했다.

나는 아버지를 쳐다보았다. 아버지도 비행기에서의 침울함을 말끔히 떨쳐버리고, 조금은 부끄럽고 쑥스러운 듯, 하지만 기분을 맞추려는 웃음을 가득 담은 채 어머니 쪽으로 가셨다.

어머니는 힐끗 보시더니 화가 나신 척 하시며 이렇게 말씀하셨다.

"그래도 돌아오셨네?"

아버지는 아무 말씀도 없이 그저 엄마 뒤를 따라 바깥으로 걸어가셨다.

내가 가볍게 후이메이의 손을 잡자 후이메이의 얼굴이 붉어졌다. 문득 큰어머니의 붉어진 얼굴이 떠올랐다.

"보고 싶었어!"

나는 아내의 귀에 대고 속삭였다.

"거짓말!"

아내는 이 말을 듣더니 그래도 기분이 좋아져서 아들을 데리고 아버지 뒤를 따라갔다.

비전은 줄곧 내 뒤에 있었는데 냉랭하게 물었다.

"만났지?!"

나는 반지를 꺼내서 은반지를 비전에게 건네 주었다.

"누님이 너한테 주신 거야, 기념이라고 하시면서."

비전은 반지를 받아들고 바라보더니 손바닥에 한참을 쥐고 있었다. 얼굴에는 얼마간의 슬픔이 어리더니 한참 만에 이렇게 말했다.

"다음에는 나도 가서 만나 봐야겠어."

"음!"

이제 남겨진 건 우리 오누이 둘뿐이었다. 마치 시간이 과거로 돌아간 듯하다. 비전은 밉살스럽긴 하지만 그래도 사랑스러운 내 여동생이다. 나는 진심으로 물었다.

"비전, 너 정말로 시집갈 거냐?"

비전은 대답 대신 얼굴을 한쪽으로 돌리고서 조용히 물었다.

"무슨 뜻이야?"

"사실, 너도 알다시피, 아버지와 어머니가 제일 좋아하는 생활 방식은 그래도 우리 네 식구와 함께 사는 거잖아. 예전처럼 전에 살던 곳에서 살면서 아무것도 바꾸지 말고서 말이야. 그런데 사실 그렇게 하기에는 이미 모든 게 불가능해졌어. 나는 결혼을 했고 타이베이에 직장이 있으니, 모두들 새로운 생활 방식에 적응해야 하니까……. 그런데 아버지와 어머니는 여전히 옛날 집을 떠나고 싶어 하지 않으시고, 타이베이도 별로 좋아하지 않으시잖아. 네가 결혼을 하면 물론 다시 이야기하겠다만, 너도 걱정하지 말고……"

비전은 묵묵히 나를 쳐다보다가 손바닥을 벌려 손 안의 은반지를 들여다보았다. 잠시 후 비전이 반지를 한번 끼어 보았다. 마침 오른손 가운뎃손가락에 딱 맞았다. 비전은 중얼거렸다.

"난 다만……마음이 편치 않아서이지, 다른 건 없어."

나도 뭐라고 말해야 할지 알 수 없었다. 공항 청사를 빠져나오자, 아들이 할아버지와 할머니, 그리고 엄마를 빙글빙글 돌면서 깡총깡총 뛰고 뭐라고 외치는 모습이 눈에 들어왔다. 가을날 오후의 눈부신 햇빛이 온 땅을 환히 비추고 있었다.

(1986년 3월 6일~15일 《롄허바오 부간〔聯合報副刊〕》)

제목 없는 그림(無題的畵)

제목 없는 그림

無題的畵

예충(葉崇) 이야기를 꺼내는 사람이 오래도록 없었던지라, 그녀와 그녀에 관련된 모든 기억이 까무룩해질 때였다. 바로 그즈음 신문의 예술문화란에 그녀가 파리에서 돌아왔다는 소식이 실렸다. 천강(沈剛)과 함께 귀국했다는데 그들이 정식으로 결혼을 했는지는 우리도 알 길이 없었다. 다만 신문지상에서는 그 두 사람을 부부로 불렀고, 그들이 근자에 란산(藍山) 갤러리에서 공동으로 그림 전시회를 열었다고 덧붙였다. 기자의 보도에 따르면, 예충은 이미 전통의 속박에서 벗어나 해탈의 경지에 이르렀고…… 어쩌고저쩌고 하며 운운했다. 우리는 예충의 당시 화풍이 분명 천강의 영향을 받았음을 대강이나마 짐작할 수 있었다. 말하자면 라이헝슈(賴恒修)의 사실적 화풍 대신, 천강의 초현실적 노선 쪽으로 선회한 것이었다.

이번에 예충의 귀국 소식을 접하지 않았더라면, 사실 말이지,

우리는 라이헝슈를 더 이상 기억조차 못했을 것이다. 물론 이런 시기에 국내에서 신사실주의에 대해 토론이 벌어진다면, 누구든 마음속으로 이렇게 한 마디쯤은 할 수 있었을 것이다. 라이헝슈는 일찍부터 평생토록 사진을 참고 삼아 그림을 그렸는데, 그저 필촉이 좀 거칠 따름이라고. 하지만 어쨌든 그는 한물간 구닥다리 인물에 속했다. 이치대로라면야 우리는 그 사람을 라이(賴) 대가라고 높여 불러야 마땅했지만, 후에 그 사람과 예충의 관계가 날로 복잡해지면서부터는 등 뒤에서 바로 그의 이름을 불러대기 시작했다.

들리는 소문에 따르면 예충이 떠난 뒤에도 라이헝슈는 여전히 원래의 그곳에 살았다고 한다. 다만 그를 본 사람은 더 이상 아무도 없었고, 그가 계속 작품 활동을 하는지 어쩌는지는 더더욱 알 길이 없었다. 그래서 우리는 또다시 그의 속마음을 들여다보고 싶은 호기심이 발동했다.

라이헝슈는 타이완의 광복 시기에 화단의 명예를 대표하는 원로 화가였다. 어린 나이에 대륙으로 와 유학하여, 상하이 이좐(藝專)을 졸업했고, 이후 스승의 추천을 받아 일본까지 건너가게 되었다. 뭐 정식으로 예술 학교에 입학하지는 않았지만, 그래도 당시 꽤나 이름을 날리던 화가 몇 분 밑에서 그림을 배웠고, 유럽 대륙을 두루 섭렵하면서 보고 배운 것들을 그림으로 남겼다. 게다가 여러 차례 국제적 화전(畫展)에서 수상을 하기도 하여, 화단의 찬사와 주목을 받았으며, 도쿄의 유명한 미술 단체의 회원으로 영입되기도 했다. 수십 년 동안 그는 수채화와 유화에 치중했고,

소재는 풍경, 인물, 정물…… 등 아주 다양하고 광범위했다. 그중에서도 그림 속 인물의 표정과 동작을 표현하는 데 유독 심혈을 기울였고 탁월한 재능을 드러냈다. 그의 작품은 향토적인 기운이 물씬 풍겼고, 사실적 기법 속에 풍광의 층차와 공간의 관계가 잘 표현되었다. 그의 작품 색채는 다채로우면서도 좀 무거운 편이었는데, 화폭 전체를 어떤 한 가지 색감으로 어우러지게 하여 분위기를 통일시키길 좋아했다. 그의 이런 화풍이 사람들에게 깊이 있고도 완정(完整)한 느낌을 주었다.

그 몇 년 동안, 우리는 그림 전시회나 좌담회 같은 데서 종종 그를 만날 수 있었다. 하지만 정말로 그 사람을 알게 된 것은, 일하고 있던 미술잡지사에서 그를 위한 전문 소개 글을 기획하면서, 한 차례 그의 집을 방문하면서부터였다. 그는 우리를 화실로 초대하지 않고, 그가 자주 가서 쉬거나 친구들을 만나는 커피숍으로 불렀다.

라이헝슈는 우리보다 좀 일찍 도착해서 마침 한가롭게 담배를 피우며 신문을 뒤적이고 있었다. 그곳은 조촐하게 꾸며진 커피숍으로, 원목으로 된 탁자와 의자, 벽과 바닥에는 페인트조차 입히지 않았다. 겨울날 오후 햇살이 유리창으로 비스듬히 비춰 들어오자, 빛이 스며든 반쪽 공간에는 옅은 안개처럼 미세한 먼지가 떠다녔다. 하지만 이걸 보고서 더럽게 여길 사람은 아무도 없었다. 라이헝슈는 바로 그 빛과 먼지 사이에 앉아 있었다. 그의 각진 도톰한 얼굴은 나이 때문인지, 축 늘어진 근육을 그대로 드러내고 있었다. 하지만 그의 곧게 뻗은 콧대의 영명한 기운과, 눈에

서 발산되는 번뜩이는 지혜, 특히 얇은 입술에 걸린 가벼운 미소는 세월조차 어찌할 수 없는 것들로, 마치 세상천지에 그가 이해할 수 없는 일이란 하나도 없는 것만 같았다. 그는 겨우내 쓰고 다녔던 부드러운 프랑스식 모자를 쓰고 있었고, 머리 뒤쪽의 머리칼은 희끗희끗 멋스러운 색깔을 드러내고 있었다. 또 감청색의 도톰하고도 짧은 모직 코트 차림을 하고 있었는데, 옷깃 사이로 안쪽에 받쳐 입은 암갈색 스웨터와 자주색 넥타이가 얼핏 드러나 보였다. 이건 무게감 있어 보이는 귀족 스타일의 평상복 차림으로, 그의 신분과 꽤나 잘 어울리는 것 같았다. 여름날 어느 그림 전시회에서 우리가 먼발치로 보았던 그에 비해 훨씬 건강해 보였고, 목소리도 우렁차고 낭랑했다. 더욱이 나이 쉰을 훌쩍 넘긴 사람이 아직도 여전히 왕성한 기운에 열정이 넘쳐나지 않는가. 그는 담배 골초인 데다가 말술을 마신다고 했다. 어떤 화제에 대해 혼자서 쉬지 않고 30분씩이나 이야기할 수 있었고, 듣는 이도 전혀 따분함을 느끼지 않았다. 이건 아마도 그의 여러 해에 걸친 경력, 그리고 자신의 식견과 무관치 않으리라.

샘솟듯 술술 쏟아지는 말 속에 그는 자기 이야기를 하는가 하면 남의 이야기도 했고, 타이완 이야기를 하는가 하면 외국에 대해 말하기도 했다. 무슨 이야기이든 미술과 무관치 않은 이야기들이었지만, 그의 이야기를 듣다 보면 점점 이해가 되었다. 그는 취미가 폭넓어 음악과 문예 모두 언급하지 않는 것이 없었다. 하지만 문제가 예술을 떠나 현실적인 범위, 이를테면 화랑이나 경영자, 학교의 갖가지 일 등으로 옮겨오면, 이내 안절부절 불안해 하거나 어색해 하는 모습을 보였다. 그는 눈썹을 찌푸린 채 어쩔 수 없다는듯 두 손을 펼치고 힘주어 말했다.

"사실 말이지, 나는 그림을 가르치는 게 싫어. 그림 그리는 것만 좋아할 따름이지. 그렇지만 내가 수업하지 않아도 될까? 파는 그림에만 의존해서는 굶어죽기 딱 알맞지. 또 외국인한테 그림 파는 것도 싫어. 게다가 요즘 화랑들은 너무 돈만 밝혀. 오가지 않는 게 좋아……."

원래 라이헝슈는 체구가 큰 훤칠한 사람으로, 반평생이 넘도록 그저 아름다움을 추구하여 불철주야 그림을 그려 왔는데, 결국엔 이렇게 마음이 아플 정도로 허약한 일면을 지니고 있었다.

다시 라이헝슈를 만난 것은 우리가 자기 화실을 구경해도 좋다고 해서였다. 그때는 예충도 우리랑 함께 갔다. 라이헝슈는 시내에서 좀 떨어진 교외에 살고 있었는데, 그의 집은 옛날 당나라식의 건축 스타일이었다. 대나무 울타리 안쪽으로 자그마한 공터가 있고, 여기저기 어지럽게 풀들이 자라나 있었는데, 보기에도 그다지 정리를 하지 않은 것 같았다. 현관으로 들어서니 안쪽에 다다미가 깔려 있었다. 위쪽으로 발걸음을 옮겨 보니 조금은 눅눅한 느낌이 들었다. 응접실은 상당히 비좁았고, 등나무 의자 외에 다탁이 놓여 있었다. 왼손으로 종이 문을 밀치자 두 개의 방을 터서 만든 화실이 나타났다. 화실은 대략 십여 평 남짓한 규모로, 상당히 널찍한 편이었다. 하지만 화실 분위기는 적잖이 지저분하고 어지럽게 흩어진 느낌이었다. 사방 벽 쪽으로는 먼지 낀 물건들이 겹겹으로 쌓여 있었고, 커튼은 때가 타 후줄근한 모습이었다. 더욱이 다다미는 물을 뿌려 씻어내도 결코 씻겨 나갈 것 같지 않은 물감 얼룩 투성이였다. 한눈에 봐도 폐기된 임시 창고 같은 느낌을 주었다. 하지만 조금만 찬찬히 들여다보면, 쌓여 있는 것들 하나하나가 죄다 값을 매기기 어려운 창작물이요, 미술 도구들이며, 희귀한 원시 예술품들임을 알 수 있었다. 또한 후원에 기대어 있는 담장 역시 부채 모양의 유리창으로 개조했는데, 이로 인해 화실은 채광이 매우 좋았다. 그의 이젤은 창가 쪽에 세워져 있었다. 그 위에는 한 폭의 수채화 스케치 그림이 놓여 있는데, 소재는 명산의 성지에 올라 향을 사르는 사람들이었다.

예충은 이내 이 그림에 깊은 관심을 드러냈다. 그녀는 평소처럼 다소 거칠게 단발머리를 휘날리며 진지한 표정으로 따지듯 물었다. 그녀는 라이헝슈에게 이런 진부한 소재가 어떤 새로운 의미를 표현해낼 수 있겠는지를 설명해 달라고 했다.

이런 모습은 우리가 늘상 봐 왔던 것이기에 별로 이상할 것도 없었다. 우리는 그저 쌓여 있는 그 보물 창고에만 온통 신경을 곤두세웠다. 그 속에는 수채화가 정말 많았고 그 다음으로는 유화였다. 연대는 지극히 오래된 것들이었다. 어떤 것은 지난번 전시회 잡지에서 감상했던 것도 들어 있었지만, 대부분 처음 보는 초기 습작들이었다. 이 외에도 정말 뜻밖이었던 것은 라이헝슈가 직접 만든 몇 가지 소조 작품이었다. 이런 것은 아마 일반 사람들도 전혀 알지 못하는 것들일 것이다. 그 가운데 고산족(高山族)의 토템을 모방한 듯한 목조(木雕)는 디자인이 대단히 정교했으며, 목각 관음상의 신비한 운치는 지극한 자연스러움을 드러냈다. 유독 시선을 끌었던 것은 탁자 위에 놓인 사랑스러운 아내와 딸이라고 새겨진 조소였다. 어린 딸은 엎드려 장난을 치고, 어머니는 몸을 굽혀 바라보면서 미소 짓는 모습이었다. 선의 흐름이 부드러우면서도 우아하고 아름다웠고, 그 가운데 혈육의 정이 넘쳐흘러 더욱 감상할 만했다.

라이헝슈는 일본에서 아내를 맞아들여 자식까지 낳았다. 아내가 남편을 따라 타이완으로 온 뒤, 얼마 지나지 않아 세상을 떠났다고 한다. 슬하에 일남일녀를 두었는데 이제는 모두 장성하여 각자의 가정을 이루었다고 한다. 어찌 보면 안주인이 없는 집안이란 이렇게도 형편없이 영락해 버리는 것일까. 아마도 그게 당연할지도 모르겠다. 그래서 모녀의 조각상마저 연습용 소묘들이 어지럽게 쌓여 있는 석고상 사이에 놓여 있는가 보다.

그날 우리는 주인의 열정적인 환대를 전혀 받지 못했다. 문제는 바로 가리지 않고 쏟아내는 예충의 질문 때문이었다. 라이헝슈가 겉으로는 불쾌한 기색을 드러내지 않았지만, 누구든 그의 싸늘한 낯빛과 바짝 오므린 굳은 입술 언저리로 금세 낌새를 알아차릴 수 있었으리라. 우리는 눈치껏 예충의 거침없는 말들을 잘라내고서 인사를 드린 뒤 그곳을 떠났다.

"라이헝슈는 너무 고집불통이야. 예술가가 자기 의견만 내세우는 게 무슨 대단한 일이라고."

예충은 처음으로 자기의 생각을 말했다.

"그들 구닥다리 화가들은 도대체 현대화를 근본적으로 무시한단 말이야, 자기들 멋대로 말이지……."

"응? 내가 듣기엔 그 화가가 너처럼 소묘의 기초도 잘 모르는 젊은이들이 그저 서툴기 짝이 없다고 생각하는 것 같던데?"

누군가 그녀에게 반박의 말 한 마디를 날렸다. 예충은 화가 나 어깨를 한 번 으쓱하더니 고개를 휙 돌려 그 자리를 뜨면서 대꾸했다.

"그럼 그 화가가 내 소묘 솜씨가 형편없다고 생각한다 이거지?"

이게 바로 예충이다. 그녀는 마르고 왜소한 체구에 빼어난 외모를 지녔다. 수정처럼 맑고 영리해 보이는 큰 눈에 에너지가 넘쳐흘러, 마치 한 마리의 아기 사자처럼 시도 때도 없이 적수를 공격해 대곤 했다. 그녀가 대학의 미술과를 졸업하던 그해, 그녀는 수채화나 유화를 주로 그렸고 추상 형식의 표현에 심취해 있었다. 우리는 예충의 작품에 대해 맞장구를 칠 수는 없었지만, 그래도 같은 젊은이 입장에서 서로 친구가 되어 주었다. 예충은 자신감이 넘치고 사고가 개방적인 여자로, 새로운 것에 호기심이 많았다. 스스로 브래지어를 차지 않겠다고 선언했으며, 노상 성(性) 문제를 입에 달고 다녔는데, 세상천지에 그녀가 피하거나 꺼릴 일은 없을 것만 같았다. 몇 차례인가 친구들이 나체화를 그릴 여자 모델을 불러올 돈이 없을 때, 예충은 자진해서 옷을 벗고 모델을 자청했으며, 대단히 아름다운 포즈를 취하기까지 했다. 게다가 예충은 완벽한 적자생존의 논리를 지니고 있었기에 이렇게 말하기도 했다.

"사람이란 말이지! 하는 일마다 이겨야만 두각을 나타낼 수 있는 거야. 그래서 나는 남한테 심하게 구는 것에 반대하지 않아. 경쟁하지 않고 앞서 나가지 않으면 평생 무능하게 사는 것에 만족해야 할 거야."

예충은 이런 이론을 몸소 실천에 옮겼는데, 우선 남자친구를 사귀는 일부터 이 이론을 응용했다. 졸업하자마자 그녀는 학교를 다닐 적엔 온화한 성격에, 학교를 나와서도 천생 중학교 교사직이 천직일 법한 남자친구를 곧바로 차버렸다. 대신 어느 사진 전람회에서 무명의 사진 작가와 적극적으로 사귀었다. 상대방은 벌써 아내가 있는 사람이었지만, 예충은 이런 것엔 조금도 개의치 않았다. 그녀는 애정이란 어떤 규정으로도 구속할 수 없는 것이라고 말했다. 그들은 법률적으로 인정받은 여자 때문에 서로 사랑하지 못하는 건 있을 수 없다고 생각했다. 두 사람은 연애를 하면서 동시에 진취적으로 자기 일도 열심히 하는 것 같았다. 예충은 쉬지 않고 그림을 그렸고, 사진 작가도 그녀의 작업하는 모습을 주제로 일련의 작품을 찍었다. 그들은 이런 기획, 이를테면 때가 되면 장차 아주 독창적인 사진과 그림의 연합 전시회 같은 것을 구상하고 있었다.

예충의 어머니는 이미 재혼해서 중부 지역에 살고 있었기에 이런 딸에 대해 어떻게 해볼 도리가 없었다. 몇 번이고 타이베이로 올라와 딸더러 망신살 뻗치는 웃음거리가 되어 가족들에게 창피 좀 주지 말라고 그렇게 타일러도 봤다. 하지만 예충이 어디 그런 말을 듣기나 하겠는가. 오히려 가족들더러 자기가 누군가에게 폐가 된다면 자기와의 관계를 끊으면 그만이라고 윽박질렀다.

예충의 어머니보다 더 참기 힘들었던 사람은 말할 것도 없이 바로 그 사진 작가의 부인이었다. 예충은 늘 그랬듯이 문득 심야에 어떤 생각이 떠오르면, 전화를 걸어 그 사진 작가를 불러내 함께 바다를 보러 가자, 파도 소리를 들으러 가자고 했던 것이다. 사진 작가의 부인은 버텨 오던 정신줄이 곧 무너져 내릴 것만 같아 싸우다 지쳐 이혼을 요구했다. 사진 작가도 법석을 피워 대며 예충과 결혼하겠다고 했다. 그런데 예충은 뜻밖에 싫다고 했다. 그녀는 자신을 세상 제일의, 사랑에 빠진 멍청한 년이라 비유했다. 그녀의 사랑은 깊고 간절했으며 진실되었다. 이건 그 누구와도 견줄 수 없었다. 하지만 그녀는 이제껏 내일을 요구해 본 적이 없었다. 내일이란 또 하나의 새로운 순간이기에 그 누구도 내일 무슨 일이 일어날지 알 수 없기 때문이었다. 그래서 그녀는 죽어도 결혼은 하지 않으려 했다.

라이헝슈의 화실에 들른 지 얼마 지나지 않아, 우리는 예충과 그 사진 작가가 불같이 뜨겁게 열애를 하고 있다고 생각했다. 그러던 어느 날 오후, 우리 편집실에 왜소한 청년 한 명이 뛰어들어왔다. 얼굴은 어려 보였는데 나이가 스물 일곱, 여덟이나 된 청년으로 스키니 청바지를 입고 있었다. 그는 낡은 가죽 신발을 따닥따닥 끌고서 들어서더니 바로 예충을 찾았다.

"예충 여기 없는데요."

우리가 그에게 말했다.

"정말요? 정말로 예충을 못 봤단 말이에요?"

청년의 입 주위가 심하게 떨리고 있었다. 그는 몹시 신경질적으로 내뱉었다.

"예충이 나한테 연락한다고 하고서 벌써 닷새나 됐다고요. 정말로 예충을 못 봤단 말이에요?"

나중에야 우리는 그 청년이 바로 그 사진 작가라는 사실을 알게 되었다.

다시 그녀를 만났을 때, 예충은 그 키 작은 사진 작가가 미친 듯이 그녀를 찾았던 일에 대해서는 일언반구도 하지 않았다. 그저 그녀의 그 가늘고 예쁘장한 콧날만 불쾌하다는 듯 찡긋거렸다. 그 당시 예충은 벌써 라이헝슈 화실의 제자가 되어 있었다.

일인즉슨 이러했다. 예충은 초대받지 않았는데도 불쑥 라이헝슈의 화실을 다시 찾아갔다. 진리란 논쟁할수록 명쾌해지는 것이기에, 예충은 회화에 대한 자신의 견해가 정확했다는 것을 라이헝슈에게 인정받고 싶었다. 하지만 라이헝슈는 더는 참지 못해 목까지 벌개진 채 예충을 문밖으로 쫓아버리고 말았다. 예충은 돌아와 밤새 잠을 설치며 생각하다가 이튿날 문득 크게 깨달음을 얻었다. 그녀는 라이헝슈에게로 달려가 사죄한 후, 그에게 제자로 삼아달라고까지 했다. 듣기에는 황당한 이야기 같지만 이건 분명 사실이었다. 라이헝슈는 여러 해 동안 전문대학 미술과에서 서양화를 가르쳐 왔지만, 이제껏 개인적으로 학생을 거둔 적은 없었다. 그건 그가 '웬싱화회(遠星畵會)'의 심사위원직을 맡고 있는 터라 청렴한 명예를 유지하기 위해 학생을 개인적으로 가르치는 것은 그다지 좋지 않다고 여겼기 때문이다.

음력 설이 지나고, 미술 디자인 일을 하는 샤오탕(小唐)이 뉴욕으로 유학을 떠나기 전에 친지 방문을 위한 수속을 밟았다. 샤오탕 부모님은 오랫동안 남부에 살고 계셨기에, 타이베이의 집에는 평소 샤오탕 혼자 머물고 있었다. 그래서 우리는 그의 집으로 가서 송별연을 베풀었다. 모두들 조금씩 거들어 쇠고기와 돼지고기로 훠궈(火鍋, 신선로 요리)를 만들었다. 막 먹으려고 하는데 불청객이 찾아왔다. 청바지에 담황색 굵은 줄이 그어진 셔츠를 입은 예충이 자그마한 가슴을 덜렁거리며, 자기 머리만큼은 족히 더 큰 키의 라이헝슈를 잡아끌고서 들어왔다. 우리가 자신을 친구로 여기지 않을 테니 좀 마음에 차지 않을 거라는 이야기까지 해 가면서.

"아이구! 신출귀몰하시니, 누가 널 찾겠니!"

샤오탕이 의자를 찾아와 앉으라 권하고, 또 술을 따라 먼저 라이헝슈에게 권했다.

"선생님! 오시느라 애쓰셨습니다. 정말 황송할 따름입니다."

라이헝슈는 몸을 약간 구부려 예의를 취하더니 단숨에 술을 마시며 대단히 호쾌한 모습을 보여 주었다. 그는 자리에 앉을 때 몹시 난감한 태도를 보였는데, 어쨌든 자기가 남의 자리에 앉는다고 생각했던지 뒤쪽으로 옮겨 앉았다. 우리는, 라이헝슈가 우리처럼 까마득한 후배들을 마주하고 앉아 있는 것이 정말 계면쩍으리란 걸 물론 알고 있었다! 나중에는 모두들 일부러 라이헝슈가 마음을 편히 풀어 놓도록 떠들썩하게 술을 권했고, 라이헝슈도 의외로 거절하지 않았다. 한 잔 또 한 잔을 기울이다가 술기운이 오르자 더 이상 불편해 하지 않았다.

예충이 말이 많은 것은 우리가 다 아는 일이었지만, 라이헝슈의 말문이 열리면 더는 닫히지 않는다는 사실은 미처 알지 못했다. 그가 나이와 경력에 걸맞게 되는 대로 이름난 한두 사람의 일화를 들어 이야기를 풀어내면, 우리는 그저 넋을 놓고 듣기에 바빴다. 특히 예충은 의도적으로 자랑을 섞어가며 그가 이런저런 이야기를 하도록 유도했다.

"어제 화실에 여러분이 오셨잖아요. 아마 웬싱화회 사람들이 모두 오신 데다, 린더서우(林德壽)까지 합세했죠! 연세가 많이 드셨던데, 전에 학교에서 뵐 때는 그렇게 나이 들어 보이지 않았는데, 이젠 머리카락이 완전히 백발이더라고요! 그분은 라이 선생님의 선배시잖아요!"

"음! 음!"

예충의 말은 어쨌든 라이헝슈에게 무한한 추억을 떠올리게 했다. 그는 술잔을 들고서 자진하여 차례대로 사람들에게 술을 따라 주면서 입으로 속삭이듯 말했다.

"더서우가 일본에 있을 때 날 아주 잘 돌봐 주었지. 그분은 정말이지 대가적 기질이 있으셔. 게다가 그때 또 얼마나 심혈을 기울이셨다고! 하루 중 스무 시간을 그림 그리는 데 쓰셨다니까! 요즘 사람들은, 쳇! 뭔가 그게? 그저 자기를 치켜세울 줄만 알았지……. 아! 그 당시 일본에서 우리는 너무 가난해서 세 끼 식사도 제대로 못했네. 밥에 짠지나 매실장아찌면 그걸로 족했지. 하지만 지금 돌이켜 보니, 그때 우리가 결코 가난한 게 아니었지 싶네. 우린 매일 같이 그림을 그렸으니까 말이야. 젊었기에 어떤 일에든 호기심을 가졌고, 충동적이기도 했지. 아! 아! 이젠 늙어서 예전 같지가 않아. 배불리 먹고 마시니 위는 든든하지만 오히려 감각은 메말라 버렸어."

"선생님이 뭐 늙으셨다고 그러세요? 이제 장년이신데!"

예충은 이렇게 말하면서 또 술을 따랐고, 알게 모르게 손을 뻗어 라이헝슈를 슬쩍 밀쳤다. 그러자 라이헝슈도 천천히 웃으면서 눈을 들어 무한히 감개어린 시선으로 예충을 바라보았다. 매우 감동적인 눈빛 속에 모진 세월을 묵묵히 견뎌 온 노인은 그가 깃들 곳을 찾은 것 같았다. 하지만 우리 모두는 아무것도 못 본 척했다. 이걸 봤다 하면 그저 예술계에 웃음거리만 더해줄 따름이었기 때문이다. 대부분 여전히 돌려 가며 술을 마셨고, 좀 나른해 보였다. 마침 묵직한 이야기를 나누고 있던 터라 피로감이 느껴지던 참에, 벨소리가 사람들의 정신을 흔들어 깨웠다. 모두들 벨소리에 정신이 번쩍 들었다.

"들어오세요, 어서."

문을 열어준 샤오탕이 몸을 비키자, 그제야 우리는 찾아온 사람이 바로 예충의 그 키 작은 사진 작가라는 사실을 똑똑히 알게 되었다. 그는 몸을 반절이나 문 밖에 두고 있었기에, 누구도 그의 얼굴에 드러난 표정을 분명하게 볼 수는 없었다. 그는 양손을 그의 재킷 주머니에 꽂고서 아무 소리도 없이 눈으로 탁자에 앉아 있는 사람들을 한 명 한 명 훑어보다가 마지막으로 예충을 찾아냈다.

"네가 여기 있을 줄 알았지."

그는 샤오탕을 밀치고서 예충에게 덤벼들었다. 원래 동안이었던 그의 얼굴이 당장 사나운 동물처럼 일그러졌다. 하지만 예충은 오히려 이런 돌발 상황에 놀라지 않았다. 그녀는 그저 의혹에 가득 찬 시선으로 그를 바라보다가 라이헝슈를 바라보았고, 다시 탁자의 한 사람 한 사람에게 시선을 돌렸다.

"앉아요! 앉아."

샤오탕이 의자 하나를 더 찾아 왔다.

"치워!"

작은 키의 사진 작가는 발로 한 차례 의자를 차더니, 손을 뻗어 예충의 팔목을 잡아끌었다.

"나랑 가자."

"내가 뭣 때문에 당신이랑 가야 하는데?"

예충은 제대로 그 사람을 쳐다보지도 않은 채, 그저 탁자 여기저기에 흩어진 잔과 접시들, 그리고 수없이 뒤적여 발라낸 선홍색 고기 조각들을 바라보고 있었다.

"뭣 때문이냐고? 네가 나한테 뭣 때문이냐고 물을 수 있어? 그래, 우리의 과거 때문이다."

"과거는 벌써 지나가 버렸어."

"너!"

작달막한 사진 작가는 입술을 부르르 떨었다. 우리들 가운데 아무도, 이렇게 왜소한 사람이 그렇게도 거칠게 그녀에게 손바닥을 날릴 줄 예상치 못했다.

여자들은 놀라 소리를 질렀고, 남자들은 일어서서 몸으로 그 작달막한 사진 작가를 가로막았다. 모두들 하나같이 곤혹스러운 표정으로 둘을 화해시켜 보려고 했다.

"날 놔주라고! 놔주란 말이야!"

그 작달막한 사진 작가는 남자들의 팔을 풀어 보려고 몸부림쳤다. 물론 아무도 손을 풀지 않았다. 그는 몸부림치다가 손발이 풀리자, 무릎을 꿇은 채 두 손을 내밀면서 애처럽게 소리 질렀다.

"예충! 예충! 용서해줘! 용서해 달라고!"

우리는 해프닝임을 알아차리고선 그저 하고 싶은 대로 내버려 두었다. 작달막한 사진 작가는 무표정한 얼굴의 예충을 향해 한 차례 또 한 차례 그녀의 손을 끌어다 입맞춤을 했지만, 예충은 오히려 무슨 무서운 병을 대하듯 피하려고만 했다.

"미안하오! 당신에게 미안하오!"

작달막한 사진 작가는 연신 중얼거리더니 덜덜 떨리는 손으로 재킷 호주머니 안을 더듬거려 작은 유리병을 꺼냈다.

"나랑 죽자! 예충! 나랑 같이 죽어버리자고! 이렇게 빌게! 내가 얼마나 더 널 사랑해야 하는지 정말 모르겠어……"

"질린다, 정말! 내가 왜 너랑 죽어야 하는데? 죽으려면 너 혼자 죽어."

예충은 몸을 휙 일으켜 세우더니 라이헝슈의 팔을 잡아끌면서 말했다.

"우리 가요."

"안 돼! 예충……"

사진 작가는 예충에게로 달려들어 그녀의 종아리를 껴안고 놔주질 않았다. 그러자 예충이 라이헝슈를 잡아끌었고, 사진 작가는 계속 예충의 다리를 껴안고 있었다. 그러니 어디 중재에 나설 수나 있겠는가. 그저 한바탕 일어난 혼란 그 자체였다. 그저 아무 죄 없는 라이헝슈는 낯빛이 창백해진 채 도대체 무슨 일이 일어났는지 전혀 이해하지 못하는 것 같았다! 아마도 돌아간 뒤에야 예충이 자세하게 설명해 줄 것이었다.

그날 밤, 예충은 정식으로 그 사진 작가로부터 풀려난 셈이었고, 그녀와 라이헝슈의 오랜 동거 소식이 이때부터 퍼져 나가기 시작했다.

샤오탕이 떠난 뒤, 예충이 우리를 식사에 초대했다. 두 번째로 그 오래된 당나라식 스타일의 집을 방문했을 때에는 지난번에 갔을 때와 사뭇 다른 기분이었다. 집 밖은 짙은 녹색의 페인트 같은 걸로 얼룩덜룩했고, 집 안에도 여전히 먼지가 풀풀 날렸다. 하지만 이제 이 집에는 활력이 넘쳐흐르는 젊은 여주인이 있었다. 예충은 꽃무늬 천으로 머리를 질끈 묶었고, 손에는 수채화 붓을 쥔 채 그 영민한 큰 눈으로 기쁨으로 가득 찬 미소를 흘리고 있었다.

"나 그림 그리고 있었어! 와서 봐봐."

그녀는 결국 그 추상적인 수채유화를 포기하고, 이제껏 옳지 않게 여겨 왔던 수채화를 그리기 시작했다. 그림 붓, 붓솔, 팔레트, 스펀지, 물통 등이 바닥에 죽 늘어져 있었다. 작은 탁자 위에는 사생용 초고 화집과 컬러 사진이 있었다. 사진을 집어 들어 보니 그건 바로 예충의 이젤에 놓여 있는 55×77cm의 미완성 작품과 같은 제재였다. 무성한 갈대숲 옆 허물어진 담장 아래에 반쯤 쭈그리고 앉아 사탕후루(葫蘆, 해당 등의 열매를 꼬치에 꿰어 사탕물을 묻혀 굳힌 과자)를 파는 노인, 그리고 그 주위에 모여들어 히히덕거리는 아이들 몇 명을 그린, 대단히 인위적인 시골풍의 그림이었다.

"예충은 내가 이제껏 거의 본 적이 없을 정도로 재능이 대단히 뛰어난 사람이야. 총명한 데다 이해력도 탁월하고, 일에 대한 감각도 날카로워서, 미술가로서 어떤 안목으로 제재를 취해 창작해야 하는 줄 알고 있거든. 난 예충이 사진 찍는 걸 마다하지 않네. 서로 비교해 볼 수 있거든. 제삼자의 눈에 비춰진 것과 우리 미술가의 눈으로 표현한 것에는 뭔가 다른 점이 있잖아. 우리는 새롭게 다시 창조해야 하네. 절대 그대로 답습해서는 안 돼……."

라이헝슈가 예충 그림에 대해 지나치게 편애하여 일찌감치 객관적 입장을 벗어나 있음을 누구든 알아차릴 수 있었다. 예충은 라이헝슈의 젊은 시절의 화신이었다. 그는 자신의 모든 사랑과 희망, 모든 이상을 완전히 그녀에게 쏟아부었다. 그는 예충이 자신을 대신해서 빛을 발하고 열정을 발산하도록 했으며, 예충 역시 기꺼이 이런 역할을 연출하고자 했다.

"내가 그분을 사랑하기 때문이야!"

예충의 사랑은 남들의 부인을 절대 허락하지 않았다.

우리는 라이헝슈의 정교하고도 섬세한 다구(茶具)를 받쳐들고, 그가 현미로 우려낸 일본 차를 마셨다. 라이헝슈는 응접실의 유일한 전등 불빛 아래서, 거장으로서의 강직하고도 차분한 분위기로 이야기를 나누었다. 마치 천하의 가장 아름다운 것이 자신의 수중에 있는 듯했다. 예충은 그저 엎드리듯 우러르며, 너무나도 숭배하는 눈빛으로 그를 바라보았다. 그녀의 눈은 촉촉하고 그

음했고, 무한한 사랑을 담고 있었다. 다만 사랑의 가짓수가 너무 많았다! 우린 그녀의 사랑을 이해할 수 없었다.

5월, 웬싱화회는 예년과 마찬가지로 일 년에 한 차례 공모 선발 그림 전시회를 가졌다. 당선작은 단 한 명이었다. 당선이 되면 웬싱화회의 회원이 되고, 매년 반드시 작품 한 편을 출품하여 전람회에 참여해야 했다. 그렇지 않으면 회원으로서의 자격을 박탈당했다. 웬싱화회의 창립 회원인 라이헝슈 같은 사람은 원래 사람됨이 진중하고 존경받는 인물이었다.

해마다 웬싱화회의 당선작들은 상당히 창의적인 작품인 데다 그 해의 우수작이었다. 그런지라 매년 예술계의 스포트라이트를 받았으며, 이 때문에 전시회는 대단한 권위를 갖고 있었다. 당선자 역시 일약 등용문에 오르기만 하면, 몸값이 천정부지로 뛰었다. 그래서 매년 응모자들이 벌떼처럼 몰려들었고, 참여한 응모자들의 실력도 하나같이 출중했다.

그런데 누가 생각이나 했겠는가. 알고 보니 당선 작품은 바로 예충의 그 사탕후루를 파는 노인과 아이들을 그린 수채화로, 제목은 '무제(無題)'였다. 신문과 잡지들은 그 내막은 모른 채 앞다투어 보도했으며, 예충이 집에서 지내는 일상까지 사진으로 올려놨다. 사실 예충은 임신 중이라 헐렁한 겉옷을 걸친 채 마치 대지의 어머니처럼 다부지고도 힘차게 자기 그림 앞에 서 있었다. 게다가 라이헝슈는 여러 군데 미술 잡지에다 예충의 작품 풍격에 대해 친히 붓을 들어 글을 쓰기까지 했다.

이게 바로 거리낌 없이 자기 가족을 추천한 것 아니겠는가! 하지만 그것은 너무 도가 지나친 일이었다. 사실 이건 누가 봐도 뭐 그다지 독자적인 풍격을 지닌 작품이 아니었다. 그 작품에 대한 라이형슈의 감정이 지나치게 드러나 있었기 때문이다. 라이형슈는 빛의 속도로 반격을 받았다. 평론계도 더 이상 침묵하지 않았고, 모두들 이번 그림 전시회의 당선작 평가가 지나치게 사적인 감정에 치우친 것이라며, 직접적으로 그림 작품에 대한 부족함을 지적했다. 심지어 라이형슈와 평소 돈독한 관계였던 린더서우(林德壽)조차 공개적으로 문장 가운데에서, '늙어빠진 소가 여린 풀을 먹었다'고 독설을 퍼붓기도 했다. 이렇게 도요새와 조개가 싸우는 사이에 실제로 어부지리 한 것은 우리의 일터였던 잡지사 같은 곳들이었다. 양측의 글이 모두 실렸는데, 하나같이 잘못을 인정하지 않았다. 먼저 기력이 부친 품새를 드러낸 것은 오히려 잡지사였다. 이들 문장이 더 이상 신선한 느낌을 주지 못하자, 잡지사는 이와 관련된 어떤 글도 실으려 하지 않았다. 하지만 라이형슈는 결코 멈추지 않았으며 예충과 함께 반박문을 가지고 우리 편집실을 찾아왔다.

예충은 많이 수척해졌다. 더 이상 의연하고 생기발랄했던 소녀가 아니었다. 그녀의 얼굴에는 젊음의 온갖 풍상이 맺혀 있었다. 우리를 보고서도 그저 윤기라곤 찾아볼 수 없는 푸석푸석한 작은 코를 찡긋거리며 쓴 미소를 지을 따름이었다!

"다 그 사람 때문이야. 하지만 난 질렸어. 다툴 게 뭐 있다고?"

하지만 라이형슈는 이렇게 생각하지 않았다. 그는 정의를 밝히고자 했다. 여름이라 라이형슈는 그 부드러운 모자도 쓰지 않았고, 황량한 듯 드러난 희끗희끗한 머리카락은 그를 더욱 늙어 보이게 했다. 라이헝슈는 애써 우리를 설득해 보려고 했다. 그의 이마에는 땀방울이 송글송글 맺혔다. 결국엔 우리도 이렇게 하는 것이 상급 책임자의 지시 때문임을 분명히 알려 주었다!

"정말로 실어줄 수 없다는 건가?"

그는 중얼거리듯 말했다. 우리는 끝내 그의 실패를 두 눈으로 직접 보고야 만 셈이다. 라이헝슈는 예충을 부축하여 일으키더니 편집실의 책 꾸러미로 쌓여 있는 좁다란 작은 통로를 빠져나갔다. 둘이서 서로 의지하고 위로하는 모습은 보는 이로 하여금 측은한 마음을 불러일으켰다.

"예충! 아이 낳으면 우리 초대해."

누군가가 어색하게 말했다.

예충과 라이헝슈는 동시에 고개를 돌리더니, 우리를 향해 잠깐 처량한 미소를 지었다.

예충은 아들을 낳았다. 하지만 라이헝슈에게 행운은 찾아오지 않았다. 웬싱화회는 여론에 밀려 라이헝슈의 심사위원 자격을 박탈했다. 도쿄에 살고 있는 그의 아들은 라이헝슈에게 편지를 보내 비난을 퍼부었으며, 절대로 이 동생을 인정할 수 없다고 했다. 또 타이베이에 살고 있는 그의 딸 역시 아버지의 추문을 받아들이지 못하고, 대외적으로 이렇게 선언했다. 만약 아버지가 예충과 함께 한다면, 절대로 다시는 집 안에 한 발자국도 들이지 않겠다고.

아이가 태어난 지 만 한 달이 되어 우리는 예충을 보러 갔다. 예충은 마침 감기에 걸려 침대에 누워 있었다. 사람들이 라이헝슈의 곁을 떠나고 가족마저 그를 떠난 가운데, 노인은 손수 주방에 들어가 물을 끓이고 밥을 지었다. 그의 거대했던 그림자는 어느새 낙타처럼 구부정해졌다. 분주하게 자질구레한 일을 하는 그의 모습을 바라보노라니, 마치 산림 속의 자연에서 살아가야 할 거대한 회색 곰의 궁색함이 떠올랐다.

예충은 강보에 싸인 쪼글쪼글한 어린 것을 끌어안으며 길게 탄식을 내뱉더니, 귓속말을 하듯 낮은 소리로 우리에게 말했다.

"이렇게 살아가는 건 방법이 아닌 것 같아! 개학 때 겸임 수업을 하던 두 곳 모두 초청장도 보내 오지 않았고, 이젠 전임(專任) 하던 학교에서 밥그릇 싸움을 할 수밖에 없어. 아! 그 사람을 더 이상은 힘들게 할 수 없을 것 같아. 이렇게 내버려둘 수는 없어! 그분은 정말 천진난만도 하지! 나더러 아예 결혼 수속을 밟자 하시네. 그게 얼마나 바보스런 짓인데! 난 떠나려고 해. 조만간에 떠나는 것이 두 사람 모두에게 좋을 것 같아."

후에 예충은 정말 떠나갔다. 그것도 아주 멀리.

예충이 하는 말에 따르면, 자기와 천강(沈剛)은 고등학교 시절에 알게 되었다고 한다. 천강은 프랑스에서 그림을 공부하다, 설이면 고향에 돌아와 가족을 만나곤 했다. 예충은 특별히 천강을 대동하고 우리 잡지사로 찾아와 그를 위한 전문 컬럼을 써 달라고 했다.

그날 예충의 모습은 출산 후의 모습과는 판이하게 달라져 있었다. 그녀는 정성들여 모직 스커트 정장을 입고 있었고, 길게 기른

머리카락은 트레머리처럼 머리 뒤쪽에다 말아 올려 젊은 부인이 지닌 성숙한 분위기를 풍기고 있었다. 특히 눈썹 사이의 날 듯한 기운은 새로운 삶에 대한 희망으로 부풀어 있었다. 천강이란 사람은 그의 명성과는 달리 큰 키에 깡말랐다. 길쭉한 손과 발, 그리고 긴 머리에 긴 얼굴을 하고 있었다. 길을 걸을 때면 등이 굽었는데, 이런 모습은 마치 자기의 너무 큰 키를 부끄러워하는 것만 같았다. 말을 할 때면 가늘고 높은 소리를 냈는데, 어쩐지 여자 같은 모습을 띠기도 했다. 몇 마디를 나누다 보니, 이 사람이 결코 성실한 사람은 아니라는 것을 알게 되었다. 파리의 어느 이름 없는 작은 화실에서 그림을 배우는 게 분명했고, 그저 자기 스승이 얼마나 유명한 사람인지를 드러내고 싶어 했다. 평소에는 예술수공예지구에서 그저 그림이나 제작하는 것으로 생활을 꾸려 가는데, 자기 그림이 얼마나 인정받는지를 설명하고자 애썼다. 그런데도 지금 남자에게 온 마음을 뺏겨버린 예충은 결국 석 달 된 아이를 내팽개치고, 예술가들이 진심으로 동경하는 예술의 도시 파리를 향해 날아가 버렸던 것이다.

들리는 소문에는, 예충의 비행기 표도 라이헝슈가 그녀를 위해 빚을 내어 마련한 것이라고 한다. 그녀에게 제일류의 예술품들을 보러 가라는 의미에서였다. 무엇이 걸작인 줄을 아는 사람만이 길게 내다볼 줄 아는 안목을 지닐 수 있으니까!

"라이헝슈는 예충이 천강과 함께 가는 걸 모르나 보죠?"

"물론 알고 있지. 라이헝슈가 직접 그들을 비행장까지 전송했는걸!"

"라이헝슈는 예충이 다시 돌아올 거라고 생각하는가 보죠?"

"누가 알겠어?"

라이헝슈는 무겁고도 비틀거리는 발걸음으로, 천천히 인파 속을 걸어 공항의 큰 홀을 걸어 나왔다. 차갑고 매서운 저녁 바람이 노인의 머리 위에 씌워진 쭈글쭈글한 부드러운 모자에 몰아쳤다. 그의 은발은 마치 성난 듯 쉬지 않고 펄럭거렸다. 하지만 라이헝슈는 그냥 가만히 서 있었다. 보내고 맞아들이는 슬픔과 기쁨, 이별과 만남을 쭉 지켜보며, 그의 얼굴에는 그렇게도 냉담하게 어떤 표정도 드러나지 않았다. 그의 마음 저 밑바닥에는 과연 어떤 생각이 일렁이고 있을지, 그 누가 알겠는가?

토요일 오후, 우리는 짬을 내서 라이헝슈를 찾아갔다. 이렇게 긴 세월을 지나오면서, 세상일들은 하나같이 예상을 벗어나 바뀌고 있었다. 우리도 결혼해서 아이 낳고 돈벌이 하느라 눈코 뜰 새가 없었다. 그리고 더 이상 예전처럼 타이베이의 문화 개척을 위한 투사로서 목소리를 내지 않았다. 다만 이제껏 변하지 않은 것은 아마도 라이헝슈의 그 당나라 양식의 목조 건물이 아닌가 싶다. 그 집은 여전히 짙은 초록빛이 얼룩덜룩 칠해져 있었고, 정원에는 사람 키의 반이나 넘게 자란 잡초가 사람이 다니는 길을 뒤덮고 있었다. 현관에 들어서서 두리번거리며 들어가, 이제껏 돈을 들인 적 없는 구식 종이문 너머로 화실을 바라보았다. 커튼이 드리워져 있어 안쪽은 어두컴컴했다. 하지만 시간이 흐르자 희미하게나마 집 안의 황량함과 먼지가 눈에 들어 왔고, 비릿하고 시큼

한 곰팡이 냄새까지 코를 찔렀다.

"이보시요! 이봐요! 누굴 찾으러 왔소? 이리 기웃거리게?"

나온 것은 4, 50세쯤 되어 보이는 깡마른 여자로, 꽃무늬 천으로 된 손가방을 들고 있었다. 그 여자는 입을 쫑긋거리면서 화가 난 듯했는데, 우리를 보더니 더욱 기세가 등등해졌다.

"실례합니다만, 라이헝슈라고, 라이 선생님이 아직 여기 사시나요?"

"여기 말고 저기 살면? 그 사람을 찾아서 뭐하려고? 지금 집에 없어요!"

"언제 돌아오시나요?"

"몰라요."

그 여자는 머리를 휙 돌리며 나가 버렸다. 그런데 몇 걸음 가지 않아서 그 여자가 다시 돌아오더니 웅얼웅얼 말했다.

"아이고! 그래도 문은 잠가야지. 우리가 엉망진창 놔둘 그런 사람은 아니지."

여자는 문을 당겨 녹이 슨 큰 열쇠로 잠갔다. 우리가 여전히 한쪽에 그대로 서 있자 좀 누그러진 듯 한숨을 내쉬면서 말했다.

"논에 가서 찾아보슈! 분명 그 바보를 데리고 산보하러 갔을 게요. 흥! 분명히 바보인데, 무슨 보물단지나 되는 양. 도무지 이해가 안 된다니까."

"논에요? 바로 집 뒤쪽인가요?"

"그렇다오!"

우리는 여자와 함께 나왔다. 여자는 우리가 성격 좋은 사람으로 보였는지, 아마도 원망을 풀어낼 가장 좋은 대상을 찾은 듯 싶었는지, 쉴 새 없이 쏟아내기 시작했다.

"사람들 하는 말이 사람이 늙을수록 이상해진다잖아요. 정말 옳은 말이에요. 온종일 사람들 하고 한 마디 말도 안 하다가, 한 번 화가 났다 하면 사람을 놀래킬 정도로 험악해진다니까요. 그 바보 아들이 무슨 보배나 되는 양 여기고 말이죠. 그 바보 아들이 넘어져 크게 부딪힌 것도 아니고, 그냥 자빠져서 머리에 물집이 하나 생겼을 뿐인데, 이 노인 양반이 돌아와 보고서 난리도 아니었다오! 자기 숨이라도 넘어가는 양, 펄쩍펄쩍 뛰고 소리 지르고. 흥! 그 양반 능력 있으면 딴 사람 불러다 쓰라고 해요. 그 바보 백치 아들을 달고 있으니, 누가 오겠소."

"백치라고요?"

"그렇다니까요! 그 노인 양반의 바보 아들 말이에요! 뭐 언젠가 열이 펄펄 나면서 그랬다는데…… 흥! 누가 알겠수!"

골목을 빠져나오자 여자는 우리에게 갈림길을 가리켰다. 과연 큰 도랑 하나를 건너자, 그 뒤쪽에 개발 금지 구역의 논이 나타났다. 그 논두렁 사이로 막 모내기를 마친 여린 싹들이 바람에 파릇파릇 날리며 늘어서 있었다. 근처의 몇몇 철공장에선 검은 연기가 푹푹 뿜어져 나왔다. 이게 바로 도시 근교의 들판 모습이다.

그 여자의 말대로 앞쪽으로 가 보았다. 멀리 노인과 어린아이의 모습이 눈에 들어 왔다. 둘 다 짙은 색의 도톰한 옷을 입고서, 석양의 논두렁 사이를 비틀거리며 걸어가고 있었다. 문득 그림으로는 그려낼 수 없을 듯한 슬픔과 처량함이 느껴졌다. 라이헝슈의 등은 더욱 휘어져 있었다. 어떤 이는 아이한테 매이다 보니 그리 된 것이라 한다. 그들 부자가 가까이 걸어오자 우리는 그제야 그 아이를 똑똑히 볼 수 있었다. 둥글둥글한 얼굴에 비해 낯빛은 거무튀튀한 게 우울한 느낌을 주었고, 특히 멍하니 한쪽 방향만 바라보는 눈빛은 마치 이 세상에 너무도 깊이 미혹되어 있는 것만 같았다!

"날 저물겠다! 집에 가서 밥 먹자! 배불리 먹고, 아버지가 그림 가르쳐 주마. 그림 그리는 걸 제일로 좋아하잖니, 그렇지?"

아이는 라이헝슈의 손에 이끌려 아버지가 하는 대로 좌우로 흔들거리며 앞으로 걸어가는데, 아버지의 말에는 조금도 반응하지 않았다.

우리는 진즉 아이의 상황에 대해 들어 알고 있었다. 그렇지만 막상 보고 나니 놀라지 않을 수 없었다. 순간 우리 가운데 어느 누구도 어떻게 해야 할지 알지 못했다. 모두들 어찌할 바를 몰라 그저 그들 부자가 앞쪽으로 천천히 다가오는 것을 바라만 보고 있었다.

"오!"

라이헝슈가 갑자기 발걸음을 멈추었다. 참담했던 그의 얼굴 표정에 흥분된 기색이 역력했다. 아! 라이헝슈가 우리가 찾아온 걸 알아본 것이다.

"보거라! 어서 봐! 저게 뭐지?"

라이헝슈는 아이를 놔두고서 두 눈으로 우리를 지나쳐 아주 먼 곳을 바라보며 외쳤다.

"기차다! 기차라고! 오오! 기차! 보렴!"

"기……차……"

아이는 큰 입을 쩍 벌리고서 바보스럽게 하아 웃었다. 아이는 아버지를 따라 애써 두 손을 흔들었다. 마치 세상에서 가장 아름다운 꿈을 부여잡기라도 하겠다는 듯이. "기……차!……"

"그래! 기차다! 기차라고……"

부자는 서로 손을 잡고서 빠르게 달려갔다. 기차는 너무 작아져 한 줄의 검은 상자 같기만 한데, 둘은 그 먼 곳을 향해 날듯이 달렸다. 우리는 그들이 언제쯤 시야에서 완전히 사라졌는지 결국 알지 못했다. 그저 바람 속에 묵묵히 서 있었을 뿐…….

(1979년 5월 20일 《롄푸〔聯副〕》)

실험영화제(實驗電影展)

실험영화제

實驗電影展

건물 지하에 위치한 '탕링(唐凌) 식당'은 백여 평쯤 된다. 벽에는 금박 벽지를 붙여 놓았고, 바닥에는 레드 카펫을 깔아 놓았다. 장식은 싸구려 티가 나긴 하지만, 그래도 장소는 제법 널찍한 편이다. 스춘(世淳)은 담배를 비벼 끄고 마지막 커피 한 모금을 다 마셨다. 이건 뚱보 탕링이 그에게 시켜준 세 번째 잔이다. 실내 공기가 별로 좋지 않은 데다가 담배에 커피까지 마셨더니, 스춘은 머리가 띵하고 속도 좀 느글거렸다. 그래서 탕링이 식사를 하고 가라고 붙들었지만 그는 끝내 싫다고 뿌리쳤다.

"그 일 어떻게 하기로 했어?"

뚱보 탕링이 얼굴을 비스듬히 하고 흘겨보듯 물었다. 뭔가 못마땅한 표정이 역력했다. 스춘은 이제껏 잘난 척하는 인간들에겐 가만히 있질 못하는 성격이다. 내막을 들여다보면 방적 공장을 운영하는 아버지 덕분에 위세 좀 부리는 줄 누가 모를까 봐?

그렇지 않다면 그의 똥대가리로 무슨 꼼수를 부릴 생각이나 하겠나? 하지만 지금은 서로를 이용하는 입장이니 스춘도 어쩔 수 없이 꾹 참는 수밖에 없었다. 스춘은 자리에서 일어나 그의 어깨를 두드리며 말했다.

"좀 더 생각해 보자구!"

"더 생각한다구? 그러다 때를 놓치는 거 아냐!"

스춘은 애써 탕링을 쳐다보지 않으려 했다. 그놈의 벌렁코를 한주먹 갈겨주고 싶은 충동을 꾹 눌러 참으면서 대꾸했다.

"넌 능력 있는 사람인데, 어려울 게 뭐 있어? 나 이번 영화제를 성공시키려고 갖은 애를 다 썼어. 내가 앞에서도 말했지만, 수준 있는 사람 몇 명만 구해 달라는 것 아냐. 너희 식당의 그저 그런 사람 같으면 아예 부르지 않는 게 나아. 기초 좀 있고, 애드리브도 좀 하고, 재즈 형식이기만 하면 되는데, 그렇게 구하기 힘들어?"

오후 내내 이야기를 했지만 여전히 끝내지를 못했다. 이번 실험영화제는 스춘의 영화 잡지와 '탕링 식당'이 공동으로 주관했다지만, 사실 뚱보 탕링은 장소 협찬과 연주자를 구하는 일만 맡았고, 기획과 작업은 스춘 쪽에서 전부 알아서 했다. 그런데 지금 영화를 상영하기 전에 즉흥 연주를 할 사람을 불러오자는 스춘의 구상에, 탕링은 아예 말도 안 되는 일이라고 반대했다. 그런 인재를 찾기가 어디 쉬운 일이며, 곡조가 고상해서 따라 부르기 어려우면 청중들의 호응을 얻기 어려우니, 차라리 가수 몇 명을 불러다 민요나 부르는 게 오히려 사람들을 끌 수 있다는 입장이었다. 스춘은 온 타이베이 시에서 보통의 음악 수준을 갖춘 연주자 두어 명도 구할 수 없다는 말에 결코 수긍할 수 없었다. 그래서 스춘도 즉흥 음악이 관중들에게 훨씬 더 호소력이 있을 거라며 한 치도 양보하지 않았고, 자리를 뜨면서도 그의 태도는 단호했다.

차는 중산베이루(中山北路)를 가고 있었다. 6, 7시 무렵은 교통이 가장 복잡한 러시아워라 스춘은 핸들을 움직였다 멈췄다를 반복했다. 그는 몹시 다급하고 초조했다. 그는 거칠게 두어 차례 클랙슨을 눌러댔다. 앞쪽 차량은 움직이는데, 바로 앞쪽 크림색 450 벤츠 차량이 도통 움직이지 않았기 때문이다. 가까스로 대형 벤츠 차량이 슬금슬금 나아가려는 참에, 벤츠 앞으로 노란색 택시 한 대가 불쑥 끼어드는 게 보였다.

"이런 젠장, 넌 안 급해도, 남은 급해 죽겠다고!"

액셀레이터를 밟아 곧장 대형 벤츠로 돌진해서 팍 박아버리고 싶었다. 한두어 달 그 부자 양반 속 좀 썩어 보라고 말이다. 하지만 스춘은 절대 그렇게 하지 않았다. 자신의 고물차인 70년대 닛산차가 그 충격을 감당하지 못할 것은 말할 것도 없거니와, 자기 호주머니 사정도 녹록치 않았기 때문이다. 며칠 뒤면 산 지 2년도 안 된 중고차가 더 낡은 고물차로 바뀔 판이었다. 가격도 물론 정해지지 않았지만, 3만 위안 이하로 내려갈 수는 없는 일이다. 차를 사기로 한 샤오홍(小洪) 그 녀석이 값을 깎지 못하도록 해야 할 텐데. 이게 유일한 재산이고, 마지막 밑천 아닌가!

민췐루(民權路) 어귀에 가까워지자 크림색 벤츠가 차선을 바꾸어 우회전 하려고 했다. 스춘은 그 운전자를 똑똑히 보았다. 양복과 가죽 구두를 신은 시골뜨기였다. 스춘이 더 이상 그를 어떻게 해볼 생각도 못하는 사이에, 그 번쩍번쩍 빛나는 새 차는 위엄있게 먼지를 날리며 사라졌고, 스춘은 그걸 곁눈질로 그저 바라볼 뿐이었다.

28km도 안 되는 거리를 50분 만에 간신히 도착했다. 스춘은 빠른 걸음으로 올라갔다. 주방에서 귀를 쫑긋하고 있었는지 아직 올라가지도 않았는데, 아내 뤄친(若秦)이 재빨리 빗장을 뽑고 문을 열어 주었다.

"왜 이렇게 늦었어요? 퇴근해서 식사 준비까지 다 했는데."

"말도 마!"

4층은 후끈 달아올라 밤인데도 열기가 여전히 사라지지 않았다. 스춘은 공무 가방을 던져 놓고 팬티 하나만 남긴 채 하나하나 옷을 벗었다.

"오후에 내가 당신한테 전화했잖아, 신문사에 가봐야겠다고. 그런데 뚱보 탕링이 또 전화를 해서는, 즉흥 연주자를 못 구하겠다는 거야. 그래서 부랴부랴 탕링을 만나고 이제 오는 거야."

"그래서?"

"탕링은 가수 몇 명 불러다가 민요나 몇 곡 부르자고 해."

"분위기가 너무 썰렁해지는 거 아냐?"

"그 사람이 알아먹겠어? 당신한테 알려 주는데, 기막히게 좋은 사람이 있어. 그 사람한테는 아직 말하지 않았지만."

"누군데?"

스춘은 이리저리 따라다니며 아내가 밥그릇과 젓가락 옮기는 걸 도와 주면서, 상영허가증부터 이야기를 꺼냈다. 상영허가증 이야기를 입에 담는 순간, 스춘은 울화통이 터졌다. 애당초 실험 영화제를 거창하게 그리고 세상이 깜짝 놀랄 정도로 치러 내기만 하면, 잡지사의 지명도도 올라갈 것이라 생각했고, 그러면 발행 부수도 늘어날 것이고, 판매량도 자연스레 증가할 뿐 아니라, 광고 거래처도 꼬리에 꼬리를 물고 들어올 것이라 생각했다. 원래 생각하기로는, 어디 장소를 하나 물색해 8밀리나 16밀리 영화를 상영하면, 돈도 받지 않고 법을 어기지도 않으면서 예술 활동을 하는 셈이니, 무슨 어려울 일이 있겠나 싶었다. 그런데 며칠 뛰어다니고서야 일이 상상했던 것만큼 그렇게 간단하지 않다는 것을 깨닫게 되었다. 상영허가증 한 장을 발급받는 게 무슨 하늘에 오르는 것보다 더 어려웠다. 절차는 어찌 그리도 복잡한지, 게다가 이제껏 해본 적이 없는 일이라 만만치 않았다. 먼저 15부로 된 영화 필름은 길이에 따라 비용을 지불하고 심사를 받아야 했다. 또 그러기 전에 작가에게 그들이 생각하는 멋진 걸작품을 내놓으라고 요청하는데, 얼마나 신경이 쓰이고 혀가 닳는지 모를 일이었다. 영화 필름을 얻어 놓고도 매 편마다 영화 제목과 감독, 배우, 방영 시간은 물론, 간단한 시놉시스까지 기입해야 했다. 10분이 채 안 되는 실험영화 한 편에 한 여자가 해변가를 오락가락하는 장면과 한 남자가 먼 곳에 앉아 거칠게 담배만 몰아 피는 장면밖에 담아낼 수 없다니! 다른 한 작품은 아마 7, 8분밖에 안 되는데, 관객들 눈엔 고작 한 사내아이가 7, 8분간 거꾸로 걷는 장면만 보일 뿐이었다. 스춘은 이 영화의 시놉시스를 어떻게 담아낼까 고

심했다. 이게 바로 현대인의 소외를 표현하고 있다고 말해야 하나?

"아이 참! 방금 누군가를 알려 준다고 했잖아? 도대체 누군데?"

"그렇지! 내가 오늘 또 가지 않았겠어? 그때까지도 결정을 내리지 않았길래, 내가 찾아가 물었지! 하나같이 흥흥거리기만 하고, 누구도 딱 부러지게 말을 안 하는 거야. 나중에 부주임급의 황정한(黃正函)이란 사람이 와서 이미 보냈다고 하더라고. 내가 그 사람이랑 이야기를 좀 나누었는데 의외로 영화에 대해 전문가야. 실험영화는 20년대 미국의 초기 실험영화에서 비롯되었다며, 자기 집 보물 헤아리듯 똑똑히 알고 있었어. 당신이 보기엔 어떨 것 같아? 자기 말로는 뉴욕 대학에서 영화 학위까지 받았다고 해."

"몇 살인데?"

뤄친이 스춘의 말을 받아 짜증스러운 듯 말했다.

"영화를 한단 사람이 사무실에 처박혀 뭘 한대요?"

"나도 그렇게 말했지! 서른 일고여덟이나 될까, 마흔은 넘지 않아 보이던데. 근데 그 사람은 한눈에 보기에도 신수가 그리 좋아 보이지는 않았어. 작은 머리에 검은 테 안경을 쓰고 온갖 똥폼은 다 잡고 있었지만, 그래도 사람은 괜찮더라고. 그래서 이번 영화제를 이 사람한테 맡겨 그럴싸하게 신바람 좀 내보라고 하고 싶어……."

뤄친은 자기 밥그릇 안의 밥알을 젓가락질하고 있지만, 정신은 딴 데 팔려 있는 것 같았다. 사실 그녀는 엉뚱한 생각을 하고 있었다. 지금 스춘은 제 코가 석 자인 마당에, 다른 사람을 돌아볼 여력이나 있을까? 그는 3년을 일하면서 광고 회사에서 기획을 맡았고 CF도 찍었다. 또 텔레비전의 외주 프로그램을 기획하기도 했는데, 아마 다른 사람 같았으면 진즉 성공했으리라는 생각도 들었다. 하지만 스춘은 그저 남 좋은 일만 했을 뿐, 자신에게는 전혀 비전이 없었다. 그러다가 스춘은 작년부터 출판사를 꾸렸다. 우선 몇 차례 성인 대상의 만화 잡지를 기획했지만, 타이완 시장이 일본보다 나을 게 없어 판로는 참담하기 그지없었다. 지금은 또 학술과 상업 겸용의 영화 잡지를 출판하고 있는데, 흥행작이었던 '죠스'에 대해 이야기하거나 영화 거장의 인기 없는 영화를 소개하기도 했다. 상황이 그럴듯해 보이자 스춘은 신이 나서 판매 활동에 박차를 가했는데, 그 첫 번째 시도가 이번의 실험영화제였다. 먼저 꺼낸 이야기는 그리 큰돈을 쓰지 않아도 된다는 것이었다. 그저 약간의 비용만 들이면 된다고 했다. 그런데 막상 일을 벌이자, 밑 빠진 독에 물 붓듯 돈이 들어가고 또 들어갔다. 급기야 낮에는 전화를 걸어와 차를 팔아야겠다고까지 했다. 뤄친은 정말이지 한심한 생각이 들었다. 하지만 흥분한 스춘은 금새 자신감에 들떠서 이렇게 말했다. 잘 될 테니 두고 봐! 언젠간 우리 잡지가 《Life》나 《Play Boy》 같은 기업만은 못해도, 그래도 여러 가지 잡지로 확장할 수 있을거야. 그러면 '빈빈(繽繽)'처럼 영화도 찍고, 식당도 운영하고, 투자도 할 수 있을 거야…….

"아!"

밤중에 침대에 누워 있던 뤄친은 자기도 모르게 한숨을 내쉬었다.

“쥐꼬리만큼 모아 놓은 저금까지 다 써버리고, 도대체 우린 결혼을 할 거야 말 거야?”

“물론 해야지!”

커튼 틈새를 비집고 들어온 빛 한 줄기가 스춘 눈에 어른거렸다. 마치 한낮의 햇빛처럼 환했다.

“잡지사가 일어설 기미가 보이면 나도 내 사업이 있는 셈이고, 인정받은 지위도 생기는 거니까, 우리도 당연히 결혼해야지.”

“인정받은 지위라니? 오! 지위가 있으면 당신 집안에서 반대 안 하겠어요?”

뤄친은 믿을 수 없었다.

“결혼은 내 일이야, 무슨 반대를 해? 내가 지위만 얻게 되면……”

뤄친은 어둠 속에서 두어 차례 헛웃음을 지었다.

“당신은 왜 그렇게 권세나 지위를 따지는데? 사업이 있고 지위가 생긴다고? 웃기는 소리! 내가 말하는 결혼은 그냥 결혼일 뿐이야. 남들도 맨손으로 다들 결혼하잖아.”

“난 남들 하고 달라. ‘삼십이립(三十而立, 나이 서른에 일어서다)’이라고 했어. 그럼 선다는 게 무슨 뜻이겠어? 당신이 스스로 서지 못하는데, 누가 당신을 떠받들어 주겠어? 여자는 평생 살아도 이런 이치를 깨닫지 못하겠지.”

“이치라고? 몰라! 난 모르겠어!”

뤄친은 일부러 화가 난 듯 휙 등을 돌렸다. 그러자 스춘은 유들유들하게 들러붙으며 그녀를 품에 안더니, 그녀의 가늘고도 보드

라운 단발 머리카락에 입맞춤을 하면서 속삭였다.

"이러지 말자! 우리 조그만 더 참고 노력하자! 자기 일을 잘 해야 되지 않겠어?"

"너나 잘 하세요!"

뤄친은 스춘의 따스한 위로를 뿌리치지 못한 채, 천진난만하게 아랫입술을 깨물면서 자그마한 소리로 대꾸했다.

"물론 알지! 광고계에서도 천뤄친(陳若秦)의 이야기만 꺼내도 모르는 사람이 누가 있어? 내 말은, 그래도 우리가 더 노력하자 그거지. 먼 곳을 바라보면서, 우리 서로 위로하면서 말이야."

스춘은 이렇게 말하고, 부드럽고 매끄러운 뤄친의 몸을 꼭 끌어안으며, 진심으로 뤄친을 위로하고자 했다. 만족스러운 어떤 느낌이 스춘의 마음속으로 꽉 차올라 몹시 흥분이 되었다. 하지만 뤄친은 평소와는 달랐다. 그녀는 다급히 스춘을 억지로 밀쳐내며 말했다.

"뭘 하는 거야? 내일 출근해야 하는데. 어서 잠이나 자."

하지만 스춘은 전혀 잠을 잘 생각이 없었다. 그는 누워 있던 몸을 뒤집었다. 자기에게 이런 욕구가 있다는 게 오히려 기쁘기까지 했다. 적어도 이건 자기가 완전히 뻣뻣하게 경직되어 생명력을 잃은 것이 아니라는 증거니까. 그는 아직 사랑할 수 있고, 진심으로 충분히 사랑할 수 있다는 증거이다. 이게 바로 생명의 의미가 아니겠는가. 그는 자기가 사랑하는 여인에게 입맞춤하고 애무했다.

하지만 뤄친은 몹시 난처해 하면서 몸부림치더니, 마침내 이렇게 말했다.

"안 돼! 나 약 안 먹었어."

"왜?"

스춘은 몹시 화가 난 듯 그녀를 덮치려고 했다!

"매일매일 먹잖아?"

"당신……"

뤄친은 튼실한 남자의 몸을 밀쳐내면서 길게 한숨을 쉬었다. 그래도 너무 심했다 싶었던지, 그녀는 몸을 돌려 손을 뻗어 스춘의 바짝 굳어 버린 뺨을 어루만졌다!

"내가 그저께 당신한테 이야기했죠! 회사 사람이 하는 말을 들으니까, 피임약을 너무 많이 먹으면 임신이 잘 안 된다고."

이런 이유라면 스춘도 반박할 여지가 없었기에 아무 말도 하지 못했다. 하지만 이런 때에 이런 문제를 이야기하는 뤄친을 도저히 용서할 수 없었다.

"화났어?"

뤄친은 비위를 맞추려고 스춘을 슬쩍 밀었다. 하지만 스춘은 꿈쩍도 안 했다. 사실 피임 문제로 얼마나 많은 나날들을 갈등해 왔는지 모른다. 이것저것 고르다가 어렵사리 편리하면서도 효과가 좋다는 알약으로 결정을 내렸는데, 지금 또 피임 문제를 끄집어내다니? 생판 처음 듣는 소리인 것처럼.

"그래서 어쩌자는 건데?"

"당신이란 사람은 정말이지 꽉 막혔어!"

뤄친은 그래도 자기가 하는 말이 농담으로 받아들여지기를 바랐다. 하지만 첫 마디에 억울한 느낌이 가득 묻어났다.

"당신은 아이 같은 건 생각지도 않지만, 난 그래도 아이를 갖고 싶다고!"

"지금? 지금 이런 상황에 아이를 원할 수 있어?"

"누가 지금이래? 당신이 정말로 두려운 건 뭐야? 아이를 낳아도 내가 혼자 키울 거야."

돈 이야기가 나오자 스춘은 구체적으로 생각해 보았다. 도대체 최근에 1년이 넘도록 뤄친에게 돈 한 푼 가져다 주지 않았고, 요즘 들어서는 사정이 더 악화되어 뤄친의 마지막 우체국 잔고까지 탈탈 털어가지 않았던가. 물론 뤄친이 마음속으로 그런 생각까지 하지 않았으리라 여기면서도, 몸은 벌써 침대에서 확 뛰어내려와 두 눈을 부릅뜨게 되었다. 그런 행동에 뤄친은 몹시 놀라면서도, 마음속엔 참으로 한심한 생각이 들었는지 타월 담요를 치우고서 일어나 앉았다.

"뭐야, 도대체? 내가 무서워할 줄 알아? 아이를 낳아도 당신은 신경 쓸 것 하나 없어. 아이 성도 나처럼 천(陳)이라고 할 거야. 어쨌든 당신 집에선 나를 곱게 봐주지도 않잖아."

"당신! 무슨 귀신 씨나락 까먹는 소리야!"

"당신이야말로 무슨 말 하는지 모르겠지!"

뤄친은 냉소를 지은 채 이어 말했다.

"알려줄 걸 깜빡 잊을 뻔했네! 당신 엄마가 전화를 거셨을 때 내가 당신 없다고 했지. 그랬더니 어머니가 탕 하고 전화를 끊어버리더라고. 앞으로 내 집으로 전화 안 하셨으면 좋겠어. 전화할 때마다 내가 사는 이 집을 기생집이라 여기는 것 같아. '스춘 바꾸라고'? 나도 존중받아야 할 인격이 있는 존재라는 걸 알아 줬으면 해. 밖에서 이렇게 오랫동안 일해 오면서, 아직까지 누구에게든 이 지경으로 짓밟혀 본 적은 없었다고!"

"됐어!"

스춘은 정말이지 도저히 참을 수가 없었다. 그는 문을 홱 열어젖히고는 거실 쪽으로 가면서 외쳤다.

"당신 마음대로 해!"

"당신 도대체 뭘 어쩌려고?"

뤄친은 두 눈을 동그랗게 뜨고, 발을 동동 구르며 쫓아갔다.

"량스춘(梁世淳)! 갈 테면 가도 좋아. 아무도 당신을 붙들진 않을 테니까. 어쨌든 우리가 결혼한 사이도 아니니, 당신이 가고 싶을 때 가면 그만이지. 당신 어머니가 날 찾아와 당신을 찾지 않도록만 해줘. 분명히 해두죠. 나는 천(陳)씨 성이고, 당신네 집안하고는 손톱만큼도 얽혀 있지 않아. 그리고 이 집 임대차계약도 내 이름으로 되어 있으니, 당신이 나가지 않으면 내가 경찰을 불러서라도 쫓아낼 수 있다구요!"

"이봐, 그게 도대체 무슨 뜻이야?"

"무슨 뜻이긴? 말 그대로지!"

스춘은 얼굴이 파래졌다. 그는 소파에 앉아 입술을 깨물며 응어리진 울분을 삭힐 뿐이었다. 한바탕 퍼붓고 난 뤄친의 눈시울이 젖어 있었다. 그녀는 자신이 약간 히스테릭했다고 여겼다. 그녀는 방으로 들어가 이내 눕더니 얼굴을 가린 채 큰소리로 울음을 터뜨렸다. 울수록 자신이 무가치한 존재처럼 느껴졌다. 참한 아가씨가 남자와 동거를 하다가 미혼모가 된다면, 타이베이에서야 걱정할 게 없겠지만, 어떻게 남부에 있는 고향집에 돌아갈 수 있겠는가? 생각하고 생각해 봐도 화근은 스춘, 이 남자였다! 영원히 자기만 아는 에고이스트. 이번에는 정말이지 절망이라고 느껴졌다.

잡지사 사무실은 싱룽루(興隆路)에 있다. 좀 멀기는 하지만 전대인(轉貸人)도 있는지라 집세가 꽤 쌌다. 10평 남짓의 사무실에는 탁자와 의자, 금고 외에는 아무 시설도 마련되어 있지 않았다. 다행히 편집자 두 명과 업무 대표인 샤오린(小林)은 모두 고락을 함께 할 수 있는 사람들이었다. 35도나 되는 실내 온도에 그저 낡은 선풍기만 바라보고 있자니, 모두들 원망을 쏟아내면서도 일은 하던 대로 쉬지 않고 진행했다. 스춘은 뤄친이 심술이 나서 자기를 아는 척도 하지 않자 일찌감치 사무실로 출근했다. 그는 우선 다음 호의 잡지 원고를 훑어보고서 사진을 좀 더 집어 넣으라고 지시한 다음, 샤오린과 함께 광고 회사 두 곳에 들러 비위를 맞춰 가며 회사 홍보를 했다.

다시 사무실로 돌아오니 벌써 정오를 훌쩍 넘긴 시각이었다. 서둘러 뤄친 회사로 전화를 걸어 몇 마디 용서를 비는 말을 하려고 했는데, 그럴 수도 없게 되었다. 뜻밖에 전화교환수가 전화를 받자마자 미스 천이 휴가를 내고 남부에 있는 고향집에 갔다고 했다. 스춘은 믿을 수가 없었다. 그래서 또 자기들이 사는 집으로 전화를 걸었다. 전화벨 소리가 재촉하듯 울려댔지만 아무도 받지 않았다. 스춘은 그제야 단념하고서 전화통을 내려 놓았다.

순간 어떻게 해야 좋을지 알 수 없었다. 좀 멍해 있다가 당황스런 마음에 누구라도 찾아가서 화를 좀 풀어내고 싶어 둘러봤지만, 그의 화를 받아줄 사람은 아무도 없었다. 아침에 샤오훙(小洪)과 두 시 반에 만나기로 한 약속이 겨우 생각났다. 그는 셔츠를 들고서 말하기도 귀찮아 문을 밀치고 곧바로 나갔다.

차를 살 사람은 서른이 좀 넘어 보이는 강사인데, 말하는 모양새가 가느다란 목소리에 완전히 여성스러운 스타일로 보였다. 그는 새끼손가락을 치켜든 채 커피 잔을 만지작거렸다. 그는, 시내에선 차를 정차시킬 곳을 찾기가 쉽지 않고, 차량 연식이 너무 오래된 것은 싫다고 했지만, 시종 물러설 기미는 보이지 않았다. 가격을 흥정하자 그의 목소리가 더욱 가늘어졌지만, 자신의 의사만은 절대로 굽히지 않았다. 결국 스춘이 양보를 했고, 2만 5천에 가격이 성사되었다.

한바탕 전쟁을 치룬 뒤, 강사는 그제야 한가롭고 여유있게 스춘에게 담배 한 대를 권하며 물었다.

"듣자 하니 량 선생님네 잡지사에서 실험영화제를 연다면서요? 영화 편수는 문제 없이 확보됐겠죠?"

"그럼요."

"저는 가끔씩 영화평도 쓰고, 작년에는 일 년 내내 '영화 철학'이라는 수업도 개설했지요. 영화에 대해서라면 뭐 연구랄 것까진 없지만, 그래도 취미가 좀 있는 편이죠. 중국 영화 예술은 실험영화제를 추진해야만 새로운 창의성이 발휘되는 거죠. 저는 량 선생님이 일을 추진하시는 패기에 경의를 표합니다. 만약 제가 도울 일이 있다면 개의치 마시고 말씀하십시오. 저는 젊은 친구들과 영화 예술에 대해 아주 즐거운 마음으로 대화에 나설 용의가 있으니까요."

"그러시군요, 네. 앞으로 많이 가르쳐 주십시오."

강사와 헤어질 때 샤오훙과 스춘은 같은 방향으로 갔다. 스춘이 손에 강사의 명함을 들고서 말했다.

"이 사람, 방금 생각났어. 내가 이 사람 영화평을 본 적이 있는데, 정말 수준 이하더라고. 줄거리만 한 번 쭉 이야기하고는 그만이야. 아무것도 보이지 않는데 제멋대로 막 평을 하는 거야. 그런데 이런 사람에게 강연해 달라고 모셔 주기를 기대해? 내가 들인 돈과 인력이 얼만데. 그걸로 이 사람이 명예와 이익을 몽땅 챙겨가겠다고? 젠장! 게다가 급하게 돈 쓸 일만 아니면, 그 가격에 차를 팔아 치우겠어?"

"으이그, 싸다 싸! 그러게 누가 너더러 그 사람 하는 대로 따르랬어?"

"됐어. 알다시피 어디 일이란 게 현금 없이 할 수 있더냐. 신문광고며, 매체 수수료며, 비용은 지출해야지, 또 누구를 만나든 최소한 한 끼 식사는 해야지. 그럴 때 약속어음을 끊어줄 수는 없잖아?"

스춘은 몹시 원망스럽다는 듯 차를 거칠게 몰았다. 샤오훙은 덜커덩거리는 차에 몸이 이리저리 흔들렸지만, 태도는 오히려 이상할 정도로 냉정했다.

"어이! 어이! 빈털털이 량 씨! 나도 약속어음은 싫네! 뭐 그간의 정을 봐서, 내 10분의 1은 면해 줄테니, 그냥 나한테 2천만 주면 되겠네."

스춘은 눈을 들어 거울 속에 비친 샤오훙의 사납고 악독한 상판이나 볼 생각이었는데, 뜻밖에 거울 속에서 자신을 정면으로 부라리며 쳐다보는 자기 모습이 도저히 믿겨지지 않았다. 깡마르고 앙상한 얼굴에 음울하게 찌푸린 눈썹은, 보면 볼수록 가증스러워 보였다!

샤오훙을 보내고 나니 때는 벌써 해질녘이었다. 차는 민성둥루(民生東路)로 들어서서 부모님 집 쪽을 향하고 있었다.

스춘에게 문을 열어준 사람은 2년 만에 바뀐 김씨 아줌마였다. 아줌마가 왔을 때, 스춘은 훠친 및 사업 선정 문제로 집안과 한바탕 소란을 피운 뒤 감정이 상해서 이사를 나가던 참이었다. 그래서 김씨 아줌마는 스춘을 대하는 게 몹시 불편했다. 스춘이 올 때마다 정성껏 차를 가져다 따라 주지만, 스춘이 아무 데나 누워서 되는 대로 물건을 끌어당기는 모습이 늘 마음에 꺼림칙했었다. 도대체 이 사람을 집안 식구로 여겨야 하나, 아니면 손님으로 봐야 하나 도통 알 수 없었기 때문이다.

"아무도 없어요?"

스춘이 사방을 두리번거리면서 물었다.

"사모님과 아저씨는 함께 공항에 전송하러 가셨는데, 식사하고 오신댔어요."

"아! 스퉁(世彤) 때문에?"

"아가씨가 야간부에 합격했는데, 개학을 했거든요!"

김씨 아줌마가 웃음을 짓는 순간 금이빨이 번쩍이며 드러났다. 마치 이렇게 비웃는 듯했다. 스퉁이 대학 야간부에 공부하러 가는 것조차 모르냐, 그래도 꼴에 제 집이라고. 스춘도 김씨 아줌마가 자기 엄마에게서 자신에 대한 원망어린 말들을 많이 들었을 거란 사실을 잘 알고 있다. 그래서 더 따분하게 느껴져 아줌마를 피해 여기저기를 서성거렸다. 이 집은 스춘이 이사 나간 뒤에 산 집이었다. 손님방이 두 칸 있긴 하지만 자기 침실은 없었다. 그래서 스춘은 집에 돌아오면, 편안히 몸 둘 곳을 잃어버린 느낌이 들었다. 그는 손으로 베란다 창을 열고 테라스에 서 있었다. 타이베이 시 절반이 눈에 들어 왔다. 흐릿하고 칙칙하여 오가는 모든 것이 마치 이제는 멀찌감치 떨어져 바라보듯 아득하기만 했다! 어느 누가 꿰뚫어 볼 수 있을까……?

문에 들어서던 량 선생이 먼저 아들을 보았다. 하지만 천천히 살찐 몸을 슬쩍 돌리더니 보지 않은 척했다. 스춘이 아버지를 부르자 마침 들어오던 량 씨 부인이 먼저 입을 열었다.

"참말로 귀한 손님이시네!"

김씨 아줌마를 마주하고 있어서 스춘은 몹시 멋쩍었다. 그렇지만 말을 건네기도 어색해서 그냥 얼굴을 깊숙이 처박고서 주방으로 가 밥을 달라고 했다. 아줌마는 서둘러 반찬 몇 가지를 올리고 밥을 담아 주었다. 량 선생과 부인은 평상복으로 갈아입고 나왔다. 세 사람은 젓가락을 든 채 아무도 먼저 입을 열지 않았다. 마침내 스춘이 낮은 소리로 먼저 입을 열었다.

"누구를 전송하러 갔어요?"

"위(余)씨네 둘째가 출국했다."

량 씨 부인은 원래 화가 난 것은 아니었는데, 위씨 집 아들이 출국한 사실을 떠올리자 속이 상했다. 그래서 이어진 말은 더욱 무거웠다.

"미국으로 공부하러 갔단다."

"그런 것도 전송을 해야 해요?"

스춘은 달리 대꾸할 말이 생각나지 않았다.

"네가 가겠다고 하면, 사람들이 마찬가지로 전송하지 않겠니?"

"됐어요. 가고 싶은 사람은 가면 되죠. 별일도 아닌데, 무슨 전송을 다하고."

"무슨 말을 그렇게 삐딱하게 하니!"

량 선생이 불쾌해져서 눈을 부릅떴다.

"세상물정이라곤 손톱만큼도 모르는 놈이 밖에서 무슨 일을 한다고?"

"저 밖에서 일 잘하고 있어요!"

스춘은 싸우고 싶지 않아 비위를 맞추듯 말했다.

"토요일에 저희 잡지사에서 행사를 하는데, 자기가 직접 찍은 실험영화를 상영해요. 엄마랑 아버지도 와 보시지 않겠어요?"

"누가 그런 걸 보러 가겠니?"

량 씨 부인은 몹시 못마땅한데, 량 선생은 오히려 관심을 보이며 한 마디 물었다.

"돈을 써 가며 행사를 하는 게 도움이 되나?"

"판매를 촉진시키는 거죠! 잡지사 명성이 올라가고 유명해지면 자연히 판매도 더 늘어나게 되지요. 우리가 실시한 시장 조사에 따르면, 실험영화에 흥미를 갖고 있는 사람들이 꽤 많아서 행사가 절대로 썰렁하진 않을 거예요. 지금은 바로 광고 시대잖아요! 홍보 수단 없이 어떻게 사업을 하겠어요?"

"휴, 넌 지금도 사업을 한다고 그러니! 어떻게 한 녀석도 돈 벌어 오는 자식이 없냐?"

량 씨 부인은 말을 하다 보니 화가 치밀었다.

"외국 가서 공부 좀 하라 해도 안 나가고, 아버지를 도와 무역 일을 좀 하라 해도 안 하려고 하면서, 그 말도 안 되는 일을 한답시고 왜 그렇게 그저 정신없이 돌아다니는지 모르겠다!"

"엄마! 그래도 이건 정정당당한 창업이라고요. 매일 같이 바빠 죽을 지경이지만, 명예나 체면 살리자고 하는 것도 아니에요. 그런데 어떻게 그렇게 말씀하세요……."

"그래, 바쁘지. 바빠서 일주일이 가고 이주일이 넘도록 집에 한 번 들를 시간도 없더냐? 네 에미, 애비가 죽어도 아는 사람이 없을 게다. 됐다! 뭐가 그리 바쁘냐? 우리가 모른다고 생각하지 마라. 너, 뤄친이랑 동거하는 거 맞지?"

스춘이 원래 하려고 했던 말은 일언지하에 량 씨 부인에 의해 잘려 나가고 말았다. 스춘은 더 이상 아무 말도 하고 싶지 않았다. 그러자 량 선생이 혀를 끌끌 차더니 입을 열었다.

"그런 게 소문나면 대단히 좋지 않다. 결코 너희들 결혼을 반대해서가 아니다."

"나는 반대해요!"

량 씨 부인이 말했다.

"스춘! 너 알아둬라, 내가 분별 없는 에미도 아니고, 부자만 좋아하는 것도 아니다. 하지만 그 천뤄친은 내가 도저히 못 봐주겠다. 어쩜 그렇게 제멋대로니? 네 아버지 생일날 집에 그렇게 많은 손님이 오시고, 기자도 와서 사진을 찍는데, 슬리퍼를 끌고 청바지 차림으로 온다니? 머리도 덜 말린 채로 물을 뚝뚝 흘리면서. 이게 어느 나라 법도라더냐?"

"아휴! 몇 번이나 말씀하시는 거예요?그날 우리가 수영을 갔다고 몇 번이나 말씀드려야 해요?"

"하필 너희 아버지 생신날을 잡아 수영을 가야 하니? 또 너희는 동갑인데, 사실 여자가 남자보다 몇 살 어려야 좋은 거다. 나는 반대다!"

한 끼 식사가 마치 밀랍을 씹는 것만 같았다. 간신히 아홉 시까지 버텼다. 량 씨 부인이 스춘더러 자고 가겠느냐고 물었다. 스춘은 어머니의 말투가 뭔가로 후벼 파는 것만 같아 억지로 머물게 되었다. 하지만 밤에 도무지 잠을 잘 수가 없어, 뤄친에게 장문의 편지 한 통을 써야겠다고 생각했다. 종이를 찾아다 펼쳐 놓았지만, 수만 가지 일들이 얼기설기 뒤얽혀 어디서부터 시작해야 할지 알 수 없었다. 이제는 연애하던 시절의 그가 아니었다. 그땐 2, 3천 자의 글을 오로지 사랑이란 감정만으로도 샘 솟듯 써내려 갔었다. 이제 그에게는 수만 가지 감정이 생겨났지만, 감정을 풀어낼 간절한 문장은 한 글자도 떠오르지 않았다.

황정한(黃正函) 명함에 있는 주소를 따라, 스춘은 뚱보 탕링의 작은 차에 앉아 피푸루(脾腹路) 일대의 거리와 골목을 한동안 찾아다녔다. 그러다 겨우 골목길 안의 더 작은 골목에서 시멘트 기와 지붕의 자그마한 단층집을 찾아냈다. 황씨 집은 맨 마지막 집이었다. 초인종을 누르자 먼저 개 짖는 소리와 한 여인의 걸쭉한 목소리가 들려 왔다. 문을 열어준 사람은 서른 살쯤의, 약간 뚱뚱하지만 그래도 온화한 모습의 여자였다. 그녀는 누구를 찾아왔는지 호기심에 가득 찬 눈빛으로 물었다.

"죄송합니다만, 황정한 선생님이 여기 사시나요?"

"아! 네!"

여자는 웃으며 문을 열어 주더니 그들을 들어오게 했다.

"물건 사러 갔는데, 금방 돌아올 거예요. 잠시 앉으세요!"

시멘트 응접실엔 빛이 충분히 들지 않아, 집 안의 자질구레한 가구들마저 더 낡고 볼품없어 보였다. 특히 스춘이 앉아 있던 비닐 소파는 스프링이 몇 군데나 끊어져 있었고, 면사와 볏짚이 다 드러나 편히 앉아 있기도 힘들었다.

여자가 차를 내오자, 스춘이 몇 마디 인사를 건넸다. 이 여자가 황 씨 부인임에 틀림없으리라 단정 짓고서 말이다. 뚱보 탕링은 입을 굳게 다문 채 물 한 모금도 마시지 않았다. 스춘은 탕링이 영화제 후에 토론회 따위를 가미하는 것에 아예 반대한다는 것을 잘 알고 있었다. 하물며 이름도 없는 사람이 사회를 보는 것에는 더 말할 나위가 없었다. 하지만 스춘이 거듭 우기는 바람에, 뚱보 탕링도 하는 수 없이 한 발 양보해서 우선 그 황정한이라는 사람을 만나보기로 한 것이었다. 아직 대면하진 않았지만 뚱보 탕링은 눈에 들어오는 것들로 인해 이미 사람을 얕보고 있었다.

황정한이 나타나서 탕링을 설득하는 것, 이것이 스춘의 첫 번째 계획이었는데, 돌아가는 상황은 사실 상당히 불리했다. 황정한은 속옷 셔츠에 반바지 차림으로, 한 손에는 계란이 담긴 비닐봉지를 들고, 다른 손에는 세 살 먹은 아이를 데리고 돌아왔다. 누군들 집에서 제대로 잘 차려입고 있겠는가? 이렇게 스춘도 자신을 위로해 봤지만, 자기가 도대체 왜 밖에서 만나기로 약속하지 않고서, 굳이 예의를 갖춰 방문을 해 가지고 남을 성가시고 힘들게 하는지 후회막급이었다.

황정한은 스춘 일행의 방문에 상당히 놀라워했다. 그는 자기를 영화제 뒷풀이의 토론 사회자로 섭외한다는 소리에, 저쪽에서 아이와 놀면서 앉아 있는 펑퍼짐한 아내를 힐끗 쳐다보았다. 그는 실눈을 뜬 채 천천히 미소를 지으며 고개를 가로젓더니 말했다.

"됐어요! 저야 진즉에 한물간 사람이고, 요즘엔 젊은 사람들 천하 아닙니까? 구태여 이런 사람이 뭘? 그럴 필요 없지요, 그렇지 않아요?"

"황 선생님, 전 말하고 싶은 게 있으면 꾹 눌러 참지 못하는 성밉니다. 제가 이렇게 하는 건 사실 당신 같은 분들이 묻혀 버리는 걸 원치 않기 때문이에요. 타이완에 영화를 하는 사람들이 이렇게 많고, 그중에 몇몇은 정말 재능과 학식에 뛰어난 이들이죠? 그거야 황 선생님이 저보다 잘 아실 거예요. 하지만 그들은 하나같이 영화 한 편을 찍고 금방 또 한 편을 찍죠. 그런데도 당신은 곱게 사무실에만 앉아 계실 겁니까? 요즘 세상이야 권위를 무척 떠받들죠. 황 선생님도 권위가 있으시잖아요. 그런데 누가 알아 줍니까? 우리가 판로를 확장해서 모두에게 알려야만 해요. 물론 당신의 성공이 우리 잡지사에도 도움이 되지요. 이 점도 전 솔직히 말씀드릴 수 있어요. 그래서……"

"그래요! 그렇죠! 저도 알고 있어요."

황정한은 여전히 그렇지 않다는 미소를 지어 보였고, 그 미소에 스춘도 기가 한풀 꺾였다. 막 다음 말을 하려다 황정한에 의해 말이 끊겼다. 사실 황정한도 이야기 보따리를 풀었다 하면 쉽게 그만두는 사람이 아니었다. 그는 온갖 이야기를 처음부터 말하기 시작했다. 자기의 한 외국 학생이 미국에서 영화를 공부하는데, 얼마나 물가가 비싼지 결코 쉽지가 않다는 이야기부터, 자기가 처음에 어떻게 영화에 빠져들게 되었는지, 또 자기가 막 귀국해서 얼마나 뭔가 해 보려고 애를 썼는지에 대해 장광설을 늘어놓았다. 자기가 해 보려던 잡지사가 결국 무산되고, 영화제도 열지 못했으며, 영화계와 연계하는 것도 결국 허사가 되었다는 것이다. 사실 말이지, 뭐 이상할 것도 없고, 그리 원망할 일도 아니었다. 당신에게 그저 학위가 있다고 해서 누가 몇 백만 위안의 자본을 대담하게 영화를 찍으라고 내놓겠는가? 결국엔 대학 강의 자리마저 한 군데도 찾지 못하고, 텔레비전 방송국에서 한참을 기다리다, 나중에는 손을 들어야 했다.

"그 뒤론 지금처럼 그럭저럭 밥벌이나 하며 살고 있죠. 저도 이제 다 그러려니 생각합니다. 다퉈 봐야 뭐 하겠어요?"

"당연히 다퉈야지요!"

스춘은 힘을 내어 황정한의 기를 북돋워 주려고 했다. 그는 황 선생의 그 무력한 성격 때문에 자신의 결심을 포기하고 싶지 않았다.

"사람이 살아 있는 건 한순간이에요. 당신에게 부족한 건 시운(時運)입니다. 운이 따라 주기만 한다면, 다투지 않을 까닭이 어디 있겠습니까? 포부! 사람이라면 늘 포부를 품고, 이상을 지녀야 하지 않겠어요?"

스춘은 황정한을 제대로 설득하지 못했지만, 그래도 생각해 보겠노라는 답변을 들었다. 황 씨 집을 나온 뒤 스춘은 내내 말이 없었다. 뚱보 탕링도 평소답지 않게 침묵한 채 거칠게 담배를 빨아대며 차를 몰았다. 스춘도 마음을 모질게 먹고서 자기도 뚱보의 의견에 신경 쓸 필요 없고, 고작해야 서로의 관계를 청산하면 그만이라고 마음먹었다. 그러면서도 뚱보가 이렇게까지 할 리는 없으리라 생각했다. 공관을 나오자 마침내 뚱보 탕링이 먼저 입을 열었다.

"내가 보기에 스춘 네가 이번에 잘못 짚은 것 같아. 황 씨라는 사람 뭐 대단치 않은 것 같은데!"

스춘은 코웃음을 치더니 입을 다문 채 그저 뚱보 탕링의 느긋한 말투를 듣고만 있었다. 그는 바람막이 유리 아래쪽에서 손으로 담뱃갑을 더듬어 찾았다.

"너 한번 말해 봐. 그가 일어서도록 도와주는 게 너한테 무슨 이익이 되는데?"

"딱히 잘라 말하긴 어렵지. 어쩌면 아무 이익이 없을지도 몰라."

스춘은 뭔가 비웃는 표정으로 말을 이었다.

"말해 봤자 믿기지 않을지 모르겠지만, 그래도 난 확신이 있어. 황정한 이름이 좀 알려지고 우리 잡지사에 글을 써주면, 이게 유일한 이득이지. 글을 써주지 않아도 누가 뭐라 할 수 있겠어. 그래서 말인데, 이익을 챙기는 사람은 결국 그 사람이겠지. 나야 곧 꺼져 가는 생명을 보고 안타까워하는 사람일 뿐이야. 난 그 사람이 이렇게 끝나서는 절대로 안 된다고 보거든."

"대단한 구세주 나셨구만. 그러면 나에게는 어떤 이익이 있나?"

"너한테야 더 이익 될 게 없지."

"그러게 말이야."

뚱보 탕링이 하하 웃더니 정색을 하고서 말했다.

"그러니까 즉흥 연주를 대중가요 부르기로 바꾸자고. 그게 우리 식당에도 도움이 된다고. 나야 황정한과 토론회에 대해 문외한이지만, 너도 음향 효과에 그만 좀 신경 써라. 어때?"

마침내 황정한은 실험영화제의 토론회에서 사회를 맡아 주기로 했다. 스춘은 결코 의외라고 생각하지 않았고, 그저 그의 결단이 반가울 따름이었다. 서둘러 인쇄 공장에 연락을 해서 포스터에 황정한의 간단한 경력과 토론회 문구를 집어 넣도록 했다. 거기다 모든 영화 제작자들을 참석시켜 영화 제작 과정을 설명하도록 했는데, 이는 행사를 더욱 돋보이게 하기 위함이었다.

황정한도 상당히 적극적이었다. 그는 자료를 정리하고 강연 원고를 준비했으며, 자기가 나서서 스춘과 연락을 취해서 당일 회장의 세부 프로그램에 대해 의견을 나누기도 했다. 하지만 스춘은 황정한이 다소나마 의혹을 품고 있다는 느낌을 받았다. 스춘에 대한 불신 외에 자기 자신에 대한 자신감도 흔들리는 듯했다. 사실 스춘 자신도 어찌 자신에 대해 의혹을 품어 보지 않았겠는가? 하루에 열여섯 시간씩 몸과 마음, 그리고 돈까지 물 쓰듯 쏟아부으면서도 결과를 장담할 수 없는 마당이었다. 사실 확실한 이익이 무엇일지 자신조차 알지 못했고, 심지어 좀 미쳤다는 소리까지 들었다. 스춘은 자신에 대해 고개를 절래절래 흔들었다. 밤이 되면 뤄친을 그리워하고, 자신을 분수도 모르는 놈이라고 욕하기도 했다. 하지만 태양이 비추는 낮이 되면 아무것도 생각하지 않고 그저 일만 했다. 한 가지가 끝나면 또 한 가지에 매달리면서, 자기가 힘껏 해 나가고 다투는 것 모두가 잘못되었다고는 결코 믿지 않았다.

상영비준 허가를 받은 이튿날, 인쇄 공장에서 약속 날짜보다 일주일이나 늦게 포스터를 보내 왔다. 포스터 인쇄는 전체 화면이 흑백 사진으로, 한 젊은 남자가 16밀리 카메라를 들고서 눈을 렌즈에 밀착시킨 모습이다. 스춘은 이 인쇄 포스터의 사이즈와 원래 설계도 크기가 맞지 않는 게 마음에 들지 않았고, 사진을 확대한 미립자가 너무 조잡한 것도 마음에 들지 않았다. 게다가 나중에 덧붙인 토론회의 글자가 너무 작은 것도 마음에 들지 않았다. 하지만 불만은 불만일 뿐이고, 결점은 전혀 메워지지 않는 것이기에, 그저 북적이는 시가지로 흩어져 포스터를 붙이는 수밖에 없었다. 스춘도 자기 분량을 한 아름 안고서, 아는 사람들의 식당과 전문대학으로 나눠 보냈다.

실험영화제의 신문 광고는 영화제 개막 사흘 전부터 영화제 당일까지 연속 사흘간 신문에 올려 달라고 스춘이 이야기했었다. 그런데 목요일 조간 신문을 들춰 보니, 아무것도 보이지 않았다. 스춘은 전화기를 붙들고서 매체 담당자인 얼뜨기 뤄(羅) 씨를 찾았다.

"이봐! 얼뜨기! 일을 도대체 어떻게 하는 거야? 오늘 신문에 광고 낸다고 하지 않았어? 당신 내 영화제 망하게 할 작정이야?"

"헤! 헤!"

그 얼간이는 오히려 아무 일 없는 사람처럼 실실 웃으며 말했다.

"미안하네! 미안해! 나는 말했지! 그런데 지면이 부족하다는 거야! 내가……"

스춘은 마음을 다잡고서 다시 그를 불러내 식사를 사 주면서, 부드럽고 낮은 소리로 성질을 죽여 가며 끝까지 좋은 말로 달랬다. 이익도 있을 테니 서로 입장을 봐서라도 내일은 꼭 영화제 광고가 나오게 해 달라고 부탁했다.

"량 선생! 당신 일을 내가 마음에 안 두겠소? 당신은 마치 내가 당신 일에 최선을 다하지 않은 것처럼 말하는데. 흠! 내 다시 가보리다. 내일은 문제없이 광고가 실릴 테니, 맘 놓고 가서 주무시오! 일주일 안 본 사이에 당신 눈이 쑥 들어갔네."

하지만 스춘이 어떻게 편히 잠을 잘 수 있겠는가? 이튿날 신문의 제자(題字)란 아래쪽에 실린 영화제 광고를 보고서야 반쯤 마음을 놓을 수 있었다.

오후에 스춘은 탕링과 만나 두 사람의 친분 관계를 총동원해서 몇몇 잡지사의 영화 기자들을 초대해 식사 대접을 했다. 딱히 기자회견이라고는 할 수 없지만 그래도 그런 개념의 초대였다. 스춘은 자료를 나눠주고, 먼저 영화 예술과 영화 문화를 고취하고, 실험영화제가 외국에서 얼마나 각광받는지에 대해서도 설명했다. 그런 뒤 자기 잡지의 영화 토론회가 얼마나 순수한지 설명하고, 또 이번 실험영화제가 미래의 중국 영화에 지대한 의의가 있음을 피력했다.

현장에 온 남자 기자 두 명은 아주 노련한 표정을 지은 채, 스춘의 설명에는 미동도 하지 않았다. 오히려 이제 막 기자 일을 시작한 듯한 미스 인(尹)은 사뭇 감동한 표정으로, 펜을 꼭 쥐고서 열심히 기록하고 있었다. 언제라도 찬사와 질문을 내던질 것만 같은 태세였다.

"와! 정말로 짜릿한 행사인데요. 전에 이런 것을 본 적이 거의 없어요! 실례합니다만, 량 선생님! 이번 행사에 상영되는 영화들은 유성영화인가요, 무성영화인가요? 제가 전에 봤던 혼례와 피크닉에 관련된 기록물들은 하나같이 무성영화였거든요."

"네, 그렇습니다! 이번 영화제의 16밀리는 모두 유성영화이고, 8밀리의 일부는 녹음 테이프를 덧붙였지만, 대부분 무성영화예요. 하지만 이번 우리 영화제는 시각 예술 외에도, 청각 효과도 고려했습니다. 당일 현장에서는 영화에 걸맞는 연주도 함께 할 것입니다."

"민요를 부를 겁니다."

뚱보 탕링이 다급히 끼어들어 말했다.

"저희가 네 명의 가수를 영화제에 초대했거든요."

"아! 정말로 시각 예술과 청각 예술의 대결합이로군요."

"그렇지요! 저희의 목표도 바로 여기에 있습니다."

미스 인은 영화 제작자의 자료에 대해서도 물었고, 스춘 역시 온 힘을 다해 황정한을 추켜세웠다. 그가 귀국한 지 몇 년 되었는데 영화 예술에 대해 여전히 열정을 지니고 있다며, 이런 인재만이 중국 영화에 새로운 바람을 몰고 올 수 있다고 자랑했다.

기자들을 전송하고서, 스춘은 뚱보 탕링이 건네준 가수 명단은 거들떠보지도 않은 채 물었다.

"이 사람들은 언제 영화를 보지?"

"영화를 본다고? 그 사람들에게 레퍼토리를 골라 주려는 거야? 됐어! 와주는 것도 어디 쉬운 일인 줄 알아? 그냥 현장에서 자기들이 좋아하는 곡을 부르게 놔둬. 어쨌든 사람이 죽어 가는 영화가 상영되는데 '해피 데이(Happy Day)'를 부르진 않을 테니."

스춘은 눈썹을 찌푸렸다. 더 이상 싸울 기력도 없는지라 의자를 획 밀쳐 버렸다. 뚱보 탕링의 목소리가 바로 뒤따라 들려 왔다.

"가수의 거마비는 우리가 절반씩 내는 거니까, 내일 잊어버리지 말아라! 현장에서 지불해야 하니까!"

저녁에 스춘 혼자 잡지사에 남아 기자재를 정리하고 있었다. 사람 소리도 들리지 않고, 전화 벨소리도 없이, 아래층 거리의 오가는 차 소리만 들렸다. 영화 필름, 영사기, 스크린 등등을 모두 잘 챙겨 한 데 묶어 놓았다. 내일 아침 샤오린(小林) 일행이 들고 가서 설치만 하면 되게끔 해 놓았다. 모든 준비가 끝나자, 스춘은 황정한에게 전화를 걸어 연락해 보아야겠다고 생각했다. 그런데 도통 기운을 차릴 수가 없어, 전화가 연결되자 그저 몇 마디만 나누고 말았다. 고개를 가로저으며 그는 담배에 불을 붙여 입에 물었다. 그래도 여전히 정신이 혼미했다!

뤄친이 그래도 영화제 전에는 서둘러 돌아오리라 줄곧 생각했다. 그런데 지금까지 그림자도 비치지 않았다. 스춘 역시 슬그머니 불안해졌다. 내일 일을 마치고 곧장 차를 타고 남부로 가볼까 하는 생각도 들었다. 그는 한숨을 내쉬었다. 머릿속은 온통 헝클어진 채로, 일단 내일 남부로 내려가 보기로 마음먹었다.

밤중에 스춘은 사무실에서 잤다. 한밤중에 누군가 문을 두드리는 소리가 들리는 것 같았다. 하지만 몽롱한 가운데 분명치가 않았다. 어떤 여자 목소리가 스춘을 부르고 나서야, 그는 화들짝 놀라 깨서 문을 열었다. 그런데 정말로 뤄친이 커다란 여행 보따리를 들고 서 있었다. 산발한 머리에 먼지를 뒤집어쓴 채.

"집에 갔더니 당신이 안 보여서, 여기로 와봤어."

뤄친은 아무 일 없었다는 듯 들어와 문을 걸어 잠갔다. 스춘을 쳐다보지도 않은 채 의자를 찾아 앉으면서 말을 이었다.

"남부로 돌아가서 막 선을 봤어. 남자는 중학교 선생이었는데, 성실한 사람이더라구. 엄마 말씀이 성실하고 믿을 만하다고……"

말을 채 마치기도 전에 뤄친은 바닥에 푹 고꾸라졌다. 뤄친은 발버둥치지도 않은 채 그저 문지르고 비비면서, 스춘이 숨을 몰아쉬며 내뱉는 이야기를 듣고만 있었다.

"그럼, 당신은 뭐하러 돌아왔어? 돌아오지 말지!"

"당신이 보고 싶어서!"

그리움이란 어찌 할 수 없는 것이다. 뤄친은 집에 머물러 있겠노라 고집을 피우면서 스춘이 남부로 내려와 자기를 데려가 주기를 기다렸다. 그런데 날을 꼽아 보니 영화제 날이 임박했다. 마음은 갈수록 초조했고, 도무지 마음이 놓이지 않았다. 그녀는 자신이 타이베이에서 스춘 곁에 있으면, 스춘에게 최소한 힘이 될 거라 믿었다.

뤄친의 엄마도 뤄친을 붙들지는 않았고, 그저 거듭해서 이렇게 말했다.

"친! 내 말을 무던히도 안 듣더니, 그래도 이 말만은 잊지 말아라. 여자는 그래도 여자란다. 남자와 다르단 말이다. 제발 몸 조심해야 한다! 이제 난 너를 어떻게 해볼 수가 없구나. 만약에 정말로 그 량 선생을 좋아한다면 결혼하면 된다. 나이도 이제 적지 않잖니!"

결혼이란 말은 엄마 입에서 마치 다반사처럼 쉽게 나온 말이었지만, 스춘은 사실 곧이듣지 않을 것이다. 뤄친이 입으로는 스춘을 좋아한다 하면서도, 마음속으로는 어쩔 수 없이 엄마의 말을 염두에 두고 있었다. 이게 바로 그녀가 곤혹스러운 대목일 터, 누가 이런 그녀의 처지를 알아줄 것인가? 사무실 등은 꺼져 있었고, 황량한 어둠은 방금 전 밤차에 앉아 바라본 세계와 다를 바 없었다. 다만 지금은 누군가 어루만지고 껴안아 주니, 그렇게 허전하고 텅 빈 것 같지는 않았다. 뤄친은 재잘거리듯 스춘을 불렀고, 이 때만큼은 더 이상 엄마의 말은 뒤도 돌아보지 않았다!

실험영화제는 토요일 오후 2시였다. 아침에 스춘은 일찌감치 일어나 아래층으로 내려가 신문 세 부를 샀다. 자세히 뒤적여 봤지만, 겨우 한 군데 영화칼럼란에 백 자도 안 되는 작은 글이 실려 있었다. 그 미스 인의 신문지상에도 영화 스틸컷만 실려 있을 뿐, 실험영화제에 관련된 소식은 한 글자도 찾아볼 수 없었다.

아홉 시가 채 안 되어, 뚱보 탕링이 전화를 걸어와 미스 인에 대한 섭섭함을 불만스럽게 토로했다. 스춘은 마지못해 미스 인을 대신해 변명하듯 말했다.

"원고를 썼다가 지면에 올리지 못했나 보지!"

"됐어. 내버려 둬, 뭐. 스춘! 나 상의할 일이 있는데, 어젯밤에 우리 식당 지배인 왕(王) 씨가 주판을 튕겨 보고 또 튕겨 보더니, 식당이 하루 장사, 그것도 토요일 장사인데, 손해가 너무 크다는 거야! 이렇게 하는 게…… 어때! 나도 너한테 손해 끼치고 싶지 않으니, 내 장사는 장사대로 하자. 그러면 가수 거마비는 신경 쓰지 않아도 되잖아. 어때……?"

듣고 있자니 스춘은 머리 꼭대기에 열이 뻗쳤다. 세상에 이런 놈도 있구나 싶어 말을 다 듣기도 전에 탁자를 탕 내리치면서 욕을 퍼부었다.

"제기랄! 처음엔 뭐라고 했지? 이제 와서 비열한 계략을 쓰려고 해? 뚱보 너, 내가 경고한다! 이번 행사는 비영업적인 것이라고, 내가 이미 말했다. 넌 돈만 밝히겠지만, 난 그래도 끝까지 염치를 차리겠다!"

"너! 너 뭔 말을 그렇게 하냐……?"

"그게 내가 하고 싶은 말이다. 뚱보 너한테 말하는데, 너 또다시 술수를 쓰면, 이 몸이 죽을 각오로 영화 상영 못하게 할 거다. 믿거나 말거나 네 맘대로 해."

스춘은 거칠게 전화를 끊고, 곧바로 신발을 신고 회장으로 쫓아가 자리를 지킬 셈이었다. 뚱보 탕링이 또 무슨 꼼수를 부릴지 걱정이 되었기 때문이다. 뤄친도 일찍 일어났다가 스춘이 펄펄 뛰는 걸 보았다. 그녀는 스춘을 자극하는 대신, 스춘이 함께 가지 않겠냐고 물을 때까지 기다렸다. 뤄친은 그제야 고개를 가로저으며 대꾸했다.

"난 오후에 갈게."

스춘은 문을 열었다가, 다시 돌아와서 말했다.

"너무 얼굴 찌푸리지 마라!"

"누가 얼굴을 찌푸렸다고?"

뤄친은 문 손잡이를 잡고서 그를 배웅했다. 스춘은 마지못해 웃음 짓는 뤄친을 보면서, 흥이 싹 가시는 기분이 들었다. 그는 그렇게 공교로운 일이 있으리라 믿지 않았다. 약 한 번 안 먹었다고 임신을 해? 어쨌든 아이도 없는 셈이니, 결혼을 해? 말아? 그래도 문제는 여전히 남아 있다!

스춘은 일하는 사람 모두를 불러 '탕링 식당' 맞은편에 있는 작은 식당에서 점심을 먹었다. 뚱보 탕링은 아침 일이 너무 불쾌한 나머지 따라가지 않은 채 그냥 자기 장부에 사인을 하라고만 했다. 스춘 역시 대꾸도 하지 않았고, 결국 자기가 계산을 치렀다. 스춘은 다시는 이런 놈 하고는 말을 섞지 않겠노라 다짐했다. 메스꺼울 정도로 혐오스러운 태도를 보이면, 완전히 정나미가 떨어질 수밖에 없겠지!

한 시 반이 되자 사람들이 계속 회장으로 들어오기 시작했다. 입구에는 줄줄이 열두 장의 포스터가 가지런히 붙어 있고, 바닥에는 작은 화분들로 빽빽이 둘러싸였다. 회장 안은 사람들로 상당히 북적거렸다. 회장 안의 모든 식당 탁자들은 치워 버렸고, 노래를 할 작은 무대를 중심으로 의자들만 가득 놓여 있었다. 기다리는 사람이 80프로 정도 차자, 상황은 대충 정리가 되는 것 같았다. 그제야 탕링의 얼굴에 미소가 번졌다. 스춘은 뭔가 울컥 솟아올랐지만, 어쨌든 이제 시작에 불과했다. 그는 한쪽에 서서 사람들이 떼지어 들어오는 것을 바라보았다. 어떤 사람은 호기심 어린 눈빛으로 실험영화제가 무엇이냐고 묻기도 했고, 또 어떤 사람은 돈 안 내는 영화냐고 농담하기도 했다. 어떤 사람은 지나가다 우연히 들어와 보기도 했고, 또 어떤 사람은 별 의미 없이 들어와 함께 온 사람에게 이게 뭘 하는 것인지 보자는 이도 있었다. 그런가 하면 노트를 들고 와서 사뭇 진지하게 무엇이 실험영화제인가를 토론하는 사람도 있었다.

황정한은 파란 양복 차림으로 혼자 들어왔다. 스춘은 옷차림에 대해서는 그다지 까다롭지 않았지만, 그래도 옷감과 스타일, 그리고 색깔에 대해서는 신경을 쓰고 있었다. 상황에 어울리지 않는 옷차림을 스춘 자신이 절대 원하지 않았기 때문이다. 하지만 황정한은 이런 것에 대해 이제껏 고려해 본 적이 없는 것 같았다. 게다가 그가 특별히 선택한 이 색깔은 하필 사람들이 굉장히 싫어할 색이었고, 보기에도 무척 싸구려처럼 보였다. 스춘은 황정한을 보면서 마음이 불편했지만, 그렇다고 뭐라 할 수도 없어 그저 이렇게 물었다.

"부인은 안 오시나요?"

"아이가 아파서 못 옵니다!"

서둘러 황정한이 준비한 강연 원고와 자료 카드를 훑어보니, 그래도 그의 옷차림이나 풍채보다는 만족스러웠다. 두 시 정각에 스춘은 마이크를 잡고서 믿음직하게 개회를 하고, 황정한을 소개했다. 황정한이 무대에 올랐지만 좌중을 압도하지는 못했다. 그의 생김새와 차림새가 눈에 들지 않아서인지, 아니면 원래 천성적으로 사람들의 호감을 끌지 못하는 것인지, 도무지 알 수 없었다. 스춘은 그저 황정한의 '실험영화란 무엇인가?'에 대한 강연을 듣고 있을 수밖에 없었다. 그런데 삼분의 일이나 했을까, 마이크 소리가 청중들의 왁자지껄한 소리에 덮여버리고 말았다! 그의 웅웅거리는 강연을 귀 기울여 듣는 사람은 거의 없는 것 같았다. 무슨 실험영화가 자아 표현의 수단이니…… 영화는 저마다의 품은 뜻과 깊은 주제를 표현해야 한다는 등…….

스춘은 아래에 서서 황정한의 거북스럽고 불쾌한 모습을 바라보며 조급한 마음이 들었다. 반응이 좋지 않은 걸 보면서 차라리 일찌감치 강연을 끝내는 게 낫겠다는 생각도 들었다! 슬쩍 뚱보 탕링을 쳐다보니 먼 곳에서 배를 내민 채 거만하게 서서 담배 연기를 내뿜고 있었다. 스춘은 모질게 마음먹고서 황정한의 강연을 끝낸 후, 뒤쪽으로 가서 영화를 상영할 준비를 했다.

온통 암흑 천지인 스크린에 화면이 나오기 시작하자 상황은 그제야 수습되고, 사람들의 웅성거리는 소리와 소란스러움도 잦아들었다. 스춘은 벽 쪽에 서 있느라 스크린이 거의 안 보였고, 그저 여자가 천천히 부르는 서양 가곡 'Blown in the Wind'의 노랫소리만 들렸다. 그는 이 노래가 화면과 어울리는지 궁금했지만, 청중들이 별다른 반응이 없기에 더 이상 따져 보지 않았다.

누군가 자기를 잡아끌었다. 뤄친이었다. 어제 입었던 얇은 자홍색 실크 인도 셔츠와 흰색 세마(細麻) 바지 차림이었다.

"언제 왔어?"

스춘이 되는 대로 물었다.

"황정한이 강연할 때 왔어. 사람이 많네!"

스춘은 입을 다문 채 더 이상 말이 없었다. 두 사람 모두 잘 알고 있었다. 사람이 많다고 그것이 영화제의 성공을 나타내거나, 잡지가 팔려나가는 건 아니라는 걸. 아무도 드러내 놓고 말하지 않을 뿐, 착잡한 기분이 한 층 또 한 층 마음을 짓눌러 왔다. 떠들썩한 대회장 분위기와 이들 두 사람은 아무런 상관이 없는 것만 같았다.

영화가 여덟, 아홉 편쯤 상영됐을 때 관객들은 더는 못 참고 움직이기 시작했다. 청바지와 영문자가 새겨진 티셔츠를 입은 남자가 밖으로 나가면서 말했다.

"뭘 연기하는지 모르겠네? 한 사람이 전화통을 붙들고 10분을 이야기만 하는데, 그저 입과 눈, 코의 움직임만 보이니, 도대체 무슨 말을 하겠다는 거야."

"부르는 노래는 '침묵은 금'이야."

그런대로 차려입은 여자가 비웃으며 말했다.

두 사람은 히히덕거리며 나가버렸다. 뤄친은 스춘이 어깨를 으쓱하는 것을 바라보았다. 스춘은 그녀의 허리를 감쌌지만, 그게 뤄친을 위로하는 뜻인지 자기를 위로하는 것인지 알 수 없었다. 스춘이 말했다.

"어쨌든 반절은 스토리가 있는 영화니까."

금테 안경을 낀 어떤 남자가 무리 속에서 나오더니, 스춘 쪽으로 걸어왔다.

"사람 정말 많네, 나는 도저히 못 있겠구먼."

"그렇죠!"

스춘은 그의 가늘고도 부드러운 목소리를 듣고서야 이 사람이 아버지 차의 새주인임을 기억해냈다. 차는 분명 문 입구 쪽 멀지 않은 곳에 주차되어 있을 것이다!

"좀 전에는 뵙지를 못했네요."

"사람이 많잖아요! 나도 좀 늦게 왔구요."

그 강사가 말을 하면서 안경을 밀어올렸다. 새로 맞춘 도수 없는 안경이라 아직 적응이 안 되는 모양이었다.

"어떻게 죄다 젊은 사람들일까! 하기야! 요즘 타이베이의 문화활동은 대개 이 모양이더라고. 무용 전시회를 봐도 그렇고, 그림 전시회, 영화 전시회도 다들 젊은 사람들 일색이라니까. 내일 있는 음악회도 분명 젊은 사람들일 거요. 맥 빠지는 얘기만 했소, 말해 봐야 필요도 없는 걸 말이오."

스춘은 한동안 말이 없었다. 그 강사 역시 눈치를 살피다가 사라졌다. 스춘은 뭐 그다지 기분이 나쁘지는 않았다. 다만 황정한이 이 강사 절반만큼이라도 영리해서 언제 무슨 말을 해야 하는지 조금만 알고 있었더라도 문화계에서 진즉 특별한 존재가 되었으리라는 생각이 들었다.

"당신 아버님!"

뤄친이 그를 쿡쿡 찌르며 계단 입구를 가리켰다. 과연 량 선생이 부인을 대동하고 정장 차림으로 먼 곳에 서 있었다. 스춘이 다가가 부모님을 들어오시게 하자 량 씨 부인은 천천히 걸으면서 쭉 둘러보더니 말했다.

"이렇게 사람이 많은데, 뭘 보겠냐? 됐다! 난 안 들어가마."

량 선생이 미간을 찌푸리더니 아내를 남겨둔 채 곧장 안으로 들어갔다. 스춘은 뤄친더러 따라가 자리를 찾아드리라는 눈짓을 하고는, 자기는 엄마를 모시고 몇 마디 한담을 나누었다. 그때 샤오린이 자기를 찾아와, 천(陳)씨 성을 가진 사람과 왕(王)씨 성을 가진 사람이 필름을 돌려달라면서 이번 영화제에 참여하고 싶지 않다는 뜻을 전해 왔다.

"천리궈(陳利國)와 왕(王)……왕(王)? 이유가 뭐래?"

스춘 기억에 이 두 사람은 영화과 졸업생이었다. 이들은 눈만 뜨면 UCLA를 가겠다고 떠들어 대는 사람들인데, 친구 소개로 영화제에 참여하게 된 것이었다.

"방금 전에 상영된 영화들 수준이 너무 낮아서, 자기들 몸값을 떨어뜨리고 싶지 않다는 뜻이겠지."

"내가 이야기해 볼게……"

그러다가 스춘은 멈춰 섰다. 인파 속에서 어떤 사람이 자기를 욕하는 게 눈에 들어 왔다. 그도 더 이상 신경 쓰고 싶지 않아, 성난 듯 손을 휘저으며 샤오린에게 말했다.

"돌려줘버려! 돌려줘! 그리고 다시는 그 두 놈에게 내 앞에 나타나지 말라고 해."

영화 두 편이 줄어들고 나니 영화 상영은 금세 끝날 분위기였다. 스춘은 황정한을 찾아 서둘러 토론회 사회 준비를 하라고 했다. 황정한은 고개를 가로저으며 스춘에게 뭐라고 중얼거렸다. 아마도 방금 전에 기가 다 빠져버린 모양이었다. 스춘은 어떤 말도 하고 싶지 않아, 그를 밀어올리고서 자기도 작은 무대 위에 섰다. 영화 상영이 끝나자 스춘은 이 영화들의 제작자를 한 명 한 명 소개했다. 하지만 관객들이 뿔뿔이 자리를 뜨는 것을 붙들 수는 없었다. 무대 위에서는 하하거리며 농담을 했고, 무대 아래서는 떼로 몰려다니며 왔다갔다 야단법석이었다. 상황이 이쯤 되고 보니, 마치 경매 시장보다도 더 소란스러운 듯했다. 스춘은 전혀 개의치 않는다는 듯 다정다감한 얼굴로 계속해서 사람들을 호명했다.

객석은 거의 반절이나 자리를 비웠다. 회장 안은 그제야 진정되었지만, 너무 썰렁했고 객석에서는 전혀 반응이 없었다. 황정한은 마이크를 잡고서 막상 어떻게 해야 좋을지 알 수 없어, 그저 바보스런 눈웃음만 지은 채 한 마디도 더 끌어가지 못했다.

"이번 실험영화제에 대한 여러분의 의견과 비평을 좀 들었으면 좋겠습니다."

스춘이 보기에 도저히 안 되겠기에 서둘러 자기 쪽 사람들이 발언하도록 유도했다. 이를테면 영화 제작자들의 제작 과정이나, 또 8밀리, 16밀리 영화를 촬영하다가 맞닥뜨릴 수 있는 어려움 등을 들어 보자고 제안한 것이다. 그제야 상황이 좀 나아졌고, 객석에서도 계속해서 일어나 발언했다. 어떤 사람은 영화 촬영의 기술 문제를 물었고, 실험영화의 개념 문제를 둘러싸고 황정한과 논쟁을 벌이려는 이도 있었다. 또 어떤 사람은 이번 영화제 준비가 아주 잘 되었다며 칭찬하기도 하면서, 개인적으로 개선할 점에 대해 의견을 주기도 했다. 예를 들면 현장에 사람이 너무 많으니, 다음에는 소극장 같은 곳에서 행사를 진행해야 할 것이라고 하기도 했다. 그런가 하면 어떤 사람은 서양 가곡을 부르는 것은 별로라고 하기도 했다. 영화를 만든 이가 기왕지사 무성영화 형식을 취한 것인데, 무엇 때문에 원래의 모습을 왜 유지하지 않느냐는 것이었다.

모든 프로그램이 예상된 궤도를 따라 진행된 셈이었다. 잡지의 다음 호에 오늘의 '성황'을 보여줄 준비 작업으로, 스춘도 녹음과 기록을 도왔다. 이제 그는 아무것도 생각하지 않았다. 그저 행사를 빨리 마무리 짓고, 좀 쉬고 싶을 따름이었다.

긴장이 풀릴 즈음, 뜻밖에 우락부락하게 생긴 남자가 일어서더니 발언을 했다. 보아 하니 스물 예닐곱 정도 되어 보였다. 그의 덥수룩한 머리는 모자를 뚫을 듯한 기세로 지나치게 길었고, 전혀 정리되지 않은 상고머리를 하고 있었다. 두 눈은 뭔가에 흠뻑 취해 정신이 나간 듯 멍한데, 말은 오히려 살기등등했다. 마치 모든 정의를 가슴에 품으려는 듯했다. 먼저 몇 마디로 이 영화제가 완전히 상업성을 띤 활동이라고 단정 짓고서, 어떤 예술적 가치도 없는 것이라고 꾸짖었다. 또 주관하는 자들이 예술이라는 미명하에 그럴듯하게 내보이고자 하는데, 그러지 않기를 바란다면서 몇 가지 건의를 덧붙였다.

"실험영화제란 본질적으로 시험적이고 창의적이며 비상업적인 영화 제작이어야 합니다. 이런 예술 형태가 다른 상업적인 활동과 섞이게 되면 관객들의 오해를 살 수도 있기 때문이죠. 더욱이 이렇게 사치스럽고 요란스런 곳에서 진행해서는 안 된다고 봅니다. 게다가 서양의 팝송과 함께 하니, 정말로 유치하고 가소로워 격조가 완전히 무너진 듯합니다. 또 영화를 선택하는 것도 기왕지사 '영화제'라고 했으니, 수준도 있고 분량도 되는 작품을 출품해야겠지요. 만약 형편없는 작품들로 숫자나 채워 놓고, 이것이 바로 중국의 전위영화요, 실험걸작영화라거나, 이들 한 편 한 편이 제작자의 자아를 진정으로 깊이 있게 표현한 것이라 하고, 지금처럼 이런 수준으로 비평을 하면서 더욱 발전된 창의적 영화 세계를 추구하고자 한다고 말한다면, 이건 정말로 속임수에 불과합니다. 종합해 말하자면, 다음에 이런 활동을 기획하신다면, 좀 더 원만한 기획 아래 예술적 양심에 따라 주최 측이 중국 영화 예술을 위해 움직여 주시고, 건전한 영화 문화를 위해 노력해 주십

사 하는 것입니다. 그저 갖은 수단이나 부, 명예나 챙기지 마시고요……."

정색을 한 채 격한 발언을 마친 사내는 전혀 아무렇지 않다는 듯 자리에 앉았다. 무대 위에서 눈이 동그래진 황정한은 혀가 굳어 한참 만에야 겨우 기어들어 가는 소리로 말했다.

"이분 말씀도 이치에 맞지만, 사실과는 상당히 차이가 많이 납니다, 이번 영화제는……"

사실 아무도 무대 위의 변명에 관심을 갖지 않았고, 모두들 두런두런 귓속말로 의견을 털어놨다. 의혹이 주류를 이루었고, 이것으로 전 회의장이 약간 술렁거렸다. 스춘은 한쪽에 서 있었는데 아무도 그를 주목하는 것 같지 않았다. 하지만 스춘은 무대 위의 황정한이 자기를 무대에서 벗어나게 해 달라고 애타게 기다리고 있으며, 일고의 가치도 없는 뚱보 탕링의 정신머리도 필경 자기를 향하여 있음을 알고 있다. 거기다 이번 영화제의 주동 인물은 바로 자신이기에, 그들이 눈으로 정신없이 자기를 찾고 있는 것도 잘 알고 있다.

스춘은 막 수거한 전선을 직원한테 넘겨주고, 어지럽게 늘어선 의자와 인파를 헤치고 나아갔다. 자기의 체격과 동작이 사람들의 눈에 확 띄어 사람들은 금방 그에게 시선을 집중했다. 스춘은 방금 전에 발언했던 남자 앞으로 다가가 섰다. 남자도 본능적으로 벌떡 일어났다. 남자는 약간 불안한 기색을 띠었으나 확실히 적대적인 태도를 취했다.

"선생님, 이 일을 주관한 사람의 입장에서 당신의 의견에 감사

드립니다."

스춘은 손을 내밀어 그의 어깨를 탁탁 두드리면서, 그더러 앉으라는 뜻을 표했다.

"처음이잖아요! 좀 미진한 부분이 있을 겁니다. 너그럽게 양해해 주십시오. 머지않은 장래에 당신이 주관하는 실험영화제를 볼 수 있으면 좋겠네요. 원만하게 치러지리라 믿어 의심치 않습니다. 그때가 되면 거기에 계시는 영화 예술 애호가들 모두가 하나같이 감상하고 칭찬하실 것입니다."

스춘은 맞수에게 더 이상 반격할 기회를 주지 않은 채, 몸을 돌려 작은 무대 위로 올라와 토론회를 마친다고 선포했다.

인파가 거의 빠져나갈 즈음, 스춘은 황정한을 계단 입구에서 전송하였다. 황정한은 손을 내밀어 스춘에게 악수를 청했지만, 얼굴색은 수치스러움에 면목 없어 하는 기색이 역력했다.

"오늘은…… 그저 미안하다는 말밖에 드릴 말씀이 없네요."

스춘은 내내 쓴웃음을 지었다. 미안한 것은 오히려 자기라고 말하고 싶었지만, 한참 동안 아무 말도 하지 못했다. 그저 황정한이 비틀비틀 어렵사리 발걸음을 떼는 걸 보면서, 문득 고통과 비탄으로 가득 찬 이 세상이 몽땅 자기 어깨에 지워져 있는 것만 같았다.

스춘은 눈썹을 잔뜩 찌푸린 채 돌아섰다. 뤄친이 외롭게 의자 더미 사이에 홀로 앉아 미동도 하지 않은 채 자기를 쳐다보고 있는 게 보였다. 스춘은 천천히 다가가 한참이나 서로 말없이 마주 보았다. 그러다가 스춘이 말했다.

"갈까?"

"응?"

뤄친이 고개를 들어 그를 바라보았다. 그녀는 한참 만에야 생각이 돌아온 듯 물었다.

"여긴?"

사방에 흩어져 내팽개쳐진 의자와 바닥에서 지저분하게 나뒹구는 종이 쓰레기들이 자연스레 스춘의 눈에 들어 왔다. 하지만 스춘은 아무 말도 하지 않았고, 뤄친한테 밖으로 나가자고도 하지 않았다. 뤄친은 어쩔 수 없이 몸을 일으켜 스춘을 뒤따라갔다. 계단에 오를 때, 그들은 뚱보 탕링이 두 손을 탁탁 치면서 두 사람을 향해 원망하는 소리를 들은 것 같았다.

"여기 좀 봐, 완전히 개판이 됐구먼! 재난이 휩쓸고 간 것 같잖아! 앞으로는 돈을 줘도 다시는 안 한다!"

지하층에서 걸어 나오자, 어느덧 한쪽으로 기운 붉은 태양이 나란히 붙여 놓은 포스터를 비스듬히 비추고 있었다, 마치 사람의 흥이 다 쇠한 것처럼. 담벼락에 놓인 탁자는 원래 서명을 받고 잡지 구독을 예약하는 용도로 사용했다. 그런데 지금은 담당자도 사라진 채, 예약서 용지만 한쪽에 흩어져 있어 눈에 거슬렸다.

"끝났어?"

뤄친은 살피듯 물었다. 스춘은 가볍게 피식 웃으며 대답했다.

"끝났어!"

"당신은 또 새로운 걸 꾸리느라 바쁘겠지!"

스춘은 무슨 뜻인지 미처 깨닫지 못하고, 그저 묵묵히 앞을 향해 걸었다. 하는 수 없이 뤄친이 한 마디 덧붙였다.

"당신은 바로 이런 사람이야."

"내가 어떤 사람인데?"

스춘이 이번에는 눈치를 챘다.

"좋은 사람이라고? 아니면 나쁜 사람이라고?"

"거기에 무슨 좋고 나쁘고가 있겠어?"

뤄친은 어깨를 으쓱였다.

"다만 하는 게 안 하는 것보다는 낫겠지!"

다시 침묵이 흘렀다. 두 사람은 시먼(西門) 번화가의 인파를 뚫고서, 목적지도 없이 방향도 없이 그저 날이 저물도록 걸었다. 거리는 온통 휘황찬란한 등불로 깜박이고 있었다.

"어디로 갈 거야?"

"당신 아버님이 가시면서 우리더러 와서 식사하라고 하셨어." 뤄친이 머뭇거리면서 말했다.

스춘은 잠시 생각에 잠기더니 말했다.

"그럼, 가지 뭐!"

(1978년 4월 25일~28일 《화푸〔華副〕》)

역자의 말

2년 전 이맘때 즈음, 우연히 접하게 된 타이완의 현대 여성 소설과의 인연은 다소 설레는 마음으로 시작되었다. 생로병사(生老病死)와 희노애락(喜怒哀樂)의 감정이야 그 어딘들 다르겠는가만은 그래도 뭔가 새로운 공간에 삶의 둥지를 틀고 살아가는 이들의 생활은 어떠할지 조금은 궁금했기 때문이다. 물론 중국 대륙의 여성 문학은 비교적 익숙한 편이지만, 대륙과 바다를 사이에 둔 중국 대륙 동남쪽의 섬, 타이완의 여성들은 과연 어떤 생각을 떠올리며 작품 속에 등장했을까? 문득 타이완이 그리워졌다.

역자가 대학원 공부를 하던 시절, 타이완에 일 년쯤 체류한 적이 있었다. 당시 타이완의 봄날은 늘 그렇듯 안개비가 내렸고, 비 온 뒤 무지개가 뜬 양밍 산(陽明山)의 풍광은 참으로 인상적이었다. 추억의 한 자락을 넘기며, 타이완의 여성 작가 샤오사(蕭颯)의 소설을 읽어 내려가기 시작했다.

1980년대를 전후한 타이완의 문단에는 여성 작가들이 대거 등단하였다. 그 대표적인 작가로 쟝샤오윈(蔣曉芸), 롱잉타이(龍應臺), 뤼슈롄(呂秀蓮), 랴오훼이잉(廖輝英), 주슈쥔(朱秀娟), 리앙(李昂) 등을 들 수 있는데, 샤오사도 이 가운데 한 사람이다. 당시 타이완의 상황을 살펴보면 '여성 작가들의 대거 등단'이라는 특이한 현상이 그다지 낯설 것도 없다. 80년대 타이완 사회는 서양의 경제적 대조류가 폐쇄적인 사회로 물밀 듯이 밀려들어 왔고, 이에 타이완의 문화 구조는 적잖은 충격을 받게 되었다. 이로 인해 여성들의 경제 생활은 차츰 독립적 지위를 얻게 되었고, 사회적으로도 좀 더 나은 생활을 영위하게 되었다. 이제껏 여성들은 가부장제 권위 아래 자아 존재를 확인하고, 여성 의식을 각성하는 일에 어려움을 겪어 왔다. 그러나 여성들이 점진적으로 사회에 진출함과 동시에 여성들 스스로 경제적 독립을 이루게 되었고, 이에 따라 기존의 남성 중심적 사고 역시 일대 전환기를 맞이했다. 또 여성들은 전에 비해 고등 교육을 받을 기회가 많아졌고, 보편화된 여성 고등 교육의 보급으로 여성들은 사회에 진출하고 사회 참여 활동을 하는 데 더욱 힘을 얻게 되었다. 한편 여성들의 독서 인구가 급증하고, 여성 평론가들이 활발한 활동을 펼치기 시작한 것 역시 적잖은 영향을 끼친 것으로 판단된다.

샤오사의 단편집 가운데 첫 작품집인 『내 아들 한성』(臺北, 九歌出版社, 蕭颯 著, 1980년)은 총 9편의 단편이 실린 소설집이다. 역자는 그 가운데 「실험영화제(實驗電影展)」(1978), 「내 아들 한성(我兒漢生)」(1978), 「혼사(婚事)」(1978), 「롄전 마마(廉楨媽媽)」(1978), 「제목 없는 그림(無題的畵)」(1979)을 번역하였고, 샤오사의 또 다른 단편집 『웨이량의 사랑(唯良的愛)』(臺北, 九歌出版社, 蕭颯 著, 1986년)에서 「웨이량의 사랑(唯良的愛)」(1986)과 「홍콩 친척(香港親戚)」(1986)을 선별해 번역하였다. 샤오사의 소설은 우리의 정서와 맞닿아 있는 듯하면서도 또 다른 그 무엇이 분명 이국의 작가이자 작품임을 실감케 했다. 사실 타이완의 어느 거리를 걸었을 그곳의 딸들과 아내, 그리고 어머니들은 여전히 그들만의 문제이자 바로 이 시대 여성들의 문제로 고민하고 방황했다. 샤오사는 80년대를 대표하는 타이완의 그런 여성 작가 중의 하나다. 가장 사실적인 방법으로 현실의 이야기를 독자들에게 들려 주었고, 작중인물들은 바로 우리 주변의 가정 이야기이자 나의 이야기에 등장하는 사람들이었다. 작가가 활동했던 80년대도 한국 사회와 유사하게 서구 문화의 영향이 급물살을 탔고, 다원화되어 가는 문화 심리 속에서 여성들은 더 이상 과거의 현모양처가 아닌 현재와 미래의 자아 정체성을 찾아가느라 버거운 마라톤을 경주하고 있었기 때문이다.

작가는 여성의 존재로서 현대 사회를 살아가며 끊임없이 문제를 제기했다. 작가 자신이 양부모 밑에서 행복하지 못한 어린 시절을 보냈고, 남편 장이(張毅)와의 결혼은 남편의 외도로 10년만에 파경을 맞았다. 이들의 파경 배경에는 그 자체로 드라마틱한 사연이 전해 내려오는데, 내용은 대체로 다음과 같다. 샤오사는 자신의 소설 「웨이량의 사랑(唯良的愛)」을 영화 극본 『나의 사랑(我的愛)』(1986)으로 편극했는데, 당시 그 영화의 여주인공은 배우 양후이산(楊惠珊)이 맡았으며, 그의 남편 장이는 영화 감독이었다. 「나의 사랑」의 주연 여배우였던 양후이산과 영화 감독인 남편 사이에 사랑이라는 끈끈한 관계가 발생하게 된다. 샤오사는 배신감과 당혹감에 『전남편에게 보내는 편지 한 통(給前夫的一封信)』(1986)이라는 글을 써서 공개적으로 이 사실을 알렸고, 이혼 후 딸아이와 함께 자신만의 새로운 인생을 꾸리게 된다. 이 서신체의 글을 통해 샤오사는, 처음 남편의 외도라는 충격적인 사실로 자신이 얼마나 힘들고 괴로웠는지, 가정과 일, 남편과 아이만을 위해 살아왔던 자신의 10년 세월에 대해 깊은 성찰의 시간을 갖게 되었다고 술회했다. 이후 샤오사는 남편과의 결별을 통해 오히려 새로운 세상을 폭넓게 경험하고 인정하게 된 현실을 긍정적으로 서술하였고, 남편 장이에게도 원망과 회한의 감정을 걷어내고자 함을 담담히 묘사했다. 결과적으로 샤오사는 아이와 함께 남겨졌고, 남편과 양후이산은 둘만의 새로운 인생을 꾸렸다. 그러기를 30여 년의 세월이 훌쩍 흘렀다. 작가는 어떻게 살아가고 있으며, 끝없이 풀어가야 할 인생의 숙제 앞에 어떤 생각에 사로잡혀 있을까? 표면상 샤오사는 줄곧 교직에 몸담았고, 작가 스스로도 이에 대한 자부심과 애착을 드러내 보이고 있다. 당시 작가는 쉬고 싶었을지도 모른다. 그의 글 『전남편에게 보내는 편지 한 통』에서 밝히고 있듯이, 샤오사는 자살을 생각하기도 했다. 하지만 외롭게 남겨질 딸에 대한 모성과 삶에 대한 그 무엇이 작가로 하여금 붓을 들게 했을 것이고, 그것이 오히려 작가를 숨 쉬며 살아갈 수 있게 했을 것이다. 작가가 그러하듯 현대를 살아가는 이 시대의 여성들도 잠시 멈춰 서서 휴식을 취하고 싶을 때가 있을 것이다. 여성의 지위는 전에 비해 격상되었지만, 현실의 수레바퀴는 더욱 버거운 짐으로 그녀들을 억누르고 있다. 여성의 자아가 깨어나면서, 여성들은 자신들의 자존감을 소중하게 지켜내길 원했고, 이를 위해 경제적 독립도 이루어야 했다. 이 모든 현실이 때로는 죽도록 고달픈 삶이었을 것이고, 또 때로는 혼자서는 짊어질 수 없는 역사의 굴레에 내던져지기도 했을 것이다. 그래도 지구의 반쪽을 걸머진 이 시대의 여성들은 오늘도 각자의 일터에서, 또 자신만의 공간에서 시대의 딸로, 아내로, 또 어머니로 그렇게 살아가고 있다.

이 책을 번역하는 내내 이 글이 삶을 사랑하는 이 시대의 모든 여성들에게 잠시나마 공감과 휴식의 장이 되기를 소망했다. 또 가깝고도 먼 섬나라 타이완에 대해 관심을 갖는 계기가 되기를 바랐다. 물론 부족함도 크고, 번역상 오류도 있을 것이다. 독자 여러분의 애정어린 충고와 질정을 겸허히 받아들이고자 한다. 끝으로, 타이완에 대해 많은 정보를 아낌없이 제공한 타이완인 교수 이숙연 교수께 감사의 마음을 전한다. 또 이 글이 번역되어 나오도록 경제적 지원과 성원을 보내주신 타이완의 국립대만문학관(國立臺灣文學館)에도 고마움을 표한다. 물론 번역에 전념하도록 물심양면으로 힘이 되어준 가족과 출판사 편집진께도 감사의 뜻을 전하고 싶다.

2011년 10월 모악산 자락 완산골에서

대만 여성 작가 샤오사 현대소설 선집

웨이량의 사랑

초판 1쇄 발행일 2011년 11월 24일

지은이 샤오사
펴낸이 김은희
편 집 이은혜·김미선·신지항
책임편집 김혜정
인쇄·제본 AP프린팅
펴낸곳 도서출판 어문학사
132-891 서울특별시 도봉구 쌍문동 525-13
전화: 02-998-0094/편집부: 02-998-2267
홈페이지: www.amhbook.com
트위터: @with_amhbook
블로그: 네이버 http://blog.naver.com/amhbook
다음 http://blog.daum.net/amhbook
e-mail: am@amhbook.com
등록: 2004년 4월 6일 제7-276호

ISBN 978-89-6184-256-3 93820
정가 15,000원

이 도서의 국립중앙도서관 출판시도서목록(CIP)은 e-CIP홈페이지(http://www.nl.go.kr/ecip)와 국가자료공동목록시스템(http://www.nl.go.kr/kolisnet)에서 이용하실 수 있습니다.
(CIP제어번호: CIP2011004702)